朱全吉 著

山西出版传媒集团　北岳文艺出版社

图书在版编目（CIP）数据

月是故乡明 / 朱全吉著. -- 太原： 北岳文艺出版社，2025.4. -- ISBN 978-7-5378-6988-1

Ⅰ. I267

中国国家版本馆CIP数据核字第2024P2A448号

月是故乡明
YUE SHI GUXIANG MING

朱全吉 / 著

出品人
董利斌

选题策划
刘卫红

责任编辑
刘晓京

装帧设计
罗佳丽

印装监制
郭 勇

出版发行：山西出版传媒集团·北岳文艺出版社
地址：山西省太原市并州南路57号　邮编：030012
电话：0351-5628696（发行部）　0351-5628688（总编室）
传真：0351-5628680
经销商：新华书店
印刷装订：廊坊市伍福印刷有限公司

成品尺寸：170mm×240mm
字数：200千
印张：16.75
版次：2025年4月第1版
印次：2025年4月河北第1次印刷
书号：ISBN 978-7-5378-6988-1
定价：79.00元

本书版权为本社独家所有，未经本社同意不得转载、摘编或复制

文学是心灵的对话

铁 流

我和全吉兄是多年的朋友,也是相识、相知多年的文友。在我的印象中,全吉兄在公众场合上并不多言,就像一泓沉稳的水。他内心深处又是丰富的,一如一座炽热的火山,这也许就是他作品带着温度源源不断流出来的缘故吧。

全吉兄在税务系统工作多年,又担任着一定领导职务,工作繁琐而又忙碌,可他总能挤出点滴的时间来,到文学的土地上去耕耘、播种,积少成多,滴水成河。久而久之,他就收获得越来越多,作品的品质也越来越好。后来,他告诉我说要出一本书,算是对近几年创作的一个小结,并让我写个序言。他作品的数量,让我多少有些吃惊,可想想也不意外。

故乡,总是每一位作家进行文学创作的起点,那里有我们熟悉的亲人、朋友,那里有我们心中称得上最美的人间草木,还有我们不尽的回忆,以及教会我们做人的人情和风俗。故乡,成了我们长大后频频回首的地方,也成了我们笔下取之不尽、用之不竭的源泉。

未必非得到莒县,才能体会到莒地之博大和精妙。莒地历史悠长,这里的人民、勤劳、善良、朴素,这里的风物,充满了澄明之智,浸染了历史的浓墨重彩。全吉兄的散文就是我们畅游莒地最好的手册，正如他自己所言，这里充满着他"对故乡的眷恋、对亲人的爱恋、对工作的热爱、对党和人民的赞美"。

这本散文集，铺开去分为七个篇章，每一个篇章都有一个鲜明的主题，用来抒发全吉兄心中对故乡的眷恋，对人生的体验和对生命的反思。人如其文，文如其人，全吉兄的语言风格正如他本人一样，淡泊平和、恬淡雅致，内心还带着一丝丝文人的傲骨和正气。全吉兄的文笔是老到的，字里行间流淌着一股毫无矫揉造作的真情和热情。

"文章合为时而著，歌诗合为事而作。"除了直觉和本能，对故乡的书写也是源于全吉兄肩上抹不去的责任。生于斯长于斯，回望历史，反映当下未来，作为莒县的作家们，更应当自觉扛起这分文学重担，紧跟时代的步伐，用手中的笔来书写繁衍我们的故土，用各式各样的文学体裁来反映我们故乡的风土人情和时代历史，一起讲好属于大莒县的故事。

是为序。

（作者为中国作家协会报告文学委员会副主任、山东省作家协会副主席、青岛市作家协会主席、鲁迅文学奖获得者）

用情感孕育出的真善美

杕 木

灯光明亮的书桌上,一叠书稿整齐地放着,这是全吉的散文集《月是故乡明》的书稿。

我喜欢散文,尤喜读青年人的散文。当然应该是那些优秀的散文,正如面前的这本散文集。青年人的文章往往有一种令人愉悦的清新之气、浓郁的时代气息、勃勃的生机,以及令人振奋的犀利之感,稚拙中透着灵气,醇厚中映着朴实,无拘无束,奔放自由。酣畅处也会如长风出谷,大河奔流,使人读来心胸开阔,意气风发,激动莫名,心旷神怡,甚至会撩起"老夫聊发少年狂"的冲动。本书的作者就是其中很优秀的一位,因为我曾多次读过他的作品。文中那学者的睿智之思、真善美的高雅格调和那种清纯的韵致,给我留下了深刻的印象。

夜窗外雨声如蝉鸣,浮躁了一天的万物已趋于沉寂,我的心也像一泓不波不惊的碧水沉静了下来。我轻轻地翻开书稿,一股清新之气伴随着墨香扑面而来,使我立感精神为之一振,心胸为之一畅,于是就有些迫不及待地想读下去。渐渐地,我沉浸到了那墨香氤氲的意境之中,进入了那登临览胜、俯仰浩叹、思接千载、视通万里的阅读境界。

阅读中，那层层的绰约和幽眇渐渐地幻化出真切和清晰，这真切和清晰凝聚成本书的三个主题——浓浓的亲情、乡情和无私的忠诚。这纯真的情感和忠于职守的大义，使我兴奋也使我产生感动。

故乡是一个永恒的主题，有写不完的自然气象，参不透的大化沧桑。故乡的一个丘陵、一座青山、一湾绿水、一条小河、一株老树、一片树林、一条小巷、一块秧田、一间老屋、一处场院、一声鸡叫、一次狗吠、一缕轻烟、一丝和风、一张张亲人的脸庞、一个个乡邻的身影，无不让人觉着充满诗情画意，充满着熟稔和亲切。

"在闲暇之余，我经常静静地把厚厚的乡情一页页翻阅。那故乡的小河便一次次带着浓浓的乡音，飘着淡淡的炊烟，捧着红花绿草，映着青山明月，吻着日出黄昏，孕育着分明的四季，拥抱着我的村庄，把我的生命浸透。"（《故乡的小河》）这自然景色真是铺锦列绣，清新俊逸，云蒸霞蔚，优美旷远。

"烟火点点，是祖辈们历经艰苦从远古带回的种子；是母亲们用瘦弱的怀抱孵化而出的生命；是父亲们满是老茧的双手播进土地的命脉，是兄弟们虔诚的守候点燃的生活；是姐妹们用最纯洁的爱情织成的出嫁的婚纱……"（《麦收时节》）这是一种割舍不断的牵挂，是一种情感浓郁的思念，这是一种真挚的浓得烊不开，重得载不动的乡情。

亲情是人生的大爱，因为有了爱，世界才变得如此美丽，因为有了爱，我们才会感到温暖。爱像阳光一样灿烂，一样永恒。对亲人的爱在每一个人的心里都一生也不能忘怀。

"……在那艰难的年代，母亲拉扯着五个孩子，过着衣不遮体，食不果腹的生活。母亲一生做了许多让人感动的大事。20世纪60年代初奶奶重病需要输血，母亲二话没说便为奶奶输了五百多毫升的血，输血后的母亲非常虚弱，加上饭食不足，引起全身浮肿；20世纪70年代，邻居家防震失火，母亲将平时积攒的辛苦钱全部给了邻居，解了邻居的燃眉之急；母亲不仅将我们姐弟五人拉扯成人，还将三姨家的大表姐从七八岁一直抚养到出嫁……"（《母亲逝世前的日子》）平凡的语言，描绘出一位伟大的母亲。虽非是惊天地泣鬼神，却也是一个平凡女人凛然大义，顶天立地的壮举。

"父亲像一座大山，伟岸、挺拔、倔强，肩挑着岁月，脚踩着艰辛，手托着全家的希望，腰系着亲人的幸福。不管生活条件多么艰苦，父亲从没有向困难低过头，总是坚忍不拔，犹如一部永不停转的机器……"（《山一样的父亲》）父亲是家的灵魂，是家人的靠山。他要用双肩扛起家中的一切困难，用双手遮住家中的一切苦难，用铮铮铁骨迎接生活中的一切挑战，用宽广的胸怀庇护家中的一切成员。父亲就是家中的一座山。

作者以一颗赤诚之心对待自己的工作，热爱所从事的税务事业，尽职尽责，恪尽职守，兢兢业业，勤勤恳恳，执法如山，宵衣旰食。

"党旗下，千万双眼睛，燃烧着坚定的信念；千万颗心灵，憧憬着远大的理想。我愿以真挚的心，献上一曲炽热的歌，伴随着党旗在共和国晴朗的天空下，永永远远地飘扬。"（《七月，我站在党旗下》）

"爱岗敬业是人生的追求。当我们将爱岗敬业当作人生追求的一种境界时，我们就会在工作上少一些计较，多一些奉献；少一些抱怨，多一些责任，少一些懒惰，多一些上进心。"（《爱岗需要敬业》）常怀慨然万里的青云之志，泽加于民的济世之心，诚惶诚恐，忠心报国，任劳任怨，细心工作，仍怕万中有一失。这种精神实在令人感动不已。

虽然散文是一种最普及的文体，几乎每一个会写作的人都能够写散文。但是，散文又是一种"'要命'的文体"（石花雨语），不是每个人都能够写好的。蒋子龙曾经说过："小说可以玩技法，报告文学可以玩事件,诗歌可以玩无病呻吟、故作高深,谁敢玩散文？没有真意如何玩散文？"由此可见，写一篇优秀散文绝不是一件容易的事，千淘万漉虽辛苦，吹尽黄沙始到金。需让那千百种交织的情感，逆着静静流过的时光，穿过辽阔的空间，积聚成勃发的激情，方能成其篇章。

写散文需要激情，而从政则需要冷静，作者将激情融入冷静之中，或将冷静化进激情里。以淡泊平和的心境，来梳理外面浮华纷繁的世界；以真挚朴实的心态，来描绘心里难以割舍的亲情和全身心扑向工作的热忱，使文章抑扬顿挫，疾徐有致，声情并茂，和谐悦耳，奇崛而不枯瘠，清新而不柔媚，令人读来心为之畅，神为之怡，思为之振，情为之动。似一缕清风，若一杯甘露，发散着醇厚的书香气与清新的美学韵致，从中折射出作者的心路历程。使本书具有鲜明的个性，表现出作者的良知和深思，蕴含着对社会正义和精神境界的执着追求。

星移物换，岁月流年，随着年龄的增长，虽然阅读的习惯没有改变，但是手却是疏懒了许多。写出的东西非但不能文采飞扬，甚至还可能词不达意。受作者所托写了以上之管见，但愿不要有太多偏颇。

是为序。

（作者为中国散文家学会会员，山东省作家协会会员。曾任莒县教育局副局长兼莒县一中副校长）

一·故乡恋情

故乡的月亮 …………………………………… 3
故乡的云 ……………………………………… 7
故乡的小河 …………………………………… 9
故乡的小路 …………………………………… 12
浮来山，故乡的山 …………………………… 15
莒文化的殿堂 ………………………………… 19
麦收时节 ……………………………………… 30
槐花飘香的时节 ……………………………… 32
山茶花 ………………………………………… 35
看　雨 ………………………………………… 37
我的文化馆情结 ……………………………… 39
最早的原始文字 ……………………………… 42

二·四季抒情

新年畅想曲 …………………………………… 57
新年的爆竹 …………………………………… 61

春天就这样来了 …………………………… 63

杏花暖春 …………………………………… 65

桃花红了 …………………………………… 68

八月桂花香 ………………………………… 72

四君子之风骨 ……………………………… 75

三·人间亲情

山一样的父亲 ……………………………… 85

母亲逝世前的日子 ………………………… 92

水莲花开的日子 …………………………… 96

把你写在我的诗行里 ……………………… 98

梧桐树情结 ………………………………… 100

飘香的米饭 ………………………………… 102

爱的思念 …………………………………… 105

月光秋夜 …………………………………… 107

怀念姐夫 …………………………………… 110

父亲的自行车 ……………………………… 113

四·时世歌情

电视逸闻 …………………………………… 119

心中的丰碑 ………………………………… 121

勤俭是光荣的传家宝 ……………………… 125

爱岗需要敬业 ……………………………… 127

工匠精神 …………………………………… 130

变　化 ……………………………………… 132

我自豪，我是中华民族的儿女……………………135
7月，我站在党旗下………………………………138
十月礼赞……………………………………………140
照亮时代的神农……………………………………143
劳动撑起的双拐硬汉………………………………147
唱响身残志坚的动人之歌…………………………156

五·心底柔情

有关人生……………………………………………167
梦想在成长…………………………………………170
珍爱生命……………………………………………173
用文字来铭记………………………………………175
人到中年……………………………………………177
快乐与幸福…………………………………………180
往事如风……………………………………………183

六·处事真情

不忘初心……………………………………………187
修德立身……………………………………………189
读书增智……………………………………………191
行动是关键…………………………………………193
文艺是时代前进的号角……………………………195
信　念………………………………………………198
铭记历史……………………………………………200
使　命………………………………………………202

责　任 …………………………………………… 205
作风建设永远在路上 …………………………… 207
坚持问题导向 …………………………………… 209
为敢于担当者担当 ……………………………… 211
转变作风 ………………………………………… 213
精读与落实 ……………………………………… 215
文学创作要源于生活 …………………………… 217

七·域外风情

夕阳与月光下的竹泉村 ………………………… 221
清华园 …………………………………………… 225
夏日情怀 ………………………………………… 229
美丽的张家界 …………………………………… 233
神农溪漂流记 …………………………………… 238
三峡览胜 ………………………………………… 242
敦煌的绚丽瑰宝 ………………………………… 246

《月是故乡明》后记 …………………………… 253

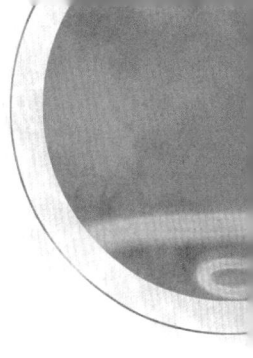

一·故乡恋情

故乡的月亮

秋风习习，一轮皓月将一腔乡情寄寓在那明亮的月光，将故乡所有的一切映照得通明如昼。

故乡位处黄海之滨，月出于海水之上，总是从远远的天与海水相交的地方慢慢涌起。故乡的月亮总是皎洁清亮，暗影清晰，几乎可以分辨出桂花树和一角飞檐，还可找到兔子的身影。故乡的月亮，永远是传说中的月亮。月亮升起来，光是柔的，照在脸上、身上，仿佛被柔软的手轻轻地抚摸着。月下的房屋、院落、草垛、牛羊，都被镀上了一层暖暖的银色。睡在月光里，梦都是温馨的、明亮的。

月出东海上，徘徊山海间。那挥不去的乡愁，倾倒了汪洋千里的流淌月色，用往事着色，用思念导引，流淌成思乡的浩瀚之水，将岁月打破。我知道，那月亮升起的地方，便是故乡。

今人不见古时月，今月曾经照古人。城市如昼的灯光，使月亮在人们的意识里淡化了。清亮的月光下，乡村的记忆、故乡月夜的故事便排着队向我走来。静静流淌的月光、轻歌曼舞的水草、"咯咯"拔节的庄稼，和着蟋蟀的鸣叫，伴着一片片蛙声，展现在我的眼前。时常记起儿时在月亮地里打仗，踏着满地的月光去上学，在月光如水的夜晚到很远的村庄去看电影的情景；顶着明月放水浇麦子，在月光与灯光相映的打麦场，伴着隆隆的机器声劳动的情景；在清凉如水的月夜里纳凉，静听老人们讲那过去的事情和古老传说的情景。空阔的视野，到处是朗朗的清辉，不经意间便自然入怀。那时的月亮总是柔情缱绻，萦绕着你、跟随着你，默默地注视着你。难忘多少与月亮有关的故事，这足够我们仰望一生的月亮啊，见证了社会的发展与进步，见证了世事沧桑和现代文明。

还记得小时候是那么殷切地盼望着过节，因为，可以吃许多平日里吃不到的好东西，可以不用做作业尽情地玩到天黑，等到月亮升起来才回家。

真想回到故乡的童年，回到童年的中秋节。下午时分，看着母亲把面和好了，放了油和糖，揉成面团，再备好各种各样的辅料，用手一一按进制好的模子里，制成圆圆的月饼，然后放进备好的锅内，看着锅底燃起的柴草，一会儿就会闻到香浓的月饼味。到天黑时分，再看着母亲把月饼和洗好的水果摆在院子里的小方桌上，静静地等着月亮慢慢地升起来。老人们说因为月亮辛苦了一年，所以要先供给月亮婆婆吃，然后才轮到我们小孩子吃。母亲总说，吃了月亮婆婆吃过的东西，便一年都不会生病。那时候居然深信不疑，觉得月亮婆婆吃过的月饼格外香。直到现在，即使是闻名遐迩的广式月饼，在我看来，依然没有家乡的月饼好吃。

"露从今夜白，月是故乡明。"等到吃了月饼，开始出去赏月，母亲跟我说，月亮里有嫦娥和吴刚，还有一个小兔子。我眼睛连眨都不眨地看月亮，仿佛真能看到月宫里的嫦娥在跳舞，吴刚在砍伐桂花树，还有那可爱的玉兔跑来跑去。那时，我觉得家乡的月亮真圆真亮，看！月亮里的一切都是那么的清晰。

"月到中秋分外明。"中秋的月亮就是故乡，就是每个人思念的脸庞。中秋节是家家团圆的日子，也是在外游子最思念家乡的时候。

那一夜每一颗心涌动的都是爱的音符。去年的中秋节我远离了故乡，再也没有感受到其中的快乐。我静躺在床上，窗外，飘起蒙蒙的细雨，一片片泛黄的落叶夹杂着浓郁的眷恋缓缓而落，思绪飘回了生我养我、时时萦绕徘徊在我梦境之中的故乡。故乡，你好吗？你可知道窗外那淅淅沥沥的小雨就是我对你无尽而缠绵的依恋！故乡的月亮，你可曾感受到飘零天涯的孩子对你铭心的思念、刻骨的呼唤吗？

在那飘雨的时节，对故乡和故乡月亮的思念如血液一次又一次激荡了我的脉搏，如夏日的晨风舒展了我焦躁的心，让我对这生活、对这广大的世界充满了无穷的感激与爱意。想起故乡，就会想起故乡的月亮和故乡的一山一水一花一木。故乡，你是似水柔情的山水之乡，你那满身的青翠到处都飘着山花的幽香。故乡的月亮，你是皎洁明亮的忠诚之神，你那满身的银光洒满故乡的山山水水。

我挚爱的故乡和故乡的月亮，这短暂的离别，让我沉醉在一个飘雨的时节，一个如歌似梦的暗夜。举杯与那明月相邀，对影却成了三人。听那醺醉的歌，陪之徘徊而动，你看，醉在月光下的游子，轻歌曼舞里，身影凌乱。千里婵娟，是邀寄的乡情里但愿人长久的牵念。

我挚爱的故乡和故乡的月亮，那短暂的离别，让我领略了独居异乡的感觉。那时，当想起你，当自己那颗漂泊的心飞上你灵动的领地，便有如珍藏千年的老酒漫成恢恢之网，宛如清似笛声的苦泪流成汩汩之泉，为我诉说着那支万古不凋的故乡之歌。故乡的歌是一支清远的笛声，总在有月亮的晚上响起。于是我空旷的心灵便犹似注入了一缕清澈的小溪，析出万道淡淡的情思而婉转萦回。

故乡，也许是你不改的乡音和特别温暖的舒适怀抱，在我离开你的日子，让哭成泪人的妻子感觉失去了依靠的肩膀，失去了浓厚的节日氛围，失去了家的温馨，从而变得无所适从。

故乡的月亮，也许是你的银山静水和独具柔情的万般情结，让我离开你的日子，就总觉得自己像那随风飘落的小雨而无处栖落、无处安身；总觉得自己飘来荡去，似乎在寻找着什么，又似乎在追求着什么，可终究找不到想要的答案。

我知道，每个人的生命里都有着自己的行程，而行程中又因为有你而不再孤单，不再寂寥，而异常清新，异常惬意。一碗水能改变荒漠中的一种植物，而一种爱、一种情结也能改变人的一生。故乡，感谢你，感谢今生有你为伴；故乡的月亮，感谢你，感谢今世有你为鉴，有你与我一起解读岁月，解读生命。

故乡的云

至今我还保留着童年的一些习惯,总喜欢一个人,或者几个人,仰面躺在天空下,数着天上的白云,任思绪飞扬,看着天上的云朵不停地变幻着各种你可以想到的模样。

岁月的脚步不停地催人奋进,错过了许多美丽的东西。故乡的云是柔柔的、绵绵的,一年四季变幻莫测,千奇百怪,亦真亦幻,是那么神奇、那么美妙。故乡的云亦是我流动的心,像一首悠扬的歌,轻轻地呵护着家乡的那片黄土地,多少次只能在梦里可以见到。

故乡的云是美的,美得让人心怜,美得让人窒息,美得让人眷恋,美得让人震撼。孩提的时候永远是最开心的时候,也是最富有幻想的时节。舔着指头看星星、眯着眼睛看太阳、竖着耳朵听山风、托着两腮看流云,却很讨厌在玩得欢畅的时候,妈妈老远地呼唤;还有睡得香甜的时候,公鸡啼鸣得清脆。和小朋友去郊外嬉戏时,往往独自坐在山坡上看着天空的云彩发呆,直到看得脖子发酸。行走在路上时,也总爱抬头看天上的云彩,忘记了看路,却和路人撞了个满怀。

早晨,太阳一升起来,蓝天上就飘着朵朵彩云。早晨的云,在太阳光中都显得那么的娇羞可人,"犹抱琵琶半遮面",总能给我以无限的遐想。此时的云是温柔的,像棉花一样的柔软,像奶油一样的滑顺。瞧,清澈见底的河水面上映照着七彩的云儿。一朵朵彩云倒映在水中显得婀娜多姿、瑰丽迷人。一阵阵轻风吹来，河面上荡起点点涟漪，水中的彩云仿佛跳起了欢快的舞蹈。云水青山倒影成趣。山儿在云儿的映衬下，显得更加碧绿、峭拔。

中午的云一改清晨的娇羞，像小孩儿一样特别喜欢"哭"，刚才还是晴空万里，眨眼间，云飞雾动，一阵太阳雨从金色、红色、紫色、白色、黑色的云朵里跳下来了，不一会儿，雨停了，天边架起一座彩虹。这时故乡的云又像一条一条的懒虫，躺在那宽大的温床中眯着眼睛瞅着你，偷偷地跟着你，让你产生幻觉。原来他们没有睡觉，只是想和你游戏而已。你看，一朵朵白色的云，随着轻风从彩虹上下飘过，彩虹好像在飞动。白云在彩虹的映衬下显得更加洁白，彩虹在白云的衬托下显得更加艳丽迷人。

傍晚的云开始了她们一天的活动，八仙过海各显神通，每一朵都似乎要把你的思维变凌乱。看，火烧云上来了，半个天空红彤彤一片，似火烧让你分不清那到底是天空还是牧场，有的像呼啸的狮子，有的像奔腾的骏马，有的像顽皮的猴子，还有像温顺的山羊、剽悍的牧民、恬静的少女、骑牛的牧童、沧桑的老人……看着看着，云儿变了，色彩变了，形状也变了，就连坐在对面的家人似乎也变了。

长大后，我把不定的云视作故乡的炊烟，宁静恬然、无限温情。每当夜幕降临，自己伫立在窗前，看月亮徐徐升起，繁星点点，在这宁静的夜，淡漠拂过思念的琴弦，弹唱一首家乡的童谣，会感到全身松弛，让我又以崭新、昂然的姿态，挑战新的领域，实现着人生的价值。

多年以后，故乡的云依旧在家乡飘荡，浮游不定，却牵着我走过一生。我愿做天空中的一片云朵，永恋故乡。

我爱故乡的山，我爱故乡的水，我更爱故乡的云。

故乡的小河

故乡的小河叫大石头河。

在闲暇之余,我经常静静地把厚厚的乡情一页页翻阅。那故乡的小河便一次次带着浓浓的乡音,飘着淡淡的炊烟,捧着山花绿草,映着青山明月,吻着日出黄昏,孕育着分明的四季,拥抱着我的村庄,把我的生命浸透。

我的故乡是一个拥有1300多人口的村庄,一条大道呈东西走向贯穿村中。400多农院挨家挨户,井然有序。村子东靠青山,北依小河,千百年来,小河像乳汁饱满的母亲,抚育着祖祖辈辈的故乡人。

在别离故乡的日子里,故乡那条村后的小河,时常飞入我的梦中,就像缠绕在梦中的乡音,时时欢唱着、翻腾着,在我心中流淌,依旧还是那样清晰。

奔波的脚步,走短了日子,却走长了思念。那潜入血脉的小河,应是故乡馈赠我生命的源泉。

故乡的小河如乡村的俊秀女子,婀娜多姿。初春,布谷鸟的第一声报春,便把昏睡一冬的小河弄醒了。当春风吹过、柳条舞动、水波荡漾时,河面的薄冰"咔嚓咔嚓"地响个不停,故乡绿色的音符便轻轻跳跃起来。闷了一冬的鱼儿跳出水面吐出一串串的水泡,小虾逆流直上顺流而下往返不息,螃蟹横着身子顺着石头缝爬上来,用好奇的眼睛张望着河柳和那成片的河槐。

　　故乡的那条小河给了我和伙伴们很多快乐。夏天里，知了在树叶里长吟，蟋蟀在草丛里低唱；走进岸边的槐、杨树林里，踏着绿茸茸的小草，从脚底传来一阵软绵绵的爽意。草间里的云雀儿被我们惊动了，扑棱棱惊叫着直向云霄里蹿去。小河就成了孩子们的乐园。我们常常三五成群地，一起跑到河边，踢掉鞋子，脱掉裤头，光着屁股扑通扑通地跳进水里，一会儿两人一组打水仗，轮流打水漂，看谁的水漂打得最多、水花最大；一会儿集体扎猛子，看谁的猛子扎得最远，时间最长；有时，呛几口水，憋得小脸通红、通红的；有时，在沙滩上用手挖出水坑，双手捧起泉水，直喝得肚子圆鼓圆鼓的。玩累了，一头钻进岸边的玉米地里，偷偷折一两棵玉米秆儿解解馋，偶尔掰几个玉米棒子，燃起火堆烧烤着吃，那香甜的滋味回想起来仍垂涎三尺。

　　夏日的傍晚，劳作了一天的人们，吃过晚饭，习惯地踩过田埂，来到河边的古柳下乘凉。古柳被几经蔓延的河水冲刷，裸露出一条条苍虬的根脉，人们坐在上面，望着眼前的河水和村东的青山，津津有味地谈古论今。夕阳洒在河面上，偶有轻风吹过，整个河面顷刻间光彩绚丽，如一条巨大的鲤鱼身。茂密丛生的蒿草里，虫鸣蛙鼓，此起彼伏，清脆悦耳，好像在为疲惫的人们举办一场音乐盛会……

　　夏末秋初的日子里，是收虾的最佳时机。二叔经常手持网竿沿着浅水滩的草稞蹚过一段水，网出一些硕大肥实、活蹦乱跳的河虾，连夜用清水洗了，放在铁锅里煮熟。第二天炒上一盘添在餐桌上，为清苦的日子点缀出丰盛。我也因此成了二叔的助手，常常能吃到鲜美的河虾。

　　秋高气爽，谷子低下了头，高粱涨红了脸，玉米披上了霞衣，丰收的喜悦给小河镀上一层金光。一阵微风拂过，波光粼粼，落叶飘下来，洒在河面上，小河像穿上了盛装，觅食的小鱼追逐着落叶，秋虫儿唧唧，小鸟儿啾啾，在小河身旁委婉地歌唱。太阳懒洋洋地照着小河，河水泛着清粼粼的光。

冬去春来四季轮回，小河用她的无私和善良孕育着我的故乡。天因小河而蓝，地因小河而沃，田园五谷因小河而丰收，鸡鸭猪羊因小河而茁壮。

我与故乡的小河确实很亲近，她是我的母亲河。在我依稀的童年记忆里，故乡的版图不是那样狭小的。记得原来的那条小河是弯弯的，离我的家也比较远，隔了一大片草地、沙地才是小河。而今，村中的道路宽了，村落扩大了，小河堤坝也因经济园区的发展修得宽广了。

小河的风景是桥。桥是用石块砌成的。现在，每当我和妻子儿女一起回故乡的时候，徜徉在小桥上，置身于这少有的宁静中，我常常会放慢脚步，与妻子儿女拉开一段距离，一个人凝视着波光粼粼的河水，眺望着两岸镇里蓬勃发展的经济前景，由衷地感到高兴，故乡的小河，给我们带来了绿荫，带来了恩泽，带来了收获与希望。有时，我也会独自踱到水边，蹲下身来，捧一捧清凉的河水，举到眼前，再任其从指缝间沥沥流落。看着河面被击起的层层波纹，我的心中便会荡起一片片涟漪……

故乡的小路

故乡的小路洒满了我童年的欢乐。那连绵的村屋,那袅袅的炊烟,那清脆悦耳的犬吠和禽鸣,还有那路边绿油油的庄稼,构成了一幅幅美丽的田园图画,组成了一曲曲美妙的生活旋律。

50多年前,故乡的小路自西向东弯弯曲曲、坎坷不平。爷爷经常领着我和堂哥到5里路之外的镇驻地赶集,爷爷偶尔能买几个苹果和几块糖果奖励我们,自然和爷爷赶集成了我们天天盼望的大事。从村中一直沿小路往东走不足2里路,便来到一座青翠、蜿蜒雄壮的峤山脚下。山间小溪,涓涓细流,山路是曲折的,也是奇妙的,像梦一样迷惑着我的童年时代,又似繁星皓月使人充满着向往。春天,当杨柳树梢一团嫩绿,五彩缤纷的花蕊开始尽情地争芳斗妍时,无限生机的小路仿佛向你张开了欢呼的双臂。而我们这些不懂欣赏的顽皮孩子,还会时不时地从书包里掏出没有被老师搜出没收的弹弓,射出从路边捡起的石子,去惊扰小鸟痴情的歌唱;夏日,小路上铺装了厚厚的绿绒,旺盛的小草们茎藤缠绵、上下牵绊,蒲公英缀着朵朵蓬松的小花儿向你招手。遇到雨季,我和小伙伴们便急匆匆地往家跑去,顾不得脚上的泥溅到全身,也顾不上听蝉蛙虫鸣的欢唱;秋天,小路上人声鼎沸,车声吱嘎,一派农忙的热闹景象。偶尔有一只野兔横穿小路,小伙伴们会不顾一切地在后面追逐。此刻,蹲在柴扉前的看家小狗也耐不住寂寞，紧跟在小伙伴的屁股后面奔跑。往往是丢盔卸甲，满身泥巴，气喘吁吁，无功而返，不是跑丢了鞋子，就是衣服刮破了口子，狼狈之相引得女孩子们笑弯了腰。女孩子胆小，不去追赶兔子，便三五成群聚集在路边，寻找在草丛间蹦跳的蚂蚱；冬季，故乡小路空旷寂寥，偶尔会有人经过，打破宁静，更有灰喜鹊在枝头飞来蹦去。一场冬雪后，故乡的小路沉沉睡去，在白雪皑皑中隐去身形。适逢赶年集的日子，小路上迤逦着一支赶集的队伍，似小溪流淌着欢歌笑语，向附近规模更大的一个村庄汇集。

故乡的小路弯弯又曲曲，踏遍我们每个少先队员的足迹，红领巾从我们胸前飘过，欢蹦乱跳的队员嘴角露出甜甜的笑窝。

40多年前，我离开了故乡，然而，我并没有走远。这条小路承载着庄户人的希望，故乡的许多亲人就是从这条小路上走出来的，走向求知识干事业的路。随着时光的流逝和距离的扩大，那条小路飘浮在眼前的频率也在加快，撞击心灵的强度也在增大，每天，她都在激励着我树立信心、扎实干事、诚实做人。我也时常在梦里触摸故乡小路那蜿蜒和清晰的脸。

30多年前，我结婚时回到了故乡，但是那条小路还是那样，没有什么变化。走在那条小路上，我越来越觉得这条路承载的东西太多了，她仿佛是故乡的血脉和脊梁。因为我知道故乡不老，这条血脉就永远鲜活地流着；故乡不老，这承载祖祖辈辈的脊梁，就会永远地屹立在故乡人的心中。

20多年前，我来到故乡，我还是沿着那条小路回村的。可是这一次的感觉可不同于之前了，小路修得宽了，家乡人的热情依然高涨。啊，故乡的小路，在你上面我曾落下过无数个脚印，这脚印由小渐大，由浅及深。是你佐证了我由孩提到少年的成长历程；也是你将我送出家乡，使一个无知莽撞的少年，逐渐成为能为社会做些贡献的有用之人。

  10年前，离开小城，在百花争妍、蝶舞蜂飞、春光明媚的时节，我又一次回到了家乡。也同古往今来所有的他乡游子一样，难以免除对生我养我的故乡的那份依恋、那份怀念的情感。故乡的小路早已变成了水泥大道，光洁的路面上没有了泥土，文明行车的人们，载着内心的喜悦，驾驶着来来往往的货车、小轿车，穿行在其中。乡亲们户户住进了宽敞明亮的砖混大平房，接上了清凉甘甜的自来水，有的正在盖二层小洋楼；家家户户都有了电话、手机、电视机、电冰箱、摩托车，有的开上了小轿车；还有的安装了上宽带互联网的电脑……故乡的巨变，让我惊喜万分，看到了新农村日新月异变化的万千景象，看到了父老乡亲致富奔小康的冲天豪情，看到了中国农民的希望所在。

  乡村的小路啊！虽然古老的东西已经悄然逝去，但留给后人的是思索是希望。读村庄花开花落，品乡事云卷云舒。只要心儿同在，故乡的小路就永远鲜活地蜿蜒着，蜿蜒在故乡人的脚下，蜿蜒在游子的心里！

浮来山，故乡的山

　　生于莒县，已记不清去过多少次浮来山了，但真正投入它的怀抱，去体味、细读它的风采，我还是第一次。在莒县浮来山被山东省政府定名为"省级地质遗迹自然保护区"12周年之际，因了外地同学的来访和那句"人到浮来福自来"的话，我再次重游了这座海拔只有298.9米却周身写满莒国灿烂文化的名山。

　　山不在高，有仙则灵。浮来山又名浮丘，位于莒县城西9千米，处莒西平原尽头，扼莒县、沂南两界。在莒城登高西眺浮来，呈平地崛起之势，有水上浮来之感。此山有飞来、佛来、浮来三峰拱围相连，构成藏风聚气之幽境。虽然，它没有泰山那"一览众山小"的雄奇巍峨，也没有黄山那奇峰怪石古松隐现在云海之中的神妙莫测，但它却以自己独特的人文景观和自然景观让众多的游人慕名而至、流连忘返。这里有始建于南北朝时期的千年古刹定林寺，这里曾经是我国著名的文学批评家、《文心雕龙》的作者刘勰晚年藏书校经的地方，这里有被称为活化石的"天下银杏第一树"……

　　从县城驱车西行，转南门山道，入弯曲陡峭山路，十几分钟后，汽车可以直达寺畔停车场。一进山门，便有松柏参天、古藤绕树、美禽栖枝、奇鸟鸣林之景观，游人至此无不心旷神怡。

　　同游的人，是来自临沂的五位同学。我以山主人的姿态引领着他们的行动和目光。初夏的浮来山,山间吹来阵阵凉风,我们时而穿梭于山间小道,时而在千年银杏树下合影留念,时而在刘勰塑像前凭吊先贤、发思古之幽情,时而闭目触摸"福"字祈求同学和家人平安幸福,时而驻足于古碑根雕之间……每到一处,同学们都会沉醉于惊叹和留恋之间,我心中的那份自豪感也随着同学们的满足时刻涌向心头。

千年古刹定林寺,历来是闻名遐迩的佛教圣地,始建于晋代,全寺分前、中、后三进院落。主体建筑,飞檐螭首、雕梁画栋,既轩敞典雅,又古朴大方,是典型的北国古建筑风韵。定林寺前院中央,巍然屹立着一棵枝叶参天古木,这便是"天下银杏第一树",树高26.7米、径围15.7米。早在春秋时期,鲁隐公与莒子曾在树下会盟,算来,树龄已近4000年。这株古银杏树,虽历经沧桑,但至今枝荣叶茂,生机盎然,片片叶子在微风的吹拂下,像一把把扇子在不停地摇动。每年的11月前后,是观赏银杏古树的最佳时期,那厚重的树叶,像被镀了金一样,流光溢彩,秋日的阳光洒落在她娇美的叶面上,闪烁着金光,连成金黄的树冠,树下散落的叶子,像铺了一层金被,令游人不忍心踏上脚步,我真想躺在"金被"铺就的大树之下,仰望她那鎏金的身躯,倾听她与秋风喃喃的心语;我多想亲吻她高不可攀的额头,向她表达内心的喜悦,诉说浮来山的俊美,讲述千年古县今非昔比的巨大变化;我多想在晚秋时节举办的"银杏节"那天,身穿古装黄袍在她的怀抱下起舞吟诗,去穿越千年的历史岁月,去感受"大树龙蟠会鲁侯"的峥嵘岁月,去演绎"莒鲁会盟"那恢宏的场面。历史造就了古树的神韵,赋予了她美丽的传说,美醉了多少游人,多少游人在此啧啧称奇、叹为观止,渐入那"今月曾经照古人"之意境,感叹大自然的神奇、时空的浩渺、生命的永恒。是啊，人世间至善至美至真至纯的情谊，不是也像眼前这株千年银杏树一样永恒吗？树下我们特邀了一位游人，七个人手拉着手绕树丈量，第一次亲身体验了"七搂八拃一媳妇"的感觉，应验了树下那段动人的故事和优美传说；在定林寺中院有一座古朴典雅的小楼，门匾上书"校经楼"三个镏金大字，系郭沫若先生于1962年亲笔所题。此楼乃当年刘勰校经之处，现辟为刘勰生平陈列馆。馆内有刘勰塑像，陈列着各种版本的《文心雕龙》及历代研究文献。刘勰，祖籍山东莒县，梁代著名的文学理论批评家，他耗时五年完成了《文心雕龙》这部传世巨著，成了自他以后历代文人学子的案头必读书，的确是中华乃至世界之文化瑰宝。面对丰厚的资料珍藏，我们仿佛置身于这几千年的中华文明之中了！难怪史学泰斗都发出"绝仰千古"的赞叹！穿过一片竹林，登高北上来到后院，院内也有一棵银杏树，有趣的是小树绕大树连成一体，因此叫作"公孙树"。不是吗？你看它们相互依附、奋发向上、尊老爱幼，就像一个和谐的大家庭。树下北侧立一"福"字石碑，我们纷纷闭目用手触摸祈求平安幸福！

去浮来山当然也少不了参观华人寻根馆。它位于定林寺西侧，占地面积2000多平方米，形态古朴，飞檐翘角。进入大厅首先映入你眼帘的是一幅较大的由龙眼树根雕刻而成的中国地图。站在这浓缩的960万平方公里的国貌面前，我的思绪像插上了翅膀在祖国的上空飞翔，那奔流不息的黄河、长江，那连绵不断的长城、运河，那高耸入云的珠穆朗玛峰，那广袤无垠的青藏高原，还有那五岳的风光、翻腾的海浪……一切尽收眼底。此刻它不再是一幅图画，而是一曲歌唱祖国的颂歌。大厅正中陈列着列入吉尼斯世界纪录的两件根雕作品，东西摆放相峙而立，东侧是"花果山"，瞧！正面雕刻了72只猿猴，形态各异，惟妙惟肖，背面那弥勒佛正手扶元宝，开怀大笑。西侧是"龙凤戏珠"，看！正面那龙凤交互拥抱着争相夺珠，背面那九龙闹海的场面，让你感受到水雾缭绕、云动浪翻的气势。我由衷地感到这是一首民族精神的诗歌，又是一首和谐腾升的赞歌。这时有位同学叫了一声将我的目光引向了那"孔雀开屏""日月屏风""十二生肖"等根雕面前，感受着那根的源泉、根的生命、根的情怀。

  5月的浮来山已是树木葱茏、山花遍野，到处青松翠柏、奇木绿草、居谷繁茂、怪石嶙峋、溪流潺潺。寺庙内外，亭阁之间，有读不完的史证碑文；清泉峡谷、云龙崖畔，留下了看不完的摩崖石刻；朝阳观内，香火缭绕中留下无数祈愿；烽火台上，晨曦暮霭中依稀可见缕缕青烟……每一处景点，无不流传着一段段动人的故事和优美的传说，耐人寻味，百读不厌。近年来，景区内又兴建了划草坡、福寿碑、福寿广场、山庄等供游人休闲娱乐的地方。

  中午时分，驱车前往山庄就餐时，同学们仍在回味着那刻在石碑上的"一山一树一条根，一书一字一巢人"的含义。浮来山，故乡的山，祝福之余，浮来山的自然景观和人文景观，也再一次在我的心里深深地扎下了根。

莒文化的殿堂

在莒县，要探究莒文化，莒州博物馆是必到之处。在这里，你能切身感受到莒文化的古朴厚重，博大精深，以及莒文化的文明起源，深刻的内涵。它从远古走来，沉淀于这座国家二级博物馆之中，沉淀于山东省三大博物馆之列，向世人开启了透视人类文明和智慧的窗口。

10年多来，我不只一次地走进莒州博物馆这座充满文化的神圣殿堂，领略它的古朴宏大，去体味每一件陈列珍品的深邃厚重，去探究每一历史时期的莒地文化内涵，去追思为莒文化挖潜传承做出贡献的学者博人。

莒州博物馆的前身是莒县博物馆，1989年对外开放，2009年9月8日搬迁至现在的县城东部新区，占地面积29亩，地下一层，地上三层，共有13个展厅。一楼主要是刘勰纪念馆和汉代石碑馆，二楼主要是出土文物展，三楼主要是书画和民间珍宝展。据我所知，莒州博物馆现有馆藏文物12000余件，其中国家一、二、三级文物200多件，有不少属稀世珍品。腹部刻有图像文字的大口尊，以其年代之久、数量之多、器形之大闻名中外。白陶鸟形双錾鬶、箅状鬶，玲珑奇巧，栩栩如生。成套的大型储粮罐、酿酒滤缸，彰显莒地先民在新石器时代就拥有了储粮和酿酒技术。陶质牛角型号，是现存的新石器时代全国唯一的一件发号施令的器具，吹之仍声调悠扬，数里可聆。东周铜鼎那形制独特、繁缛工丽的花纹，让人遐思绵绵。做工考究的青铜编钟、编镈等乐器，带来了远古悦耳动听的美妙旋律。西大庄西周墓出土的青铜器数量之众，器形之美，纹饰之妙，令人叹为观止；锋利如初的青铜大砍刀，展示着王者的风采；青铜盘内壁所饰龙纹、鱼纹丰姿多彩，神韵俱佳。王家山春秋墓出土的牛头形玉饰、汉代的玉蝉、玉璧、龙形玉饰等，玉质优良，神韵悠长。齐家庄汉墓出土的金缕玉衣，向人们展现了汉代玉衣的巧夺天工。我国迄今为止沈刘庄石墓出土的唯一汉化石像"亲吻图"，带着只可意会不可言传的艺术美感，笑迎宾朋。形态各异、美轮美奂的金银玉器、翡翠玛瑙、石刻印章、金铜造像、名人题跋的砚石等，则集中了近年从民间收集的流散文物精华。工艺独特的唐代龙首壶，古朴逼真，生动传神。宋代五大名窑之首定窑的瓷盘与瓷碗、明代大书画家董其昌的草书中堂、清扬州八怪中李方膺的《五鱼图》及黄慎的《渔家乐》图，以及宰相刘墉的草书中堂和清状元曹鸿勋、王寿澎的楷书对联等，件件妙手偶得，神韵天成，价值连城……

在第二届中国（日照）散文季启动之后，济南一文友再次造访莒州博物馆，想重点去看那些陈列在二楼展厅的文物珍品，我自告奋勇地当起了临时解说员，又一次走进了莒州博物馆博大的怀抱。这一次我们直奔博物馆二楼，一个上午沉浸在那些远古的陶器之间，心绪凝聚在与莒文化有关的一桩桩、一件件事件上，凝聚在一条文化之河的胸膛里。

在去往二楼的楼道上，文友还在重复着此行的目的，他说，上次来时间太紧、太仓促了，没能细品那些文物珍宝，对莒文化的内涵了解得太少，今天是来补课的。

我告诉他,"莒"字本身,就是一个古老而神秘的文字,先秦典籍中就已出现,汉代许慎在《说文解字》中说:莒,齐人谓芋为莒,段注,所谓别国方言也,借为国名。翻开史书,莒这个地方商代为方国,周为莒国,秦始为县制,汉初置城阳国之后,或为郡,或为县,作为一个古国在经历了千年辉煌之后,曾经神秘消失,但这里始终是东南沿海一带政治文化中心,在中国两千多个县中,既未更名又从未迁徙的县份,莒县仅有的一个。

早在齐鲁文化形成之前,山东已经出现了东夷文明,而其中的代表就是莒文化。按照学界的说法,莒文化的重要程度不仅可与齐、鲁文化一较高下,而且能从源头上探寻到中华文化的所在。

2013年6月5日,全国政协委员、中国社会科学院学部委员、中国先秦史学会会长宋镇豪来到了山东大学做了一次名为"莒文化与中华文明的起源"的讲座,对有关中国历史的探源进行了讲解。他说:"中国历史上有确切纪年的开始是从共和元年,也就是公元前841年开始的。而在此之前的历史都是模糊的,包括'三皇五帝'的说法在战国之前的甲骨文中都找不到根据。"宋镇豪认为,作为大汶口文化真正的"点",山东的莒县和日照正是莒文化的所在地。

1921年1月,胡适先生给顾颉刚先生写了一封信,信中说,由于"三皇五帝说"靠不住了,他建议将中华文明从周代开始,等到考古学、金石学走向科学的轨道后,再慢慢拉长中国的国史。

文友说,他来之前曾经查阅过一些资料,其实,审视莒的前世今生,它太古老了,甲骨文里可以找到它,金文中可以看到它,青铜器的铭文里可以触摸到它,考古、历史界都围绕于此开展的大量相关研究形成了一个新的文化命题——莒文化,并认为山东文化应为齐鲁莒文化。

我俩一边说着一边进入了展厅，顺着历史的脉络，继续着我的讲解。此刻我俩的目光不约而同地聚集在一画像中男主人吹起的一把牛角形号上。

我学着解说员的样子，用一口不算标准的普通话解说道，古东夷是由若干氏族方圆组成的大部落联盟，在陶器牛角号声声雄浑的号角声中，随着禹的儿子启建立夏王朝，古莒国也在这个时候诞生了。

我一边用手摸着画中的牛角号，一边说，这个牛角形号就是1979年出土于山东莒县陵阳河遗址的，是大汶口文化中晚期的器物，研究者认为，陶制牛角形号表明了莒地五千多年前军事集权首领的出现，因之也出现了早期国家的雏形、部落方圆、陵阳河方圆。五千年前，莒地先民率先吹响了人类进入文明社会的前奏曲，而在此之前，莒地有人类活动的历史已走过了40万到60万年。

我告诉文友，我曾不止一次地想象着，陶制品制作主人的家就在陵阳河河面冲积的高地上，他每天早起从河东取回大量黏土，制作各式各样的陶器，这些陶器便成为最原始的盛粮、发酵谷物、酿酒、喝酒、针灸以及用于军事指挥的等等器物。为便于识别，主人便开始在器物上刻画标记，久而久之演变成人们共同认可的符号。谁都不会想到这些符号的出现，从此开启了人类文明和智慧的窗口。

文友赞叹道，这是一种大智慧！

是啊，这的确是一种大智慧，这智慧凝聚了莒地先民的聪明才智，以及他们敢于创造、善于思考、渴望交流的思想；这窗口是一道亮丽的文化之钥，更是启迪人们心灵的精神之光，这道光来自陵阳河。

陵阳河是一条不起眼的小河，谁都不知道它在莒东流淌了多少年，它年复一年悄无声息，清清流淌，滋润万物，滋养着莒人的心田。直到20世纪70年代末，随着一支考古队的到来，这条小河一夜之间成为轰动世界的文明之河，从一个当地的母亲河变成为整个中华文明的母亲河之一。

那是1979年5月中旬的一天，阳光明媚，晴空万里，考古队在莒县文管所负责人苏兆庆和山东省博物馆工作人员赖非的指导下，60多个民工在陵阳河道里打探沟，开始了寻宝计划。直到下午6点多，两人和民工从新发现的6号墓葬中捧出了一件新石器时代制作的滤酒缸，此缸夹砂红陶，高37厘米，口径58厘米，底径44厘米，敞口，斜直壁，底部有直径9厘米的圆形漏孔，通体饰蓝纹，形体硕大。后经专家鉴定，是新石器时代罕见的酿酒器。

我用手指了一下仿6号墓模型说道，仅此一墓清理了一周，出土200多件文物，引起了国内外考古学界的极大关注，尤其令专家们心驰神往的是在这个墓中还出土了发酵谷物用的大口尊、接酒用的陶盆、储酒用的陶瓮等成套酿酒器具。这一重大发现，堪为莒人早在5000年前就已发明了酿酒技术的物证，也是莒地原始农业发展，粮食已有剩余的标志。

之后，在苏兆庆的建议下，在6号墓四周扩方，发现了19号墓及其他40多个墓葬群，出土了2800多件文物。后经专家鉴定，墓中的很多文物是用于狩猎、生产、生活、防止猛兽袭击或是战争期间召集族人统一行动发号施令的器具，其中以造型别致的牛角号为著，该号属中国考古史上的首次发现，弥足珍贵。它的发现，以无可辩驳的事实表明，中国东方莒之先民早在5000年前就已由野蛮蒙昧、一盘散沙的时代，开始向着有组织、有纪律的社会迈进，率先吹响了向文明社会进军的号角。

文友略有所思，他提到了文字的起源问题，我会意地笑了笑，打开了话匣子。

一般来说，我们只要提到文字的起源问题，大家马上就会联想到安阳殷墟出土的甲骨文和商周时期的青铜铭文，然而，莒地陶文的发现，让专家对中国古代文字的起源进行了重新思考。

其实，早在两三千年前人类就开始了文字起源的漫长探索，可是到现在文字起源问题仍是个不解之谜，那么陵阳河遗址出土的陶文，能否解开这个谜团？

1957年夏秋之交的一个中午，一场暴雨引发了陵阳河水暴涨，洪水过后，干部群众开始疏通河道，洪水的冲刷，河沙里露出一些石器、陶器残片。正在工地上领工的大埠村文书赵明禄是个有心人，他注意到了这些残片，便收集起来并报告了县文化馆。刚参加工作不久的苏兆庆，对文物也不大明白，就挑了一些完整的东西拿回了县文管所。1960年莒县又发了一次大水，冲出了标有（以下称"日云山"）符号等一部分文物。苏兆庆得到情况后，又捡了一些带回了县文管所。因条件落后，加之刻有符号的大口尊及其他几个器体甚重，不好拿，苏兆庆就找到陵阳河公社大埠村的文书赵明禄，把这几个带着泥土的大口尊，用草盖上放在了赵明禄家屋旁的夹道里……

陵阳河遗址属大汶口文化中晚期，这里发现的陶尊，人们好奇地发现上面竟刻有图形的文字，再进一步发掘，又发现了有文字的17枚，刻画图像3枚。以后经辨识，这些残片中就有了陶文。

1969年，北京举办出土文物展。苏兆庆奉命将刻着图像陶文的三件大口尊送往北京展览，他把"日云山"大口尊等文物捆起来，前胸后背各一个、手提一个，踏上了进京的路。因三件文物在赵明禄家风吹雨淋日晒，外形显得很破旧，加之又都很笨重，而苏兆庆的衣着又很朴素，坐汽车去北京参展的路上样子很狼狈，一路上引来不少人好奇的目光，有人或指指点点，或掩嘴而笑。

文友问道："苏老现在莒县吗？"我回答说："他老人家已去世了，这是莒县的损失。"

沉默良久，我接着解说道：在京期间，于省吾、唐兰等先生先后发表高论，将图像陶文定为文字，与当年发现甲骨文一样，引起了国内外考古、历史、古文字、天文界等学科的瞩目，在国内外掀起了以研究陵阳河陶文为核心的中国文明的热潮。

大汶口考古报告发表之前的1962年夏天和1963年秋天，山东省博物馆由王恩礼、张学海带队联合莒县进行实地考察和试掘，清理墓葬10座，出土文物150余件。在以后的考古发掘中清理墓葬45座，出土文物两千余件。其中就有图像文字的大口尊、成套的酿酒器具、褐陶号角、白陶封口鬶等珍贵文物。这些考古发现，是这一文化类型考古的重大突破，也是中国史前考古的突破性发现。

听到这里，文友问道：它们是迄今所发现的中国最早的图形文字吗？

我解释道，最早论及陶尊文字即莒县陶文的是于省吾先生，他在关于古文字研究的若干问题中引述了陵阳河发现的这个陶文（ ），将其解释为"旦"字，继之唐兰先生认为陶文是很进步的文字，并将"日云山""手枪""锄头"型的这三个陶文分别释为炅、钺、斤等字。且称，由于大汶口文化、陵阳河遗址和前寨遗址中陶器文字的发现是商周以前的图像文字体系，这样中国的文字史至少可以推到5000年以前了。也有些学者从天文方面进行研究，认为莒地先民早在5000年前，就有着发达的天文历法，他们已有了四季的概念，懂得春秋之分，尽管角度不同，但也认为陶文属文字。

陶文的刻画是当时人们在长期的日常生活和同大自然做斗争的

过程中，对各种事物的观察，对自然景观的记录和描述，它是继结绳刻画记事而进入模拟物体形象的图像文字。

郭沫若、唐兰、于省吾，这些目光中透着睿智光辉的国学大师们，无一例外地认为莒地出土的陶文是汉字的雏形，是迄今为止在中国发现的最早的文字，比甲骨文还早1500余年。人们不禁惊叹，莒地陶文的发现将人类文字可考的历史上推了1500余年。

时任莒州博物馆馆长的苏兆庆这样解读："他是祭祀太阳的一种祭文，后来，把这种文字画下来，作为祭祀的祭文，直到现在，我们莒县人到了春天的时候还有祭山这个习俗，就是祭祀太阳日出的习俗。"

于省吾先生和一些学者们把它解释为"旦"字，他认为该陶文上、中、下的结构，是日、云、山的组合，它有形，也有音和意，他说，云气衬托着初出山的太阳，早晨旦明的景象，宛然若辉，"旦"是天亮、光明的意思。

为此，我饶有兴致地向文友又讲道，每年农历四月初八这一天，来自莒县和周边县市的男女老幼都会倾巢而出，爬上当地的一座叫作屋楼崮的山顶赶庙会。屋楼崮是莒东平原第一座拔地而起的高山，也是每天清晨太阳最先照耀的山峰。五千年前，此山已是莒地先民观日出定春分的标的山峰，直至今日，每年春分时节拂晓，在山右大朱家村举目东望，一轮红日从屋楼崮主峰喷薄而出，瑞气升腾，山川大地红光闪烁，始终洋溢着盎然春意和无限生机。农历四月初八本为佛祖节，属于我国佛教一年之中最大的节日之一，即释迦穆尼的生日纪念，起初我们认为他们都是些善男信女为求佛而去，可是，山上并没有佛教的寺庙，这是因为5000年以前人们祭祀太阳神的延续。

我有点儿自豪地说,当我们在晴朗的春日早晨,步行陵阳河畔,东望寺崮山,或者立身沭河边,翘首屋楼崮,一轮红日冉冉升起,眼前景象不就是陶文字吗?这时从屋楼崮山顶上升起的这缕曙光不也正是中华文明的曙光之一吗?

文友被我的一番述说惊呆了,他佩服地点了点头。他要求明年的四月初八再来莒县目睹这一壮观景象,还让我当他的私人解说。

这时,博物馆的解说员,一位漂亮的女孩引领着一群参观者赶上了我俩。

女解说员清亮干脆的解说,似乎把文友的听力搅乱了。话筒里传来她的声音,陶尊物语,应当是20世纪中国以及世界的一个重大课题,更何况与文字同时出土的还有20多个陶文。所有这些都为研究中华文明的发祥地和中国汉字的起源地提供了最好的难能可贵的标本,这些谜一样的陶文,给古文字专家们带来了无限的遐想、探讨和认定。1977年出土,人们对之不吝赞美之词的蛋壳陶,薄如纸、黑如漆、亮如镜、硬如瓷,掂之飘忽若无,敲之铮铮有声,以致被世界各国誉为四千年前地球文明最精致之作……

显然,女解说员的声情并茂吸引了文友。我调侃说:要不我俩跟上听听?文友违心地说道:还是老弟讲得既全面又动听啊!

明知文友没说心里话,但我还是接受了他的说法,至少我说出了女解说员没有说出的许多内容。

文友提议让我接着介绍,于是我一口气讲了大汶口文化、龙山文化中陶石纺轮广泛应用和骨针、针灸艺术的发明创造,讲到在酿酒方面东夷莒人从发明到应用的过程,还讲到莒地青铜器造型和纹饰均有自己的独特风格,莒地出土的双人方鼎,现存山东博物馆,从纹饰看不晚于春秋早期,在其盖上铸有两个人形,一男一女,通身赤裸，在铜器中绝无仅有。在鼎盖上何以会有裸人？这种器物有怎样的用途？至今还是一个谜。

讲到激动处，我有些骄傲地说，从甲骨文、金文以及漆器、丹书，可以看到，莒作为国族的名称，其流变相当清晰。甲骨文、金文里的莒也即文化意义上的莒地，约指沂河、沭河、淮河上游以东的鲁东南近海沿海地区，具体地说在淮水和沂、沭流域，南到陇海线，北到胶济线，西到沂水河两岸，东边直达东海。

有一个不争的事实是目前山东所见出土铜器较多的文化墓葬均属于莒，青铜冶铸的发达见证了莒国经济的强大。莒都在三迁之后，局势稳定，便开始了铸造自己的货币莒刀。1959年在莒故城一次就出土币范117块，由之可以推见当时铸币作坊的规模之大。先秦时期山东地区共有关市10处，其中8处即在莒国范围之内，足以说明莒国经济发达的盛况。

我把文友的目光引向一把刻有铭文的戈上，告诉他这把戈叫莒公戈，数千年后的今天还锋利无比，足见其武备之精良，戈上铭文曰，莒公而亦称莒子，足以证明莒国君对自己有超强国力的自信，莒也吸引了各国人才纷至沓来。典籍有载，鲁人叔文来莒为相，孔子高徒子夏为莒父宰，诸如曾子仕莒，孟子游莒的传说故事在莒地几千年来相传不衰，莒都城是当时名闻天下重关巨城，后来的《水经注》这样记载"莒城三重，皆崇峻，外郭周四十许里，内城方十二里"。数百年苦心经营，莒城日益险固，以致莒亡归齐后，还有这样的佳话："燕国上将乐毅伐齐，下齐城七十余座，独莒即墨不下。"周之礼制，子国方五十里，而莒仅都城就达四十里，其方圆何止十数个五十里。今就地域而言，莒国确实是方国林立的山东地区中唯一可与齐鲁国并肩的大国……

时值中午时分，文友仍听得津津有味，丝毫没有离开的意思，直到我解答了他提出的与莒文化有关的一连串问题后，他才放下了紧锁的眉头，认真地点着头，对我说，他上次来时，曾在浮来山四千年天下银杏第一树下感受过植物活化石的灵动，也在博物馆一楼展厅了解了中国第一部文学专著《文心雕龙》作者刘勰的生平事迹，还有"毋忘在莒"的千秋佳话，至今历历在目，还在脑海里回旋。莒县文化太厚重了！

历史告诉我们：大量文物的出土，显示出了莒地是东夷文化的重要中心。莒文化在古文字、宗教、农业、酿酒、医学、建筑与制陶手工业等诸多方面，当之无愧地成为中华文化魅力的文化信息载体。

漫步在二楼展厅，我们看到的那一件件文物、一幅幅图像，都是一部莒文化历史信息的浓缩，是一组组韵味悠长的诗，是一首首令人许久不食肉味的歌，它们共同构成了莒文化波澜壮阔、震撼人心的历史韵律，连缀成了绵延悠长、瑰丽无比的历史画卷。

拨开历史迷雾，溯源古老历史文明，而今莒文化正以自己的魅力登上神秘的文化殿堂，成为中华文明非常灿烂的一颗明星。

明礼诚信，自强不息，这是这座古城新的文化精神，它植根于历史，体现于现实，引领着未来，它的每一次发生发展、开拓和创新，都不仅仅属于这座古城，它也属于我们每一个人，同时更属于整个民族和世界。

走出二楼，文友将赞许的目光许久地停留在"千年古县"四个大字上……

麦收时节

　　轻轻地打开有些发黄的相册，让手指轻柔地抚摸着一张张熟悉的面孔，让我的思念与家乡亲人憨厚的笑容喃喃地对话。忽然想起，多年前一个麦收的季节，老家的农人们在深情的麦海里幸福逐浪的那些时刻。

　　看吧！男人们憋足了一个春季的劲头开始喷发出来，在热浪滔滔的麦地里尽情地挥发着他们积蓄已久的激情。挥动着银镰，在田间山头舞蹈出力量与个性结合的最铿锵节奏。在麦浪深情的吟唱里，不知有多少男孩的心田开始了爱情种子明朗的蠢动，有多少女孩思念的浪漫情节悄然地催生。

　　女人们会使出各自的看家本领，把一粒粒小小的新麦摆弄成无数的花样。干了的麦子被磨成了雪白的面粉，用面粉蒸馍、擀面条、炸油饼、做酥饼，甚至还有人做成了各种小工艺品分送给左邻右舍……人们换着花样吃，换着花样装扮着平淡而实在的日子，仿佛只有麦子的情怀，才能够把女人们的品质表达得完美尽情。

　　一时间，故乡的空气中充满了新麦的气息，把农历五月的胸怀撑得格外的饱满、格外的热情。

　　麦粒归仓后，将要播种下一季的种子，田野里山坡上，一堆堆金黄色的麦秸被农人的火把点燃了。

烟火点点，是祖辈们历经艰苦从远方带回的种子；是母亲们用瘦弱的怀抱孵化而出的生命；是父亲们满是老茧的双手播进土地的命脉；是兄弟们虔诚地守候点燃的生活；是姐妹们用最纯洁的爱情织成的初嫁的婚纱……是故乡的人们最平淡日子里盛开的花朵，行走在秀山绿水间，清香而又持久。

在结实的丰满的土地上，拔地而起的楼房如夏夜的天空般星光灿烂。父老乡亲，在麦粒的饱满中翻阅着汗水书写的片段，怀想曾经走过的平淡却又坚实的日子，感受岁月的情深。家里的兄弟姐妹，在麦香和烟火中沿着爱情的指引，一路深入，直抵达生命的腹地。

家园的孩子们在五月广袤的胸怀里自由地奔跑，宛若春天的花朵，或浓或淡，袅袅飘散，随风摇动。朴实的乡亲们在一天的劳作后，洗去汗水，携妻携子，在丰腴的土地上随意地走动。这是一种最朴素的风景，比花朵更生动、更鲜艳。

那麦秸燃烧的激情远远大于农人朴素的思想。当最后一丝火光渐渐地消失后，粉末如尘的灰白便是麦一生最后的奉献。她们寻寻觅觅的香魂在大地的拥抱中静静地安眠了，而人们的日子里开始裹上了麦香和甜蜜。从严寒走向了阳光明媚，这便是麦一生的追求，这更是人们对生活更高的追求。

麦收时节，便想起新麦的滋味，咀嚼中常常把我带回远去的岁月。合下岁月的相册，决定今年的麦收时节一定回老家去……

槐花飘香的时节

五月，是槐花盛开的季节。你看，对面校园里，有一棵大槐树正顶着满树花冠亭亭玉立在那里，那洁白的槐花被风轻轻吹过，在绿叶间摇曳摆动，如潮涌的波浪，像一只只正在舞蹈的精灵。那丝丝缕缕的香气便随着风沁人心脾，任芳香飘荡四野，使整个空气都充满了槐花的味道。

于是决定携妻和儿女一起去家乡的山上看槐花。山不在高，有花则美。满山的槐花让妻子和一双儿女大开了眼界，雪白的槐花在这个季节里，格外扎眼，一眼望去，满眼的繁华。甜甜的槐花香，随着五月的柔风，追随你一路飘来，让你身心醉透……

妻说，她喜欢在清晨的时候早起，去品槐花。因为早晨的槐花含着露水，会使空气都变得那么神奇；会使人的呼吸都变得贪婪，简单运动后，会使自己的一天心情愉快。

儿子则喜欢在课间休息时，围着学校院内那棵大槐树跑上几圈，吸闻着香甜的空气，顿觉醒脑提神、全身有劲，下堂听课就不打盹，特别有神。

女儿说，她喜欢和妈妈一样在早上品槐花，她会摘一朵放在鼻翼上深吸半分钟，便觉得脑子清新，心情特好。

我则喜欢在夕阳的映照下去品槐花。我喜欢夕阳映照下的槐花被镀成金黄色的感觉；喜欢在槐树下近距离地轻嗅芳香。

面对这花如海、蜂如潮、人如仙的胜景，我和妻不约而同地唱起了歌……

花香引蝶，花蜜引蜂。飘香的花海中，看见一对养蜂人正在忙碌的身影，只见他们支着帐篷，帐篷下架一口铁锅，炊烟袅袅，锅内是养蜂人的午餐。蜂箱整整齐齐地排列其侧。蜜蜂们扑入漫山遍野的树丛花海中尽情地劳作，不知疲倦地在蜂箱和槐树之间来来往往、飞进飞出，忙个不停。

记忆中的槐花，是母亲的手和着粗糙的玉米面，贴在吱吱响的铁锅边上的槐花饼，是童年的美好，是生命的富足。记得小时候，老家的屋子北边的空地上长着一棵很粗的老槐树，遒劲的枝干拼命地向外张开，苍劲有力。浓密的叶子覆盖到了邻家的房顶上。每年的这个时候便开出绚烂的槐花，因为树冠很大，槐花开得也特别多，一摞摞，一簇簇，一串串的精灵可爱。雪白得如圣洁的仙子，风一吹，氤氲的香气缭绕，风吹百里，香飘四野。满树的香气引来成群的蜜蜂嗡嗡地叫着，争相汲取这甘美的花蜜。

童年时，槐树花开，似乎是一个村子里一年一度的盛事，也好似孩子们的节日到来。家家户户大人小孩，拿着长长的杆子，带着兜子、笼子，甚至簸箕、盆子，去山上摘槐花。自然屋后的老槐树成了小伙伴忙碌的乐园。小伙伴们争相爬到树上，捋一把槐花，放在嘴里大口地咀嚼着，那份甘甜"嗖"的一下从嘴里传遍全身的每个神经和毛细血管，香喷喷、甜蜜蜜的感觉现在回想起来还回味无穷。那几天里，家家户户都会飘出蒸槐花的香甜味道，母亲把她采摘的花放在清水中漂洗干净，一朵朵地摘去花托后，放到面糊中，滚热的油锅里便煎出一个个两面金黄的槐花饼。咬一口酥脆的槐花饼，唇齿间便溢满槐花的清香。在那物资极度匮乏的年代，这无疑是难得的佳肴了。孩子们上学去时，书包里多了平日里没有的零食。那种味道，是故乡留给我的味道，也是母亲留给我的味道……

听完我的讲述，女儿感觉饿了，提议回城吃饭，儿子建议采一些槐花叫妈妈回去也烙个槐花饼尝一尝，大家一起动手，一时间采摘了一大捧。

啊！美丽洁白、如雪似玉的槐花，你带给我多少遐思、多少灵感、多少愉悦！使我对故乡这块美丽的土地格外眷恋。我也要像你一样，为故乡增添一份美丽，为故乡播撒一份香甜！

山茶花

我常常读一些赞美花卉的诗文,从中领略到每一种花都有各自独特的风情,都有各自鲜明的个性。写山茶花的诗很多,我还是喜欢陆游的诗句:"东园三日雨兼风,桃李飘零扫地空。唯有山茶偏耐久,绿丛又放数枝红。"山茶花以艳而不娇、鲜而不俗、凌寒坚忍、执着奔放的品格和气质,深得我的喜爱。

每年正逢冬春交接之际,就在百花还未含苞时,山茶花却开始盛情怒放。灿烂的花瓣恰似朵朵彤云的风韵,以傲霜斗雪的姿势早已傲立在了风雨之中,独占春色,姹紫嫣红,构筑着一个万紫千红总是春的花花世界,招惹着行人的眼,直到春末夏至。

记得在故乡的时候,喜欢在每个雨后的清晨,早早地起床,沐浴着淡淡的日光,便向东边的山中跑去。走进紫雾晨光的山谷中,穿梭在绿叶葱郁的树林间,行至流水潺潺的小溪旁,踏过繁花深处,听着鸟语,闻着花香。静静地停留在山茶花儿树旁,久久不愿离去。你看,那含苞吐蕾的山茶花,像个调皮的幼童,探出小脑袋;半闭半开的山茶花,露出半边粉红色的红晕,还有一半藏在深绿色的花托里;盛开怒放的山茶花,整个花瓣完全舒展开来,层层叠叠,柔细如丝绸,高雅的质感,似碧玉雕成。花瓣上的点点露珠,娇姿欲滴。艳丽高贵的颜色,柔美圆润的线条,清淡雅致的芬芳,成为我眼中美的化身。那白色的纯洁，黄色的温馨，红色的热情，偶尔一阵清风掠过，惊起满树飞花，淡雅的馨香飘散到潮湿的气流中，弥漫在了整个山野，洋溢着新鲜的气息，勾勒出了一幅幅春意盎然的画卷。

文坛巨匠郭沫若对云南茶花情有独钟。他的一首《咏茶花》云："艳说茶花是省花，今来始见满城霞。人人都道牡丹好，我道牡丹不及茶。"诗人仅用"满城霞"三字，即写尽了滇山茶的盛开之貌。接着就直抒自己的观点：牡丹是自古称道的"富贵之花"，但与茶花相比，牡丹毕竟富丽而娇。茶花却能经冬而放，戴雪而荣，在万物萧条的季节，她能带来满城霞。这正是诗人所看重的高贵品质，也正是牡丹不及茶花之处。

望着如此美丽的山茶花，我不禁想起那个似"山茶花"一样的女孩。在我的脑海中，她心地善良，天生丽质，美丽大方。红扑扑的脸庞，乌溜溜的大眼珠，就像早晨一朵带露的山茶花，清新而纯净。给人一种优美、亲切、醉人的感觉。她高贵华丽，说话办事以大局为重，不存私心；她爱憎分明，"刀子嘴豆腐心"；她待人宽容，对所有人都能理解，相信一切，又包容一切，她默默地承受着病痛带给她的风和雨。岁月的风霜，不断地侵蚀她身上闪耀出来的青春与活力，不断地冲击她心中拥有的梦想，随着年龄的增长，使她变得更加坚韧和顽强。上班下班、买菜做家务、相夫教子、侍候老人……她的高雅，跟山茶花是多么的相似。

"山茶相对阿谁栽，细雨无人我独来。说似与君君不会，烂红如火雪中开。"读着苏轼在梵行寺里题下的诗，聆听那蒙蒙雨丝细碎的心语，看着自己镜头里的山茶花，在我的生命旅程中将那些温暖而浅淡的思绪收藏，将那朵山茶花深刻在记忆里，让她在我的生命里慢慢绽放着清香和美丽。

看 雨

  我喜欢坐在窗前看下雨。那一刻，那高高低低错落的自然之物像艺人的手指不断地拨弄着琴弦，那细雨织成的五线谱，流淌出一曲曲动人的音符。

  真的下雨了。你听，沙沙作响的是树叶被雨水冲洗时欢快的笑声，你看，那地上一个个水泡泡在互相嬉戏玩耍，天地间一片苍茫……

  小雨淅沥，是一位如诉如泣的姑娘在给人们讲述一个凄美动人的故事，是一首优美动听的旋律在耳边不断回响，是一个遥远的声音从天边传来……

  望着绵绵不断的雨，我的思绪总会飘得很远很远，独自漫步雨中，更是别有一番情趣，心欢快得快要跳出来。

  记得小时候，每到春末时分，端午前后，总会迎来汛雨期，有时候一下就是好几天。润物细无声，怪不得春天的万物都喜欢春雨，喜欢在雨中伸展枝叶，原来春天的雨是甜的。连顽皮的小孩也不愿在家里待着，他们都在雨中光着脚丫子来回跑，找寻着不一样的心情。也可以光着脚板在门前或巷子里看着雨水积成小河，躲在房檐下折出几只小船来，放在雨水中，看着小船随小河流动、打转。夏季，那普天而降的甘霖钻入干渴的沙地，发出"咝咝"的响声，好像一个婴儿在贪婪地吸吮着母亲的乳汁。渐渐地，小草、树叶和荒塬上的植被都显露出翠绿的色彩，鲜花更加娇艳妩媚，山巅有了薄薄的雨雾，河水开始上涨，一切都变得生动起来，如同情窦初开的少女，给人们的目光增添了一份美丽……

雨越下越大，地上有了积水，雨点便制造出无数的泡泡。门前的垂柳，枝条变得更长，无数的花瓣在雨中凋落，屋檐上挂起了雨帘。

我怕错过雨的恩赐，就拿起一把伞走出了家门。心中的惬意早已无法掩饰，如歌般荡漾在脸上。得意的脚步呀，和着心中乐曲的节拍，是那样的轻快！烦躁和喧闹早已没了踪迹，一切都安静了下来！

雨大了，霎时，城市里的一切都笼罩在水雾蒙蒙的雨中，没有风，雨水直直地、狠狠地打在她所能触及的每个落点。矗立的楼群、高大的广告牌、树木花草、整条街道都沐浴在雨水急急的敲打与冲刷中，一曲雨的狂欢曲就这样速速地拉开了帷幕！

突然想起给母亲上"五七"坟时下的那一场大雨。雨不停地下，心血不停地滴，远方传来已逝日子中最熟悉的旋律。母亲，这旋律您能听到吗？您也会驻足去听吗？纵使我肝肠寸断，纵使这满天的雨滴都是我的血泪，可她又哪能抵得上我失去您的痛苦！

所以，我站在这样的雨中，看大雨漫天，看城市在雨的心境中模模糊糊的样子；看绿的树、红的花；看爱雨人的思念涕泪涟涟模糊了我的双眼。

看几多过往几多世事变迁和尘世间的沧海已变成桑田；看远去的恩恩怨怨跌落在雨中的声声叹息；看灵魂如蝶般舞成梦幻离殇的哀婉；看雨水沾湿了我的衣服亲昵着肌肤的畅意心间。

看雨，迷离，将穿透心扉的召唤跌落成凄凄切切；看雨，静怡，弥漫着我的思绪，镌刻成一种记忆！早已分不清是我，还是那雨！

雨停了，天空中出现了彩虹。

我的文化馆情结

韶光流逝，半个世纪转瞬而过，莒县文化馆如同我身边的古沭河、四千年银杏树一样，与我的生命相遇，成为我精神家园的一部分，成为我一生中最美的记忆。

20世纪70年代初，那时我还小，不懂得欣赏，但经常出入文化馆内外和伙伴们一起爬墙上树、打打闹闹，文化馆真正的功能和内涵，是少年的我无法感知和体味的。只知道这里的叔叔阿姨、大哥大姐，能歌善舞、能说会唱、能写会画。那时，父亲在县里从事宣传工作，一次他去县文化馆督导工作时，正在爬墙的我被父亲撞了个满怀、逮了个正着，父亲严厉地批评了我，叫我不要影响叔叔阿姨大哥大姐的工作，在父亲的责备下我灰溜溜地从南门而逃，一边跑一边回头张望，寒风中，我第一次看到了文化馆的大门由以前的"莒县革命文化馆"换上了新的牌子"莒县文化馆"，那是1974年的冬天。我后来才知道那次父亲是去督导现代京剧《红灯记》的排练，为表演者春节后的演出加油助阵。

莒县文化馆几易名称。听父亲说，莒县文化馆，建于20世纪50年代初，那时称为"莒县人民文化馆"，后又改称"莒县革命文化馆"，1974年冬改称"莒县文化馆"，直至今天称呼未变。20世纪60年代初成立了"莒县图书馆"和"莒县博物馆"，与"莒县文化馆"

同一个院子办公。

　　对文化馆另外一个清晰的记忆是报纸阅览室。阅览室里用报夹摆放着不少报纸,主要是成年人在那里看的。被夹住的报纸往往没几张,且都被折磨得七零八落,顽皮的我用钢笔围着画一圈,由于墨水的氤氲,那块文章就自然脱落了。我就用这办法,好多次窃取了《人民日报》"大地"副刊上的"优美散文",在同学中显摆。阅览室成为我提高写作能力的摇篮和热土。1980年,我上初二,在全县中学生作文大赛中,获得了大赛一等奖。

　　20世纪70年代末,文化馆新购进一台大屏幕电视机,工作人员在院内露天修台筑座,在大门口东侧开窗口对外售票,每张票价5分钱。第一天晚上,由我请客前去观看,让同去的学友着实过了一把电视瘾。后来,同学小张提议,不花钱也能看上"大屏幕"。于是,我们几个像做贼似的,蹑手蹑脚穿过新华书店从文化馆西墙翻过去,但好景不长,有一次在翻墙的时候,小张被工作人员当场抓获。从那时起,我们便再也不敢越"雷池"一步了。

　　县文化馆位于浮来中路,占地5000平方米左右,西邻新华书店,东邻土产公司,路南是农业银行、供销社,院后路北是法院、公安局,我的家就住在县委大院,大院的东南边与新华书店一路相隔,那片浓厚的文化厚土,自然成了我喜欢读书、购书的必去之处。

　　20世纪80年代中期,莒县文化馆在院内建造了排练大厅,之后在排练大厅举办了多种文艺演出活动和工艺美术展览。涌现出了大批"歌星、舞星、画家",莒县音乐家、戏剧家协会、莒县文学创作协会相继在这里成立。90年代到20世纪末一大批优秀作品应运而生,一大批优秀人才脱颖而出。

　　犹记得,1995年春,在"文化馆排练厅"县总工会、县妇联、团县委举办的"庆三八妇女节文艺晚会"比赛上,我与妻子携一双儿女表演了歌伴舞《常回家看看》,获得了特等奖。一双儿女的伴舞成为获奖的重要因素,至今历历在目。我与妻子先后两次在这个舞台上获得唱歌、诗朗诵二等奖,并多次参加过大合唱,妻子在全县"忆十年话改革演讲比赛"中获得一等奖。

再后来,文化馆院内建起了家属楼,还开设了餐馆,文化气息趋于淡薄。工作这些年,奔波于生活,一切都在柴米油盐中平淡下来,我与文化馆的接触似乎远了许多,但那种铭心刻骨的记忆却越来越清晰,已置于我内心的根部。

我时常站在莒县文化馆门前,感受着她那种强烈的时代律动和无法抗拒的力量。一直到现在,我依然觉得,文化馆是一个神秘的所在,以其生活化的、单纯通俗的面孔,掩藏着一个深刻的、不可捉摸的、复杂的灵魂。

如今,文化馆已随着旧城拆迁、古城建设的需要不复存在。眺望着古老而现代的文化馆,心中涌现出无限的感慨和依依不舍的情结。20世纪70年代、80年代以及90年代的三个历史瞬间,如同一幕幕精彩大剧从我眼前掠过,仿佛文化馆前的梧桐树叶还在沙沙作响,叙述着光阴的故事,迎面吹来了清新的风,弥漫着一股新鲜的时代气息……

最早的原始文字

　　创造是自人类社会诞生以来不断发展进步的永恒主题。陵阳河一夜之间成为轰动世界的母亲河之一，那些刻在各种陶制品之上的文字，点燃了学界不息的圣火，令学者们惊叹并为之奔走呼号。是谁创造了人类最早的原始文字，又是谁以睿智的思考、包容的心胸，历经千回百折，揭开了陶文字的神秘面纱？让我们先从"莒"字开始叙说吧！

　　莒，一个古老而神秘的文字，先秦典籍中就已出现，汉代许慎在《说文解字》中说，莒，齐人谓芋为莒，段注，所谓别国方言也，借为国名。翻开史书，莒这个地方商代属姑幕侯国，周为莒国，秦始为县制，汉初置城阳国之后，或为郡，或为县，作为一个古国在经历了千年辉煌之后，曾经神秘消失，但这里始终是东南沿海一带政治文化中心，在中国两千多个县中，既未更名又从未迁徙的县份，莒县为仅有的一个。

　　打开中国地图，在山东省东南部靠近黄海的地方，你会很容易地找到这里。让我们首先从几个第一开始认识：它有中国最古老比甲骨文早1500年的原始文字；它有四千年树龄被联合国教科文组织称为植物活化石的"天下银杏第一树"；它有我国迄今为止出土的唯一汉画石像"亲吻图"；它有最早发现的大汶口文化遗址——陵阳河遗址；它是中国第一部文学专著《文心雕龙》作者刘勰的故乡；这里是已有三千多年历史的古国都城；这里有很多独一无二的出土文物，这就是中国书画艺术之乡东夷文化的重要源头，莒文化的重要发祥地——莒县。

说到齐鲁，人们自然想到这是山东的代名词，想到孔孟之乡，想到成为中华文化主体的齐鲁文化，而相对于齐鲁文化而言，莒文化可谓毫不逊色。

2008年，时任莒县县委副书记、县长刘守亮在山东省社会科学界2007年学术年会上，做了《古莒文化鼎立齐鲁——兼论莒文化在齐鲁文化发展中的重要作用》的主题演讲，他说，早在齐鲁文化形成之前，山东已经出现了东夷文明，而其中的代表就是莒文化。按照学界的说法，莒文化的重要程度不仅可与齐、鲁文化一较高下，而且能从源头上探寻到中华文化的所在。这铿锵有力的表述，落地有声的言辞受到社科界的高度重视，引起了省内外广大学者的极大关注。

2013年6月5日，全国政协委员、中国社会科学院学部委员、中国先秦史学会会长宋镇豪来到了山东大学做了一次名为《莒文化与中华文明的起源》的讲座，对有关中国历史的探源进行了讲解。"中国历史上有确切纪年的开始是从共和元年，也就是公元前841年开始的。而在此之前的历史都是模糊的，包括'三皇五帝'的说法在战国之前的甲骨文中都找不到根据。"宋镇豪说。

1921年1月，胡适先生给顾颉刚先生写了一封信，信中说道：由于"三皇五帝说"靠不住了，他建议将中华文明从周代开始，等到考古学、金石学走向科学的轨道后，再慢慢拉长中国的国史。

宋镇豪强调："对于考古学来说，文字的东西都是虚的，只有从地下挖出来的东西才是实的。到底五千年的文明史怎样去证明？"他说："大汶口文化的发现，带来了五千年文明的探讨。山东地区20世纪60年代所确定的大汶口文化，上下年代大致在公元前4300年到公元前2400年这个时间段，如果再加上公元后的2000年，基本上文明史可以有五千年这么一说。但是大汶口文化的文明因素到底有多少？这个是有争议的。"

宋镇豪认为，作为大汶口文化真正的"点"，山东的莒县和日照正是莒文化的所在地。

"山不择砾石，故能成其大。"莒人在沉默包容中寻找着成其大的缘由。

其实，审视莒的前世今生，它太古老了，甲骨文里可以找到它，金文中可以看到它，青铜器的铭文里可以触摸到它，考古、历史界都围绕于此开展的大量相关研究，形成了一个新的文化命题——莒文化，并认为山东文化应为齐鲁莒文化。

古东夷是由若干氏族方圆组成的大部落联盟，在陶器牛角号声声雄浑的号角声中，随着禹的儿子启建立夏王朝，古莒国也在这个时候诞生了。

这是一种雄浑厚重又有极强穿透力的号角之声，发出这个声音的陶制牛角形号，是大汶口文化中晚期的器物，这个牛角形号就是1979年出土于山东莒县陵阳河遗址的。

研究者认为，陶制牛角形号表明了莒地五千多年前军事集权首领的出现，因之也出现了早期国家的雏形、部落方圆、陵阳河方圆。五千年前，莒地先民率先吹响了人类进入文明社会的前奏曲，而在此之前，莒地有人类活动的历史已走过了四十到六十万年。

陶制品制作主人的家就在一条河面冲积的高地上，他每天早起从河东取回大量黏土，制作各式各样的陶器，这些陶器便成为最原始的盛粮、发酵谷物、酿酒、喝酒、针灸以及用于军事指挥的等等器物。

为便于识别，主人便开始在器物上刻画标记，久而久之演变成人们共同认可的符号。谁都不会想到这些符号的出现，从此开启了人类文明和智慧的窗口。

这智慧凝聚了莒地先民的聪明才智，凝聚了他们敢于创造、善于思考、渴望交流的思想；这窗口是一道亮丽的文化之约，更是启迪人们心灵的精神之光。

沂源猿人化石的出现，使人们意识到山东地区也是人类起源的发祥地之一。而地处沂水河流域的莒地，发现的几十处旧石器、尖状器、刮削器、石核细化器、文化遗存，为山东从旧石器时代过渡到新石器时期填补了缺环。

这是一条不起眼的小河，谁都不知道它在这里流淌了多少年，它年复一年悄无声息，清清流淌，滋润万物，滋养着莒人的心田。直到20世纪70年代末，随着一支考古队的到来，这条小河一夜之间成为轰动世界的文明之河，从一个当地的母亲河变成为整个中华文明的母亲河之一，这条河叫作陵阳河。

"海不择细流，故能成其远。"陵阳河以沉默包容的姿态流淌在莒人的心里，就像大海无论是汹涌澎湃，还是风平浪静她都可以承受；就像天空不管电闪雷鸣，还是碧空万里，她总是能平静对待。

1979年5月中旬的一天午时，阳光明媚，晴空万里，袅袅炊烟在习习暖风中悠然舒展开来，清新的空气中弥漫着陵阳河畔农家饭菜的香味。一个高高的中年汉子和一个中等身材的年轻人，在不太宽阔的陵阳河道里，找了条小水沟，草草洗了把脸，自东向西边走边聊。忽然，中年汉子看见一个长 10 厘米、宽 5 厘米的陶片，就抢先一步拿了一下，见纹丝不动，便兴高采烈地喊道："找到了！"

"找到了？"年轻人惊喜中带着不太相信的口吻，但依然精神倍增，"你怎么就断定找到了？"

中年汉子似乎很有把握地说："绝对不是陶片，肯定是个大器物，不然，我怎么扳不动啊！"

说着，两人不约而同地双膝跪在黄泥地上，用手不停地挖了起来。时间一分一秒地过去了，两人足足挖了一个多小时还没把那个"大器物"挖出来，就稍微喘息了一下，这才感到手有点疼，原来流血的手上沾了许多泥土。此时，两人谁也顾不上包扎，又不停地挖了起来。

中年汉子叫苏兆庆，是山东省莒县文管所负责人；年轻人叫赖非，是山东省博物馆派来协同莒县文管所发掘陵阳河文化遗存的工作人员。当天上午，两人组织指挥 60 多个民工在陵阳河道里打探沟，直到中午 12 点多，才让民工收工回家吃饭。忙忙碌碌一上午，没有发现任何线索，民工散去后，就出现了上述的一幕。

苏兆庆点上一根烟，看了赖非一眼，兴奋地把目光聚焦到了陶片上。赖非和苏兆庆对视了一下，望了一眼斑斑驳驳的泥沙滩，也把目光投射到了陶片上。两人蹲在陶片旁，如同两块山岩。各自沉思了一会儿，就商讨起了下午施工的细节，越谈越高兴，都忘了肚子还在咕咕叫。

下午 6 点多，两人和民工从新发现的 6 号墓葬中，捧出了一件新石器时代制作的滤酒缸，此缸夹砂红陶，高 37 厘米，口径 58 厘米，底径 44 厘米，敞口，斜直壁，底部有直径 9 厘米的圆形漏孔，通体饰蓝纹，形体硕大。后经专家鉴定，是新石器时代罕见的酿酒器。

仅此一墓清理了一周，出土200多件文物，引起了国内外考古学界的极大关注，尤其令专家们心驰神荡的是，在这个墓中还出土了发酵谷物用的大口尊，接酒用的陶盆，储酒用的陶瓮等成套酿酒器具。这一重大发现，成为莒人早在5000年前就已发明了酿酒技术的物证，也是莒地原始农业发展，粮食已有剩余的标志。

置身当年的考古现场，时年已是80岁的老馆长苏兆庆仍激动不已。"我们两个人高兴地从那个陶片开始挖，一直扒出了四米八长，三米八宽的沙凹子，是手扒地，当时扒的时候手都不知道疼，到了扒完了，才看到手流血了。这就是陵阳河6号墓的发现。"

轻轻拭掉大口尊上的泥迹，人们好奇地发现上面竟刻有图形的文字。陵阳河遗址属大汶口文化中晚期，再进一步发掘，又发现了文字17枚，刻画图像3枚。

之后，在苏兆庆的建议下，在6号墓四周扩方，发现了19号墓及其他40多个墓葬群，出土了2800多件文物。后经专家鉴定，墓中的很多文物是用于狩猎、生产、生活、防止猛兽袭击或是战争期间召集族人统一行动发号施令的器具。其中以造型别致的牛角号为著，该号属中国考古史上的首次发现，弥足珍贵。它的发现，以无可雄辩的事实表明，中国东方莒之先民早在5000年前就已由野蛮蒙昧、一盘散沙的时代开始向着有组织、有纪律的社会迈进，率先吹响了向文明社会进军的号角。

一般来说，我们只要提到文字的起源问题，大家马上就会联想到安阳殷墟出土的甲骨文和商周时期的青铜铭文，然而，莒地陶文的发现，让专家对中国古代文字的起源进行了重新思考。

其实，早在两三千年前人类就开始了文字起源的漫长探索，可是到现在文字起源问题仍是个不解之谜。那么陵阳河遗址出土的陶文，能否解开这个谜团吗？

1957年夏秋之交的一个中午，一场暴雨引发了陵阳河水暴涨，洪水过后，干部群众开始疏通河道。洪水的冲刷，河沙里露出一些石器、陶器残片，正在工地上领工的大埠村文书赵明禄是个有心人，他注意到了这些残片，便收集起来并报告了县文化馆。刚参加工作不久的苏兆庆，对文物也不大明白，就挑了一些完整的东西拿回了县文管所。1960年莒县又发了一次大水，冲出了标有"日云山"符号等一部分文物。苏兆庆得到情况后，又捡了一些带回了县文管所。因条件落后，加之刻有"日云山"的灰陶大口尊及其他几个器体甚重不好拿，苏兆庆就找到陵阳河公社大埠村的文书赵明禄，说："老赵，这几个东西太重，先用草盖上放在你家屋山旁的夹道里吧。"

以后经辨识，这些残片中就有了陶文，可惜的是，当时人们正忙于改天换地战胜自然，对此并没有给予更多的注意。两年以后，也就是1959年5月，因津浦铁路复线工程的施工在宁阳堡头村西暴露出一部分古代文化遗物。山东省及济南市博物馆闻讯而来，并开始发掘，在第七十五号墓出土的文物中发现一泥制灰背壶，上面有用朱彩绘写的图像文字。

堡头村位于大汶河南岸，于是一个新的考古文化类型——大汶口文化产生了。

1963年，考古专家夏鼐正式使用了大汶口文化名称。1964年考古专家高光仁、任式楠发表考古发掘报告，也提出了将以大汶口墓地为代表的一类文化遗存，命名为大汶口文化，其主张得到了中国考古学奠基人苏秉琦先生的支持和赞同。至今，人们还在遗憾认为大汶口文化更应该叫作陵阳河文化。

时任山东省文物考古所所长张学海认为："要是陵阳河早进行

发掘，有可能把大汶口文化叫成陵阳河文化，因为时间前后差不多。"

因为，1960年莒县就已采集到三件完整地刻画着图像陶文的大口尊。苏兆庆奉命将其送往北京展览，他把"日云山"大口尊等文物捆起来，前胸后背各一个，手提一个，踏上了进京的路。因三件文物在赵明禄家风吹雨淋日晒，外形显得很破旧，加之又都很笨重，而苏兆庆的衣着又很朴素，坐汽车去北京参展的路上样子很狼狈，一路上引来不少人好奇的目光，有人或指指点点、或掩嘴而笑。

最广的是天，最阔的是海。苏兆庆认定人生最大的美德是有一颗包容的心，有了包容之心才能共处。为了莒地先民的创造成果，他觉得自己怎么做也不为过。

在京期间，于省吾、唐兰等先生先后发表高论，将图像陶文定为文字，与当年发现甲骨文一样，引起了国内外考古、历史、古文字、天文界等学科的瞩目，在国内外掀起了以研究陵阳河陶文为核心的中国文明的热潮。

任何事物都有它的两面性和多样性，尤其是一种新事物新成果面世后，很容易产生不同的观点，学术争鸣更是如此。因专家们对新出土的莒图像文字众说纷纭，加之莒图像文字当时还没有很好地发掘，更没有批量的相关资料，莒图像文字被专家们归入了早于莒县陵阳河文化遗存发掘的山东大汶口文化和龙山文化之中；大家对莒文化定位的看法也不一样，部分专家没有对莒文化给予客观、公正、准确的界定。

尽管如此，深受鼓舞的苏兆庆从北京回来后，喜悦之余为莒文化被归类于别的文化之中，心里很不是滋味，觉得作为一名文物工作者，守着文化瑰宝，不能很好地发掘、研究其深刻意蕴，使之华光四射，充分发挥其应有的作用，真正让大众认识它、钟情它，心中有愧于莒地先人和后人。强烈的历史使命感使苏兆庆下决心为及早发掘、研究陵阳河文化遗存进行积淀。正是在这种思想支配下，苏兆庆潜心研读大量古文字、考古、天文历法、军事、农业、医学、美学等诸多方面的经典著述，并与国内文物界许多大家保持密切联系，及时虚心求教。据有关资料显示，多年来，苏兆庆用宏观的考古区系统类型学的观点，不但对古莒国史，而且从广义上，对莒文化的渊源、区域、内涵、特点与交流和变异诸多方面，进行了条分缕析和深入细致的研究。同时，广泛结识国内外的考古学、古文字学、古民俗与宗教和天文气象学等许多方面的专家学者，积极出席国内外考古或与之相关学科的各种形式的学术研讨会，以文会友；用心在长期从事的各种考古工作中悉心积淀实践经验，并且勤于钻研，善于动脑，善于发现问题，大胆提出观点，尽心竭力地为莒文化遗存奔走呼号。

早在1984年，苏兆庆就向省考古所长张学海率先提出了莒文化这一概念，当时张学海认为，在山东，除了大汶口文化、龙山文化，不能再提别的文化了。苏兆庆觉得，我们虽然属于大汶口和龙山文化范畴，但鲁东南（古莒疆域）出土的文物比其他地区多，精品也多，有不少是国内独一无二的，造型有很特殊之处，况且我们的文化源远流长，经久不衰，何况许多考古学家早已公认，陵阳河文化遗址是最早发现的大汶口文化遗存，只是我们发掘得晚，没有形成批量的资料而已。刻有"日云山"图形文字的大口尊出土后，苏兆庆联想到"莒州八景"之一的"屋楼春晓"，曾连续五年先后十次于春分、秋分那一天到屋楼崮观察太阳，悟出了大口尊腹上刻有"日云山"图像文字的意蕴，提出早在5000年前莒地先民就已深谙春分和秋分的奥妙。后来北京师范大学天文系教授杜升云和中国社会科学院考古所、中国科学院天文研究所两位专家，带着测量仪器实地考察的结论与苏兆庆的观点一致。

大汶口考古报告发表之前的1962年夏天和1963年秋天，山东省博物馆由王恩礼、张学海带队联合莒县进行实地考察和试掘，清理墓葬10座，出土文物150余件。在以后的考古发掘中清理墓葬45座，出土文物两千余件。其中就有图像文字的大口尊、成套的酿酒器具，褐陶号角，白陶封口鬶等珍贵文物。这些考古发现，是这一文化类型考古的重大突破，也是中国史前考古的突破性发现。那么，它们是迄今所发现的中国最早的图形文字吗？

最早论及陶尊文字即莒县陶文的是于省吾先生，他在关于古文字研究的若干问题中，引述了陵阳河发现的这个陶文（日云山），将其解释为"旦"字。继之唐兰先生认为陶文是很进步的文字，并将（"日云山""手枪""锄头"型）这三个陶文分别释为炅、钺、斤等字。且称，由于大汶口文化、陵阳河遗址和前寨遗址中陶器文字的发现，是商周以前的图像文字体系，这样中国的文字史至少可以推到5000年以前了。李学勤先生认为还有两个陶文可释为"皇""丰"字，在《重新估价中国古代文明》一文中，他说，大汶口文化晚期陶尊上特有的符，有不少考古文字学界的专家进行考释都同意是文字。在山东莒县陵阳河遗址出土的陶尊，单字有十几种之多，它的结构和我国古代甲骨文、青铜器铭刻上的象形文字十分相近。裘锡圭先生认为大汶口文化的陶文是原始文字，它们跟古汉字相似的程度是非常高的。它们之间似乎存在着一脉相承的关系。台湾学者李孝定说，它们太像后世的文字了，其系文字不容否认。香港学者张光裕先生云，陵阳河出土的陶文，从文字的观点来看，显然已逐渐脱离刻符或字形的范畴，而进入了会意字的阶段。也有些学者从天文方面进行研究，认为莒地先民早在 5000 年前，就有着发达的天文历法，他们已有了四季的概念，懂得春秋之分，尽管角度不同，但也认为陶文属于文字。

苏兆庆说，自从陵阳河遗址刻在陶尊上的文字发现以后在考古学界、古文字学界、天文学界和书画界都引起了很大的轰动，讨论非常热烈，都认为这是中国文明起源的象征的开始，好多学者对这种文字，都发表了自己的见解，多数都公认这是文字，是汉字的雏形。

张学海说，这些文字出土之后，当时争论比较激烈，有的说是文字，有的说不是文字。但就目前来讲，大部分学者认为它是一种图像文字，是文明的火花，也是文明的标志之一。

陶文的刻画是当时人们在长期的日常生活和同大自然做斗争的过程中，对各种事物的观察，对自然景观的记录和描述，它是继结绳刻画记事而进入模拟物体形象的图像文字。

中国不是世界上唯一的文明古国，但文明的脉络能贯穿古今，并且还在延续的只有中华文明。其中最重要的原因，中国有最古老的汉字系统。在世界四大古文字体中，唯有以殷墟甲骨文为代表的中国古汉字体系，历经数千年的演变而承续至今，因此，在人们的印象中，甲骨文是中国最早的文字，这一观念也已根深蒂固。然而，随着考古发掘的进展，有关中国最早文字的争议，一度成为考古界、古文学界的焦点和热点。那么，最早的汉字是什么时候产生的，换言之，这一文字体系是从什么时候开始形成的？这个问题，不仅是文字发展研究者关心的问题，同时也关系到中国古代文明究竟何时开端，是一个重大的学术问题。

荀子、吕氏春秋、韩非子等古文学家都说汉字是黄帝时代由仓颉、沮诵两人创造的。然而，《尚书孔传》和《拾遗记）则说伏羲造书契以代结绳，文籍也在他那个时代兴起，这显然要比黄帝时代早得多了。许慎《说文解字》做出比较圆通的解释，认为伏羲作八卦，以垂宪象，启发人们根据不同事物去作不同的符号。神农时代，结绳而治，但庶事繁多，终究不能满足。在黄帝时代就出现了"仓颉见鸟兽蹄远之迹，知分理之可相别异也"，初造书契，并说，仓颉初造书契时，依类象形谓之文。后来，形声相意谓之字。

两千年来，在近代文字学建立以前，《说文解字》有关汉字起源学说，无疑是最权威的。陶尊文字的横空出世，使问题有了巨大的转机，它使人们坚信，文字的产生，只能来源于先民们的生产生活。有一点可以明确，仓颉生活的黄帝时代，相当于陵阳河、大汶口文化的中晚期，距今约五千年，也就是说当陵阳河陶尊文字产生的时候，几乎就有了"仓颉造字"的传说。人们无法把这看作是偶然的巧合，也许神话自有其成为神话的道理，从"仓颉造字"的古老传说，到100多年前的甲骨文的发现，历代学者一直致力于揭开汉字起源之谜，神话和传说并非汉字起源历史面貌的详尽写实，它们只能推断汉字起源前后的状况和汉字起源的大体时间。

最近几十年，中国考古界先后发布了一系列较殷墟甲骨文更早与汉字起源有关的出土资料，这些资料主要是指原始社会晚期及有史社会早期出现在陶器上面的刻画或彩绘符号，另外还包括少量的刻在甲骨、玉器、石器等上面的符号，它们共同为解释汉字的起源提供了新的依据。比较而言，陵阳河陶文资料最为丰富和具有代表性，而且具备了作为文字的全部特征。

郭沫若、唐兰、于省吾，这些目光中透着睿智光辉的国学大师们，无一例外地认为莒地出土的陶文是汉字的雏形，是迄今为止在中国发现的最早的文字，比甲骨文还早1500余年。人们不禁惊叹，莒地陶文的发现将人类文字可考的历史上推了1500余年。

来自于山东省莒县陵阳河出土的龙山时期的陶器大口尊上的"🗻",有人这样解读它,上边的圆圈是太阳,中间的半圆是火苗,下边的五个尖是山峰,这是古人在山顶点燃柴火举行祭祀太阳的仪式,它反映了古人类对太阳的崇拜。

时任莒州博物馆馆长的苏兆庆这样解读:"他是祭祀太阳的一种祭文,后来,把这种文字画下来,作为祭祀的祭文,直到现在,我们莒县人到了春天的时候还有祭山这个习俗,就是祭祀太阳日出的习俗。"

但也有人这样解释它,该陶文上、中、下的结构,是日、云、山的组合,它有形,也有音和意,考古和古文字学家们把它解释为"旦"字,于省吾先生就认为这个字即为"旦"字。他说,云气衬托着初出山的太阳,早晨旦明的景象,宛然若辉,旦是天亮、光明的意思。

陶尊物语,应当是20世纪中国以及世界的一个重大课题,更何况与文字同时出土的还有二十多个陶文。所有这些都为研究中华文明的发祥地和中国汉字的起源地提供了最好的难能可贵的标本,这些谜一样的陶文,给古文字专家们带来了无限的遐想、探讨、认定……

最终,莒县陵阳河遗址出土的大口尊上的刻画符号——"日云山",入选中学七年级《中国历史》课本上册,并确定为原始文字,考古学家把它称作"陶文"。经我国考古专家、古文字专家、历史学家研究认定,大口尊上的原始符号为中国最早的原始文字。

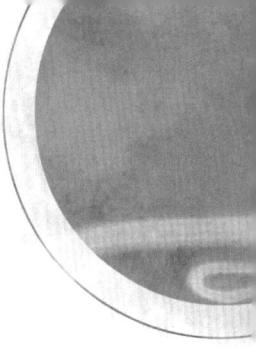

二·四季抒情

新年畅想曲

漫天飞舞的晶莹雪花中，大红灯笼又高高地挂起来，新年就这样款款向我们走来。

新年开始了，步伐布满大街小巷、田间地头，和谐充满城市乡村、大江南北。新年开始了，我们用希望擦亮天空，天空上飘过朵朵彩云，那是前进的旗帜挥舞的浓烈情结。我们用力横扫大地，大地上吹过清新之风，那是前进的步伐展现的热血情怀。新年，掌握在我们手上，因为，我们亲手翻开第一页日历，把美好的祝福注进厚厚的新年，用一年的力量修饰崭新的故事。

新年里，人们都希望平平安安，怡然自乐。这就为新年注入了扑朔迷离的传说：相传有一个荷花公主，是一位漂亮的女神，她平生最大的希望就是满足别人美好的愿望。人们要是能在新年的期盼中，提上一个荷花灯，点燃蜡烛，用心许下一个美好的愿望，荷花公主收到了，你的愿望就会实现。据说有一个穷秀才，在除夕之夜，用仅有的五个铜板买了一个荷花灯，点燃了蜡烛，把自己的愿望写在上面"祝大家新年快乐"！那位漂亮的荷花公主果然收到了穷秀才的祈盼，非常感动。为了报答他的真诚，荷花公主就应允了他的愿望：使大家在新的一年里快乐地生活。而那个穷秀才却得到了一颗快乐的心。传说故事让人们欣慰和迷恋，迷恋的是在现实生活中应该真正拥有的愉悦心情。

　　微笑是人们献给新年的最好贺礼。孩子们呼朋引伴，用一双双胖乎乎的小手，堆起了一个个大大的雪娃娃。他们围着雪娃娃跳啊、唱啊、笑啊……一张张红彤彤、冰凉凉的小脸上荡漾着欢乐和幸福，也写进了新年的内涵。在新年里，所有美好的语言都来和我们相聚。新的一年有新的希望，新的希望在新年里会实现。孩子盼着新年，长大长高；少年放飞理想，开阔视野；青年渴望飞翔，闯荡世界；成家立业后，婚姻美满，儿女可爱；父母身体健康，自己事业有成……

　　辛勤奔忙了一年的人们啊，高高兴兴地你拽上我，我扯上你，在街上成群结队地购买年货。都没有忘记给远在家中的父母双亲买上一副老花镜、一提"脑白金"，再寄上一句饱含深情的话语："老爸、老妈，你们好吗？"在天伦的亲情中，父母双亲定会无憾地微笑着。

　　这寒冷的冬夜，新年钟声响起，一声声里是江山一统、天荒地老的安稳踏实。心也一丝丝明亮温暖，这可爱的人间情味呀。亲爱的朋友，让你、让我、让所有的人一起来，一起来用心聆听这时间的交接声，用最虔诚的声音，在心里轻轻许下一个愿：让日月的光辉辐射所有人，少一份茫然和无奈，多一份希冀和惊喜。这是怎样的一种钟声？这样宏大而纯粹，在它辽阔的怀抱里，最初的乐章，已拉开新年的帷幕，谁也无法拒绝它的启迪！

　　新年的岁月发自岁月的心脏。这富有震撼和号召力的钟声，悠扬开来，就是另一种气吞山河的旋律。而中华民族的活力，就含蓄在新年的钟声里。顺着新年的钟声，我仿佛看见天空及所有明媚的事物，在至善至美的地方款款抒情。它们的一举一动，使生活之树，永葆常青；使理想之花，常开不谢！回头远望，新年的钟声在不断启发和暗示我们。它的走向，光明磊落；它的音质，气贯长虹。无须诠释，许多光彩流溢的生机，都回旋于它的召唤中。我该怎样向你们倾诉故乡那一派欣欣向荣的景象？有至高无上的太阳向我们作证：我的父老乡亲们对祖国命运的设计，将成为21世纪的宏伟蓝图。他们的心愿，每天都在拔节生长，每天都在付出艰辛，每天都在收获希望……

新年的钟声划破夜空，那么清晰，那么令人振奋。那遍地满街的红末纸屑，让整个世界都充满着欢喜。我从新年的鞭炮声和春节晚会的音乐中获得了灵感，从沉闷中苏醒，一点一点唤醒埋藏的旋律，释放着曾经受伤的灵魂。是啊，我们忘不了孩提时睡眼蒙眬匆匆赶往学校的清晨，忘不了深夜做习题时冻得冰冷的双手，忘不了小时候偷偷翻出自己的新衣服试穿的情景，忘不了在鞭炮声声震耳中，赶紧抱着心爱的小花猫躲到桌子下面的那一副尴尬的神情；更忘不了大家一起拜年后，悄悄把压岁钱先藏起来的那种幼稚的举动……

我想，在这种氛围里，绿叶也会举起手臂，花朵也会献出芬芳，我们的心灵也会逐渐充满纯洁和真实。新年的钟声，一如春天的步履，已走进我们的生活、意识、观念和想象，改变和描绘着大地和心灵，使我们感受亘古未有的清新和奇特。别具一格的城市和生机盎然的村庄已从冬眠中醒来，我们怎能不激情洋溢并深受鼓舞呢？新年的钟声，已把整个春天牵动！一群力争上游的建设者，在新年的钟声里肩负起时代的使命。这神圣的使命，需要新鲜思想的根植和灌溉，需要合金钢般的意志和钢溶液一样活跃的精神支撑。这时，你如果接近他们，等于接近了那个最完美的梦想。而在我的想象里，岁月的历程，尽是些钟声的片段，你只要领略了新年的钟声，便可领悟人生的真谛。

在新的一年里，我想把家的温馨、战胜挫折的自信装进行囊，无私地献给正在拼搏、奋进的强者。无论成功和失败，我都要真诚地奉上一句：你是强者，会勇敢地面对一切，请微笑吧！因为生活的乐章是最美的。

"千门万户瞳瞳日，总把新桃换旧符。"新年的氛围永远是愉悦和喜庆的。在新的一年里，我想用自己豁达的胸襟，祝福每一个正直的人，拥有快乐的心情和美好的时光。在新的一年里，我也要为自己加油和喝彩。

新年的这一天，我们都该对自己说：给过去打个结。为过去打个结，错误也好，过失也好，悔恨也罢，过去了就过去了，不要再回头看，不要再去计较，放下旧的、不喜欢的、不愿再继续的，这样，才可以轻松地迎接新的日子。

新年的爆竹

爆竹，春雷般的嗓门，喊醒了大地，喊暖了春风，喊热了人心。此起彼伏的光焰，一簇簇，一片片，一点点，姑娘顺手从姹紫嫣红的天空接住几片爆竹声，粘贴成窗花，复制成新年红艳艳的憧憬……转眼一年春又到。啊！新年的爆竹，声声表述着无限的衷情：送小孩一句祝福，许年轻人一个祈愿，向老人道一声吉祥，为亲人唱一曲平安。

簇簇焰火通明，照耀着梦里一个又一个风调雨顺的年景。声声爆竹震耳，拓宽了百姓们日子里的期望与遐想。它满怀一腔情愫，呼啸着，歌唱着，酣笑着，穿越历史与现实的心房，每条流光溢彩的轨迹，都腾飞起放纵不羁的激昂。焰火飞溅，曼舞成绚丽的奇葩；五彩呈祥，缤纷成迎春的华章。

贺岁的爆竹清清脆脆，新年的钟声缠缠绵绵。窗花红艳艳，是你纤纤巧巧的小手，裁一对喜上眉梢；楹联亮堂堂，是我虔诚满足的祝福，祈祷地久天长。老人们含笑说："娃子大了。"朋友们调侃说："天地小了，岁又长了。"

哪里有爆竹的身影，哪里就是欢乐的国度；哪里有爆竹的嗓音，哪里就是笑声的家园。一截爆竹，一种表达，一种祝福，一种信念。新年的爆竹，宣泄出我们古朴的雅兴，演绎着华夏子孙的情感，背负着一个民族的希望!

新年的夜晚,家家户户张挂着一盏盏红红的喜悦。看!谁在家门前手持爆竹,用笑声又点亮了一张张喜洋洋的脸;看!那燃放的爆竹霎时画圆了心中的明月,悬挂在天边,照亮着春秋冬夏。

爆竹,走进了你我的心里,使寒冷蕴含温馨;爆竹,走进了喜悦的团聚,使平淡变得灿烂;爆竹,走进了写不尽的期盼,丰盈着一年的光景。红彤彤的窗花、喜艳艳的门神、热腾腾的团圆饭、乐融融的全家福……都将在新年的爆竹声里欢悦着铺洒开来。

新年真好!洋溢着喜庆和温暖的春节是每个炎黄子孙心中永远难以割舍的符号,它不仅是三百六十五天中最新鲜最特殊的一天,而且还承载着中华民族上下五千年风霜愈醇的古老文化。

点燃爆竹吧!亲爱的!让我乘着烟花的翅膀,飞越千重关山,飞越重重叠叠的尘世阻隔,读你满眼的温柔和微笑,为你揩干眼角轻轻溢出的开心泪花。与你围炉夜话、点燃除夕零点的鞭炮。然后,看着你眼睛里的暖意,慢慢明亮起来……

新年的爆竹,大紫大红,裹一身热热闹闹的喜气;潇潇洒洒的锦袍上,写满了人间璀璨的祝福与祈盼;站在最耀眼的高处,成为我们心头最亮丽的风景。

春天就这样来了

春天就这样来了。带着和煦的风儿来了,带着蒙蒙的细雨来了,带着天地间的希望来了,带着生命的赞歌来了!

春天是播种希望的季节。"万树江边杏,新开一夜风。满园深浅色,照在绿波中。"你看!千朵万朵颜色深浅不同的杏花,照在一江碧澄的春水之中,春水与水灵灵的杏花相映生辉,景色绚丽无比。"竹外桃花三两枝,春江水暖鸭先知。"燕子纷飞、鸳鸯相偎、黄鹂啼鸣、鸭子戏水,一幅幅生机勃勃的春色图。更有"春色满园关不住,一枝红杏出墙来"的美妙。路旁,嫩嫩的小草伸着长长短短的细脖子,笑靥盈盈地摇曳着,情意绵绵地私语着,好像在诉说着沉寂一冬后的萌发与欣喜。"沿途顾盼枝头看,已润苞肥柳色鲜。"高高的杨树枝上,一对对喜鹊正叽叽喳喳地忙着衔枝筑巢补窝,为自己将要出生的宝宝准备一个温暖舒适的家园。

春天是美丽的,人的心情也是清澈的。那柳绿、那柳笛声、那返青的麦苗儿,还有那泥土隐隐的清香,让人一呼一吸都是清甜舒畅的,满世界都裹在春雨的滋润和春风的温暖里!那一枝枝新柳,像一双双热情的手,不停地挥动,拥抱着春的来临。耳畔回荡的,是那啾啾和鸣的天籁之声。春的小鸟,啄破了冬的寒衣,唱响了春天的赞歌,拉开了春的序幕,从翅膀上卸下了一片片江南的绿。

"春到人间草木知。"一望无际的田野，星星点点地泛着浅浅的绿意，麦田里已经碧绿如茵，一片生机。翠绿的小草在春风的抚摸中轻摇，娇艳的山花在春光里温馨地绽放。春的土地上，正春潮涌动。拖拉机在欢唱，农民们在忙碌。或在运送肥料，或在田间耕作，或在地头整畦，或在果园里给果树剪枝……随着农人辛勤的脚步和串串汗水的滴落，松软的土地上留下了深深浅浅的脚印，更有随春风而播下的希望和丰收的信念。温暖的阳光无私普照，触摸着大地的脉搏，冬天的萧瑟都隐没在一片葱茏的生机中，徜徉在这春意盎然的山野，触目所及，满是嫩绿俏芽。于是，远山近水，绿意荡漾，温情脉脉。

春天就这样来了。摘一片云彩捧在胸前，揽一片春光明媚于心间。让我们在春的生机里把握每一个灿烂的日子，涂抹每一天的霞光，让我们满怀希望放飞思绪，让生命之舟在春天里遨游。

杏花暖春

雨后的杏花开得就是快。前两天,我才看过的那满园杏树,遒劲的枝条上星星点点的花芽和密密的花蕾,如娇羞的女孩般,露出淡淡的粉色。经连夜的春雨一浇,竟像在一夜之间长大了,个个展瓣吐蕊,绽成了淡雅素净的花朵。一簇簇、一排排,缀满了还没有来得及长出叶子的枝条。放眼望去,朵朵杏花像一只只粉蝶儿振翅欲飞。杨柳绿,杏花飞。这样的季节,让人欣喜,让人暖意萌生。

杏花舞动着斗艳的流光,将潮湿的心情悄悄打开,从此,春天的绯红离诗歌已是很近了。描写杏花的诗句唐有杜牧"借问酒家何处有?牧童遥指杏花村",宋有志南和尚的"沾衣欲湿杏花雨,吹面不寒杨柳风"弥漫着一份秀丽和清润。陈与义的"客子光阴诗卷里,杏花消息雨声中"描摹出好一个粉红新绿的春!南宋诗人陆放翁有"小楼一夜听春雨,深巷明朝卖杏花"这样幽深空灵的难得佳句;可见喜爱杏花不仅仅是我一人。

远处是一片杏林,叶儿还没绿,花先开了。我领着儿子去一睹芳容。看着那粉粉的一大片,让人不自觉地想去和那些久违的花儿亲近。走近杏林,阵阵花香扑鼻而来,让人按捺不住内心的欣喜,快步走过去。贪婪地、不管不顾地去触摸那薄如蝉翼的花瓣,去亲吻那点点花蕊,此时内心里也如开了花一般。

儿子看着满树的杏花，高兴得叫了起来：杏花开了，啥时候吃杏啊。李大爷告诉他，等到麦子成熟了的时候……一群孩子在树下追逐着、嬉闹着，仿佛这所有的一切，都是因为他们才有了亮泽。

想到自己的儿时，往昔那般对杏花的情有独钟，始终是发自内心的、自然的，也是单纯的。那个时候，总会三五成群，结伴而至，围绕着整个村子，寻找任何一处可能长有杏树幼苗的地方。每寻到一棵也总要欣喜若狂，兴高采烈，又会小心翼翼地将其挖出并移入家中的小花盆里，每天浇水并细心照料着、期盼着能长成大树开花结果。

"春来满树花，麦熟杏垂枝。"待到村里杏子成熟的日子，早有小伙伴通风报信，于是我们几人分成两组，一组前去偷摘杏子，一组站岗观望。主人的杏树栽在院子的东南角，南边的土墙矮矮的，有点儿坍塌，遮不住杏树的虬枝浓叶。东边的墙高过了杏树，墙头上种着几株玻璃翠和仙人掌，紧紧抓着墙土，它们遮蔽了大部分的阳光，杏树的枝叶就朝着东南方倾斜伸展。小伙伴用长长的竹竿做工具，在竹竿的上头绑牢一个铁丝圈，目标选准后，竹竿向下一拉，一个个红杏掷地有声，成了我们的战利品。

想想偷折杏花枝的日子，那更是妙趣横生了。等到杏花初绽之时，总会跟随几个比自己年龄大一些的孩子，趁着主人不在家，便要偷偷地折下几枝，然后又会匆匆赶回家里插入装满井水的酒瓶里。之后的日子，便是欣赏地等待着它们盛开、凋谢、败落。

杏树是古老的花木，它既能采果又能赏花，难怪故乡的人们种杏、养杏、爱杏，以至于使杏花成了故乡春天一个特别靓丽的名片。盛开的杏花，艳态娇姿，繁花丽色，胭脂万点，风光无限！

北宋时宋祁《玉楼春》词句"绿杨烟外晓寒轻，红杏枝头春意闹",一个"闹"字,而境界全出。叶绍翁的"春色满园关不住,一枝红杏出墙来",不仅春意盎然,而且给读者提供了巨大的想象空间,令人心驰神往。

春意来了!

桃花红了

在春的微风里，我又看到了梦中的桃花。她依旧那么含笑迷人。我听到了桃蕊心跳的律动，也听到了这个季节最动人的声音。

在古诗里，桃花是诗人营造意境的绝佳妙物。有"桃花潭水深千尺，不及汪伦送我情"的桃花流水之情，也有"竹外桃花三两枝，春江水暖鸭先知"这样的点缀。王维的"桃红复含宿雨，柳绿更带轻烟"成为描写春天的千古绝唱。我最欣赏的乃是"人间四月芳菲尽，山寺桃花始盛开"。料想满目青翠的山中，高大深幽的寺庙庭院里，独然绽放着满枝粉红的花朵，惊诧了成群的山鸟，搅乱了清心寡欲的修行生活，给寂静的山庙带来无限生机。

翻开历史的书页，一个个与桃花有牵连的故事便跳将出来，依旧那么生动，那么令人感怀。

当年地方名士汪伦一封邀请书信："先生好游乎？此地有十里桃花；先生好饮乎？此地有万家酒店。"信传到李白手里，李白看了信，立刻高高兴兴地赶来了。一见到汪伦，便要去看"十里桃花"和"万家酒店"。汪伦微笑着告诉他说："桃花是我们这里潭水的名字，桃花潭方圆十里，并没有桃花。万家呢，是我们这酒店店主的姓，并不是说有一万家酒店。"李白听了，先是一愣，接着哈哈大笑起来。汪伦留李白住了好几天，李白在那儿过得非常愉快。因为汪伦的家周围，群山环抱，层峦叠嶂。池塘馆舍，清静深幽，像仙境一样。在这里，李白每天饮美酒，吃佳肴，听歌咏，与高朋好友高谈阔论，一天数宴，常相聚会，往往欢娱达旦。李白要走的那天，汪伦送给名马八匹、绸缎十捆，派仆人给他送到船上。在家中设宴送别之后，李白登上了停在桃花潭上的小船，船正要离岸，忽然听到一阵儿歌声。李白回头一看，只见汪伦和许多村民一起在岸上踏步唱歌为自己送行。主人的深情厚谊，古朴的送客形式，使李白十分感动。他立即铺纸研墨，写了那首著名的送别诗给汪伦："李白乘舟将欲行，忽闻岸上踏歌声。桃花潭水深千尺，不及汪伦送我情。"

灿烂的桃花开得率真，开得优雅，开得义无反顾。这让我想起唐人崔护，想起他邂逅桃花时的情景，想必崔护看见的桃花非同寻常。灿烂的桃花让崔护驻足观看，不料人面桃花的女子从门扉中走出，给了崔护另一种惊喜，诗人的眼睛，际遇红颜。那山郊野外的桃花女子，必是生得艳若桃花，有了才子佳人相伴的桃花，就有了更生动更丰富的美。这美让诗人怦然心动。"人面桃花相映红"，这样的景致，无论是在崔护所在的唐代还是今朝，都是一幅怡心悦情的美景。那一刻，桃花是红娘，是传情的精灵。诗人终归与佳人失之交臂，"人面不知何处去，桃花依旧笑春风。"偶然的相遇缠绵成刻骨的思念，虽然桃花依然灿烂，诗人却多了一些落寞，此时的桃花已非彼时桃花。

晋代的诗人陶渊明，他对桃花的钟爱达到了无以复加的地步，以致大白天竟做起梦来："缘溪行，忘路之远近，忽逢桃花林，夹岸数百步，中无杂树，芳草鲜美，落英缤纷……复行数十步，豁然开朗，土地平旷，屋舍俨然，有良田美池桑竹之属。阡陌交通，鸡犬相闻。其中往来耕作，男女衣着，悉如外人。黄发垂髫，并怡然自乐……问今是何世，乃不知有汉，无论魏晋。"原来他进入了世外桃源的境界，这就是他著名的《桃花源记》，为我们描绘了一幅理想的社会生活图景。

唐玄宗李隆基"父夺子妻"，成为唐朝宫闱一大怪闻。一日，唐明皇与杨贵妃在御苑中观赏桃花，在千叶桃花树下宴饮，还有宫女、太监侍候，浪漫极了。唐明皇说："不独萱草忘忧，此花亦能消恨。"这不单是赞美桃花，也是赞美面如桃花的杨贵妃。他像当年攫取杨玉环一样，折取了一枝千叶桃花，亲自插在杨贵妃的宝冠上。他时而向左偏着头，时而又向右侧着身，反复地仔细地端详着，观赏着。他爱杨贵妃，也爱桃花；爱桃花，也爱杨贵妃；不知是爱花及人，还是爱人及花，或许两者都是，使那浪漫故事演绎得缠绵悱恻，演绎得有始无终，以致"从此君王不早朝"，结果酿成了安史之乱，险些儿丢了江山社稷。

宋朝韩元吉在《六州歌头·桃花》中说："东风着意，先上小枝头。"这时候的桃花是婉约的，像溪水边浣纱的女子，扬起纱，便收录住阳光的明媚，沉下纱，便浸透着暖水的温柔。当红蕾吐蕊，昭示着春天已风姿绰约地向人们走来。

我曾见到《射雕英雄传》中这样的场景，在浪漫温馨时刻，低头扫视，尽是落红无数，花瓣飘飘洒洒，满天飞舞。可是那些飘落的花瓣，都是新鲜花瓣。真正的凋谢的花瓣是半枯萎的。我不忍看桃花，总觉得颜色过于鲜艳，易于凋谢；《红楼梦》里那场凄惨怜切，点染成花的爱情悲剧"葬花"了，一出凄惨委婉，落花流水，伤心欲绝的绝唱。这番场景打动了数以千万的少男少女的心，为之伤心落泪。

桃花，作为古时文人骚客倾注于笔墨的对象，其本质有着深厚的蕴意。因桃花色泽鲜艳、暗藏香气，因此是不少才子佳丽寄托情思的"信物"。桃花何来"情"，只因赏花人有情。桃花本无意，只缘赏花人之心。

西晋文学家陆机所言，"诗缘情而绮靡"，因此作品和审美观念都会随我们情绪变动而变动。南北朝时期，中国历史上著名的文学理论家刘勰在他的著作《文心雕龙·原道》中有更为明确的表述："心生而言立，言立而文明，自然之道也。"他还认为这种性灵的抒写就是一种美。

"桃之夭夭，灼灼其华。"一朵桃花，就是一个盛开的微笑。这么想着，桃花中的小路上走来一对年轻的恋人，那男孩牵着女孩的手，女孩面带微笑，灿若桃花。

桃花，是心灵的依靠和归宿。

八月桂花香

我从小就对桂花情有独钟,喜欢那淡淡的黄色,淡淡的香气,清新而悠远。但真正认识桂花还是从邻居家栽种的桂花树和老李的介绍开始的。

老李是养桂花的高手,讲起养桂花的经验和有关桂花的知识头头是道,据老李介绍,桂花栽培的历史很久远,文献中最早提到是在战国时期的《山海经·南山经》,谓"招摇之山多桂"。《楚辞·九歌》也载有:"援北斗兮酌桂浆,辛夷车兮结桂旗。"自汉代至魏晋南北朝时期,桂花已成为名贵花木与上等贡品,在汉初引种于帝王宫钳苑,获得成功,唐、宋以来,桂花栽培开始盛行。如今的街道花园,桂花已是常见树木……

每到桂花开放时,老李便邀请我们一起到他的院子里赏花。桂花大致分为四个品种:丹桂、金桂、银桂和四季桂。你看那一朵朵淡黄色的小小的花朵,藏在满树的绿叶里,羞答答地绽放着迷人的清香,像繁星点点缀满了树。喜欢站在桂花树边,看它小巧而精致的身影,禁不住去抚摸,却又怕摇落它。一阵秋风吹过,飘来阵阵桂花的清香,深深地吸一口气,沁人心脾。也只有在这样的时候,才会感觉所有的烦恼忧愁了无痕迹了。桂树,香了全身,秋风,携香悠远。

"桂子月中落,天香云外飘。"偶尔出门活动,总喜欢去桂花园,享受着淡淡温雅的味道。行走在绿叶黄花间,那幽幽清香,无处不在,无孔不入。那淡淡幽香,轻轻飘入鼻翼,游走肺腑,流经每一根血管,渗入每一个细胞,每一处毛孔,顿觉心旷神怡。

自古就有很多描写桂花的诗词,唐代王维的《鸟鸣涧》:"人闲桂花落,夜静春山空。月出惊山鸟,时鸣春涧中。"这的确是一幅画。诗人通过闲人、桂花、静夜、春山、月亮、山鸟和涧水几个意象,把动与静、虚与实写出来了。读这首诗,似乎可以听到桂花落的声音。

唐代白居易的《东城桂三首之三》:"遥知天上桂花孤,试问嫦娥更要无。月宫幸有闲田地,何不中央种两株。"此诗写桂花的孤独,与嫦娥的孤独相映成趣。诗的想象力丰富,而且体现了白居易诗人平易近人的风格。

桂花是一种非常高贵的植物,它总是与月亮联系在一起,总是与美好相伴。"不是人间种,疑从月里来。广寒一点香,吹得满山开。"喜欢枕着桂花的香气入眠,连梦里都弥漫着香味,梦中依稀看到广寒宫的月桂树下,立着一位寂寥的仙子嫦娥和一只玉兔,落寞而冷清;毛泽东主席在他的词《蝶恋花·答李淑一》中,用浪漫主义手法描写了月宫里的场景,"问讯吴刚何所有,吴刚捧出桂花酒。""月宫仙桂"的神话给世人以无穷的遐想。中秋赏桂,乃人间一大乐事。东汉袁康等辑录的《越绝书》中载:"桂实生桂,桐实生桐。"由此可见,自古以来,桂就受人喜爱,爱桂需要心境珍贵。

身临其境,忘却外面那嘈杂的世界,细品着桂花的清香,感觉着它的浓郁超凡,闻着香气,感受着那份甜意,真的久闻不厌。

桂花的花季不长也不短,总是在最短的时间里释放出浓浓的积聚了一年的香气，飘香一度后即凋零。可是就是那一瞬间的绚烂绽放也能带给我无比的快乐。

但我看到花落时，总会闪过一丝淡淡的忧伤。那时，我会收集很多花瓣，夹在书本中，待到花干时，书还会散发出沁人心脾的淡香；我是如此地想延长那个花季啊，可是天真的我，即使不去收集那些花瓣，明年、后年、每一年的那个季节，桂花还会如约而至的；而我，却在一声声的长吁短叹中遗忘昨日自己的容貌。果真是"年年岁岁花相似，岁岁年年人不同"！

从此，我对桂花的喜爱又增添了一份人文情愫。

四君子之风骨

一、梅花情深

在我家的院子里,栽了两株梅花。一株红梅,一株白梅。

去年一个寒冷的清晨外面下着小雪,刚醒来,就闻到一股清香。我猜想定是院内梅花开了!走进院内果然是梅花开了,而且不少。积雪的树干上,那红色的花朵,像一团团燃烧的火焰,迎风傲雪地怒放着。那白色的花朵,像一片片飘飞的雪花,如少女清纯般的笑脸望着我,似乎正用它优美的笑容向我问好。伴着阵阵寒风,那沁人心脾的芳香越来越浓。

"梅花香自苦寒来。"多么让人感慨,让人青睐。谁愿身在苦寒中?正是在苦寒中,梅花的香才更美,更让人赞叹,让人沉迷,让人更明白梅花的高雅,明白梅花不屈不挠、奋斗不息的气质。看!那挺拔的枝干,奋力向上,冲破阴霾,有力地伸展着;弯曲有度的枝条,随风摆动,依然坚守着自己的期待。任凭雪压雨摧,寒风阵阵,依然不屈不挠。那矫健的英姿,充分展示着梅花旺盛蓬勃、生生不息的顽强生命力。

白梅清纯高雅,红梅热烈奔放。北宋著名的政治家、卓越的文学家王安石曾借白梅言志,有诗云:"墙角数枝梅,凌寒独自开。遥知不是雪,为有暗香来。"电影《在烈火中永生》则借一曲《红梅赞》歌颂了因禁在敌人监狱中以江姐等为代表的大义凛然、宁死不屈的革命者。由此可见，不论是古人还是今人，都是很敬慕梅花的。

梅的花蕊，孕育在温暖的风雨中；梅的花朵，绽放在严寒的风雪中。没有温暖的呵护，只与寒冷为伴，独自开放，冷眼世间，笑傲苍穹！梅的花朵，没有绿叶的衬托，不像牡丹那样华贵艳美，也不像秋菊那样千姿百态，而梅花冷妍、高傲的气质，将最绚丽的风采，洒向人间！啊，梅花！你不与百花争艳，却独自屹立在严寒的冬天，你不与春光争宠，却独自报晓春天的到来！

三九严寒，何所畏惧；霜刀雪剑，不屑一顾。梅花的顽强不息，傲视群雄！梅花的浩然正气，刺破苍穹！梅花的铮铮铁骨，挑战一切！

一阵寒风掠过，冷是从骨子里透出来。可是，我在这样的冷里却精神。我神清气爽，我步履矫健地围着梅花走着，我在冷风里保持着我自己。突然发现雪地里有一枝红梅花，是谁折断了梅花？原来是不懂事的儿子的恶作剧，我有些疼痛。这样的疼痛是内心的疼痛。

我把折断的梅花拾起，被折的梅花已伤痕累累。可梅花依然是鲜红的，精神的。

我喜欢梅花，我更爱梅花。梅花的高贵品质，将深深地扎根在我的心中。

二、兰花飘香

家乡村东有一座不高不低的山叫峤山，山上有青葱的树木，浅浅的山涧里有溪水流淌。那里是孩子们的乐园，漫山遍野留下了他们奔跑的足迹，回荡着他们的欢声笑语。

每年春天我和许多小伙伴去爬那座离家不到2里远的山，山上很少见到兰花,满山满坳的几乎都是酸枣树。一上山我们便争先恐后、不约而同地去寻找幽幽馨香的兰花。一阵清凉的山风吹来,送来各种花草的混合香味。其中有一股很特别的幽香,好像从很远的地方飘过来似的,若有若无,渺渺茫茫。儿时特有的好奇心驱使我循香溯源。找啊寻啊,终于,在临近涧底的一丛低矮的灌木旁边,露出一蓬淡绿色的草,它优雅地伸展着的叶子,多而不乱,端庄秀丽。在叶子中间,抽出几根细细的碧玉一般的花朵,素而不艳,亭亭玉立。柔嫩的花瓣灵巧地卷曲着,红红的花萼上有一些黑褐的斑点,活像一个伸出来的舌头。我细细地打量这温柔娴静的兰花,只见她在微风中轻轻摆动婀娜的身姿,散发出一阵阵绕鼻的清香。环顾周围,山风轻拂,流水淙淙。兰花静静地开放在这幽静的山涧中,与清风明月相伴,吸吮大自然的精华,故而有这种超凡脱俗的空灵之美。也许就是从这天开始,柔弱而刚强的兰花一直根植在我的心中,成为我的最爱。任凭岁月的风吹雨打,它在我心中的形象都永不褪色。我敬佩它高洁清雅的品格,感受它默默坚守寂寞的情怀。

很多年以后我还念念不忘儿时在山上采撷的那一幕。现在回想起来总觉得有些傻,后悔当初没挖几株回家栽种。那时我们只知道摘花,也不过三四朵而已。有一次回家,儿时的伙伴送来四株兰花,叶子很绿很绿,根部一寸地方之上,有好几个含苞欲放的蓓蕾。迁徙城里,我将兰花栽在花盆里,放在阳台上。天天浇水晒太阳,等待它开放的那一时刻。几天后,兰花果然悄悄地开放了。香气氤氲了整个阳台,那幽雅的色彩、美妙的花形、优美的叶姿、清醇的香韵依然如故。

于是想起了《兰花草》这首歌的原词作者胡适先生的恋人曹诚英女士。也许这首歌就是为她而写的。她一生酷爱兰花草。她本人也像一株兰花草,默默地守望着一份刻骨铭心的感情。曹诚英和胡适一见倾心。后来两人书信往来,情趣相投,在杭州曾度过几个月神仙眷侣般的生活。两人携手同游西湖,共赏西山月色,烟霞洞里缠绵厮守,海誓山盟。然而胡适最终却无力摆脱旧礼教的束缚,没有兑现自己的承诺。后来两人天各一方,曹诚英一人孤独地守望一生,即使在生命的最后一刻亦未忘却这一段尘缘。她将自己的最终归宿定在去往胡适家乡的要道之畔,周围遍植兰花草。她的魂魄仍然散发着沁人的芳香,在等待心上人的归来。

一段未了情虽苦及一生,亦美丽了一生。我为这凄美的爱情故事而唏嘘不已,也感动不已。此时,耳边响起《兰花草》优美的旋律:"我从山中来,带着兰花草,栽在小院中,等待花开早……"这深情婉转的歌声冲击着我的心扉,让我久久难以平静!

我爱兰花,爱她的质朴与纯真,爱她禀天地之纯情,抱婀娜青紫之奇色,她是使人清心静意陶冶情操的精神寄托。爱她的坚韧和无私,她的生存不择富地荒凉,她在风霜雪雨中孕育花蕾,她在春寒陡坡上飘洒花香。更爱那些具有兰花一样的美丽、幽雅、纯洁和任劳任怨性格的人们。

三、绿竹高风

你青色的魂,闪着春光;你绿色的魄,披着绿波。青绿是春天的象征,固然天涯处处有芳草,但多数是逢春而荣,遇冬即衰。而你不畏风雪,四季常青。

你高风亮节,显示了浩然正气;你发出英雄光彩,充满着英雄气质;你挺拔参天,但从不傲慢,反而虚怀若谷。只要主人用土和石头垒上一道简单的围墙,你就能遵循规章,绝不在墙外繁殖蔓延。

因你的清雅高洁，许多文人墨客与你产生了不解之缘，以至于到了"不可居无竹"的地步。不是吗？你在带给人们绿色的同时，也给人们生活增添了一份雅致。

"雪压枝头低，虽低不着泥；一朝红日出，依旧与天齐。"这是明太祖朱元璋给予你的刚正之誉；"凌霜竹箭傲雪梅，直与天地争春回。"是你的自信；"咬定青山不放松，立根原在破岩中；千磨万击还坚劲，任尔东西南北风。"是你的坚强；"一节复一节，千枝攒万叶；我自不开花，免撩蜂与蝶。"是你的清高。

你的伟大还在于能制成各色的物品。那小巧精致的竹篮能盛放物品；那坚实的竹凳、竹椅能让人坐着舒心；那精制的竹席又是盛夏必不可少的伙伴。那竹制的钓竿虽不是金贵之物，但却实实在在……

你的秉性，容不得半点的乌烟瘴气。你报春不着半丝红，傲雪犹添绿意浓。纵使无花犹亮节，枝枝叶叶自高风。绿竹！你是我心中永远的绿色常青。

四、菊花傲霜

当清爽的秋风将天空吹向更高更远，当陌生的孩子望断最后一只南飞雁，当树枝上的绿叶换上橙黄的底色，当阵阵风霜送走最后飘零的落叶时，便又到了菊花飘香的时节。

菊花，不像牡丹那样富丽，也没有兰花那样名贵，但作为傲霜之花，它一直受人偏爱。有人赞美它坚强的品格，有人欣赏它高洁的气质，千百年来一直牵动着文人墨客和志士仁人的心弦。它隽美多姿，然不以娇艳姿色取媚，却以素雅坚贞取胜，盛开在百花凋零之后。人们爱它的清秀神韵，更爱它凌霜盛开，西风不落的一身傲骨。

中国赋予它高尚坚强的情操，以民族精神的象征视为国粹受人爱重，菊作为傲霜之花，一直为诗人所偏爱，古人尤爱以菊铭志，以此比拟自己的高洁情操和坚贞不屈。

东晋陶渊明最爱菊，家中遍植菊花，它的"采菊东篱下，悠然见南山"（《饮酒》）是传诵千古的佳句，诗人融情、景、理趣于一体，读者仿佛亲眼看见了一位至诚至静的自在之人，陶然于田园之乐的那种无拘无束的情态，感受到了那种出于自然、浑然天成的美好境界。

唐代诗人元稹《菊花》中的"不是花中偏爱菊，此花开尽更无花"一句从菊花在四季中凋谢最晚这一自然现象，引出深微的道理，表达了诗人特殊的爱菊之情。这其中当然也含有对菊花历尽风霜而后凋的坚贞品格的赞美。

唐代农民起义领袖黄巢的《不第后赋菊》中的诗句"冲天香阵透长安，满城尽带黄金甲"，菊花散发出的阵阵浓郁香气，直冲云天，浸透全城，显现出一种豪迈粗犷、充满战斗气息的动态美。

宋代诗人郑思肖的《寒菊》中"宁可枝头抱香死,何曾吹落北风中"一句则借菊言志，菊花宁可一直守在枝头，何曾被北风吹落在尘土泥沙中，菊花此时成了人格的写照。

想着古人对菊花的赞赏，面对院内的菊花，便仔细观察起来。你看菊花的色，白如雪，黄如金，墨如黛，青如罗兰，红似火。淡如彩云，浓似晚霞。重如深潭，轻似涟漪。你看菊花的形，似星星，像月亮，若绣球，如火团。你看菊花的姿，仪态万方，纤细的、婉约的、婀娜的、娇羞的。或"玉骨冰肌"，或如古书上所写的"茎疏叶且微"，怎么看都会觉得恰如其分，毫无夸张之嫌。就花的造型看，变化特别丰富，摇曳多姿。或亭亭玉立，或昂首挺拔，或簇拥相依。

这一朵似害羞的小姑娘，半张着脸，那一朵却全盛开了，张着笑脸迎接这金色的秋天，看！那枝花骨朵儿，饱满得似乎要裂开似的，迫不及待地想让人一睹她那绝世的芳华。你闻菊花的香，"隔座香分三径露"，是那样的清心悦目。

然而，菊花更让人欣赏的是它的品格和气节。它与梅、兰、竹被人们誉为"花中四君子"。我们赞美菊花，就应该人淡如菊，宁静淡泊，不媚春风，凌风傲骨；就应该有理想、有志气、有毅力，"宁可枝头抱香死"。当我们欣赏菊花的时候，可曾想到菊花的献身精神，菊花不仅供人们观赏，它还是一种草药，其根入药起到清热解毒明目之功效，菊花还可以制成菊花茶，真可谓"鞠躬尽瘁，死而后已。"

的确，菊花色、形、香具备。品种繁多、品性高雅，赢得了很多人的青睐。重阳赏菊是我们中国人代代相续的传统习俗，这一天也成了菊花的节日。孟浩然就写道："待到重阳日，还来就菊花。"宋代李清照在佳节重阳日思念远在外地做官的丈夫赵明诚，填了一阕《醉花阴》词函寄明诚，其中有"东篱把酒黄昏后，有暗香盈袖。莫道不消魂，帘卷西风，人比黄花瘦"，因思念而销魂，憔悴得比秋风摧残下的菊花还瘦，清丽高雅，文雅优美，透出脱俗的人格襟怀。

20世纪30年代初，毛泽东在井冈山上反"围剿"时，尽管当时的环境十分恶劣，形势相当严峻，但他也借菊花赋词："人生易老天难老，岁岁重阳，今又重阳，遍地黄花分外香。一年一度秋风劲，不似春光，胜似春光，寥廓江天万里霜。"这种身处逆境的乐观精神在诗中表现得淋漓尽致。有一天，我到老干局办事，在他们会议室里，我见这首诗用金铜字镶嵌在墙壁上，他们自豪地说："这是写我们老干部的！"用心品味，此诗词确实有这层意思……

今天我们正处在一个百舸争流的美好时代，每个人都可以通过努力绽放出自己的花朵。即使我们处于逆境，处于困难，处于失意之时，我们也没有必要气馁，沮丧，难道菊花不是给我们做出了榜样了吗？

我喜欢美丽的菊花，更喜欢菊花傲霜斗寒的品格！

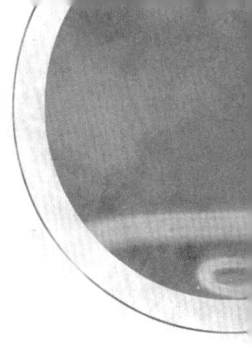

三·人间亲情

山一样的父亲

在我的记忆中,父亲从不和孩子们开玩笑,他是那么的严肃认真。正因为这样,小时候我们对父亲有太多的爱而没有表达出来。随着年龄的增长,我们对父亲有了更深的理解,父亲像一座大山,巍峨雄壮而又宽广,父亲的爱是一部震撼心灵的巨著,丰富醇厚而又包容;父亲的爱像一缕阳光让我的心灵即使在寒冷的冬天,也能感到温暖如春;父亲的爱是一湾生命之水,让我的情感即使蒙上岁月的风尘依然纯洁明净。

父亲始终在用自己的方式影响关爱着我们。恐惧时,父亲是安全岛,把我们揽在怀里悉心问候;黑暗时,父亲是一盏照明灯,照着我们前行;成功时,父亲是鼓励与鞭策,要我们发扬成绩、不骄不躁;受挫时,父亲是精神上的支柱,鼓励我们一定能够成功。一直以来,我们带着无限敬意与崇拜,像仰望山巅一样,仰望着高大威严、山一样稳重的父亲。

父亲管教孩子是严厉的,他总是说"顺为孝"。小时候的我不理解也不以为然,随着年龄的增长才真正体会到其中的含义。父亲的信条是严教才能成才,不孝父母者不可与之交。父亲说啥就是啥,从来不许我们跟长辈顶嘴。父亲要求孩子上学不许迟到早退、不许贪玩,放学时要按时回家,认真完成作业。每次我们要是哪一点做法和他的"封建老观念"相违背或是做错事情的话，父亲就会不高兴，甚至大发脾气。如果你稍加注意，你就会发现，他每次气势汹汹地训话时，总有一套成规的模板，说话的语气首先是大声训斥，接着是讲道理，然后心平气和地总结，最后提出自己一点儿小的希望。工作之前，好多次我想和父亲交心谈话，沟通思想，但看着他那威严的样子，我又打起了退堂鼓，想说的话也就咽了下去。

  小时候，每到夏天傍晚时，特别眼馋那些大人、孩子们在水里嬉戏打闹的情景。随着那一阵阵欢快的笑声，一天的劳累似乎消失无踪。那清澈碧绿的水面，对于我真是有说不尽的诱惑。我第一次"游泳"大概是在五六岁时。那是在一个晴天的中午，顶不住水的诱惑，我与一个比我大两三岁放牛的小伙伴，脱去全身的衣服，偷偷地跑到了村西那个大汪里。

  刚下到水里时，我们还是怕怕的，小心翼翼地一点一点地向水里挪去。但是，慢慢地，水的清凉给我们带来的愉悦让我们很快就忘了一切。我们一边互相向对方浇着水，一边慢慢地向汪中间走去，很快就到了齐胸的水里。水的浮力让我们开始很难控制自己的身体与行动，一阵惊慌袭上我们的心头。正在我们求助无援的时候，父亲突然出现在我们的面前，一直将我们两个拽上汪边。父亲用担心和责备的目光注视着我，一直没有说话。那一刻，我的心里就像揣着小兔似的怦怦乱跳。

  令我想不到的是，第二天傍晚，父亲就将我领到了那个我向往已久的大汪里边。父亲穿着短裤走进齐腰深的水里，然后叫我脱了衣服走下去。父亲先是用手托着我的肚皮教我在水里手划脚打，然后趁我不备就开始松开托着我的手，直到看到我实在不行了时，才将我重新托起。慢慢地，我终于自己能浮起来了，终于可以自由地围着父亲的身边游来游去。

长大了的我，游泳时依然喜欢用仰泳游上一会儿，看不到父亲的脸，我可以静静地看着那高远深邃的蓝天，体会着父亲对我的关怀，让幸福溢于眉宇之间。若是在星光灿烂的晚上，我就会想起父亲教我的"天上一颗星，地上一个人"的儿歌。我常常会想，满天的繁星之中，哪一颗星星是我呢？其实幸福就在我们的身边，我们只是缺少发现和真心的感受，或许此刻，你正在被你的父母责骂，也或许对你的父母有些不能理解，可是请用心仔细去感受，其实他们正在用自己的方式来疼爱我们。

"可怜天下父母心"，这是多么震撼而又贴切的写实！在威严的背后，是无私的亲情！父亲是山，他要养育山上的一草一木、一沙一石，坚强的脊梁顶住雨雪风霜的捶打。天地之间，撑起了一片天空，让绿色在他的肌骨上繁衍。

父亲16岁成家。日子一天天增厚，父亲肩上的生活担子越来越重。那时，一家7口人仅靠父亲不到七十几元的工资维持生活，父亲像一座大山，伟岸、挺拔、倔强，肩挑着岁月，脚踩着艰辛，手托着全家的希望，腰系着亲人的幸福。不管生活条件多么艰苦，父亲从没有向困难低过头，总是坚韧不拔，犹如一部永不停转的机器，不知疲倦地为改变生活面貌而日夜操劳。父亲像山一样地撑起了这个门户，像山一样扛起这沉重的家，渡过一个又一个难关，才使这个家得以喘息，得以延续，得以兴旺。从艰苦时代走来的父亲，养成了勤俭节约的好习惯，直到今天，他从来没有追求名牌、档次的要求，从来没有去餐馆吃饭的习惯，同时他也经常教育我们要学会节省、学会理财，不要乱花一分钱。

在我们兄妹5个当中，我最小。我上初中时，哥哥、姐姐们都成家立业了，家里只有我和父亲、母亲3人。记得有一次，母亲因膀胱患病做了手术，姐姐和哥哥在医院值班照顾母亲，父亲因为工作很忙没有请假，便利用晚上的时间前去探望。父亲不会做饭，为不影响我的学习，他每天早上五点多钟起床就开始打扫卫生、洗衣服，去食堂买饭，一日三餐还要求我必须回家吃饭。他说，外面的饭不卫生，对身体不好也浪费钱，让我养成居家过日子的好习惯。

父亲是位重情重义的人。谁有困难他都会全力相助，对朋友他从不吝啬，对家人更是体贴入微。父亲在他兄妹5个中排行最大，奶奶去世得早，父亲以老大哥的身份，引领着他的3个弟弟和1个妹妹一直和睦前行。四叔经常教育我们要以父亲为榜样，敬老爱幼、爱国、爱家、爱亲人。他说："我的老兄你的父亲，是我们大家庭的榜样，也是大家庭的自豪和骄傲。对老人他尽心尽孝，你奶奶去世时他卖掉了心爱的大金鹿自行车，为你奶奶置办丧事。你爷爷去世时他卖掉了手表，为你爷爷丧事操劳。对我们兄妹他关怀备至，始终以老哥比父的心境，照顾着我们，激励着我们。对你们这一代，他更是悉心教导，倍加关心。他以大山的胸怀支撑了上下老少三代人。"是呀！父亲不仅如此，对母亲更是照顾体贴。母亲患有坐骨神经痛，四处求医无效，父亲白天工作，晚上便挑灯苦研，自学中医，自己开方，为母亲拿药煎药，直至母亲病愈为止。父亲开出的方子，成了我家的秘方，至今留存，为许多患有坐骨神经痛的病人解除了病痛。有一次，我生病了，父亲每天都帮我煎药，他是那么的和蔼可亲，时常让我受宠若惊，又时常让我感动得流泪。

父亲更是位敬业的人。他忘我的工作精神一直激励着我们，成为我前行的动力。父亲是解放战争时期的老党员，为革命做出了不可磨灭的贡献。党组织也给了他很多的荣誉，使他一步步成为党的优秀干部。他常说，是党员就要以身作则，吃苦在前享受在后；就要一身正气为人，两袖清风做事。父亲在县城做了不大不小的官，一生却清贫如水。父亲离休时只有一张桌子、一个箱子和一张床，他用清贫撑住了这个家。

父亲，是我人生的导师。他常讲，生活的道路没有终结，只有递进。我深知在父亲的导航下，我的人生才不会迷失方向，我的人生才不会沉沦，我的意志才不会颓废，我的生命才不会苍白，我平凡的人生才会变得生动。小时候，父亲教会我学步、读书，指点我做人、做事、如何靠学问奋斗打拼。长大后，父亲一改过去的威严，变得温和起来，特别是我结婚以后，父亲逐渐成了我的知心朋友，他善用生活哲理和知识积淀为我点拨迷津。在我遇到逆风、困境时，我总愿意把心里话向他倾诉，碰到高兴事、乐趣时，就想与他对坐相视。父亲还经常教导我们说，只要有毅力、有决心，就没有做不好的事情。他还说，静坐要常思自己过，闲谈莫论他人非，平时要多想想自己有什么失误和缺点，多想想别人有什么好的做法和优点。

父亲用他的人生为我们点亮了成长的道路，让我们明白只有积极主动面对生活、面对困难才可以拥有丰富、深沉、快乐的人生。

父亲对我的今生影响太多。虽然他不会像母亲那样，有着细腻的心思，对我们宠爱有加，可他用一个男人如山般的情怀，用实际行动教会我们要如何做人、做事。我常想，如果没有父亲的言传身教，我不会有今天坚韧不拔的性格；如果没有父亲的谆谆教诲，我不可能在人生的道路上顺利前行。父亲用他那大山的臂膀，为我们撑起了一片湛蓝的天，那份厚重的父爱是那样博大，那样无私和宽广。

父亲没有学历，但他博览群书，有着丰富的阅历和高深的学识。在父亲的床头边经常可以看见一些名著和历史古典书籍，父亲记下了很多读书笔记，写过很多诗歌。

一次偶然的机会，我和我的同事一起去了70年代初父亲曾领着我一起爬过的那座山。这座山叫洛山，位于县城北部。

田园的气息透过那层玻璃窗飘到心底，连绵的山峦已经清晰可见，离我此行的目的地越来越近了。

下车后，我伫立在山的脚下，昂着头，静静望着眼前这座山，感受着他的雄壮气势，聆听着风中传递而来属于他的语言。

在山下，突然一种莫名的酸楚涌上心头，抬头仰望，苍松微稀，岩石突显，感到这座山越发的苍老了，就如同父亲额头满布的白发。我闭上眼睛，默默地说着："洛山，我又来看您了！"

沿山路而上，每走过一处景致，我会忍不住向同仁介绍记忆中的景象。景物仍如昨日所见，想起曾经的脚印、儿时的欢笑，我轻抚石岩，感慨万千。

山路蜿蜒，我第二次登上了那座布满怪石、苍松、古槐的山。

曾经为追赶最后那丝晚霞，我奔跑于山道间，因为父亲说过，这座山上的晚霞是最美的。绛紫的天色，满天云彩，轻轻托着那轮硕大的红日，慢慢地、羞涩地躲进了西山。那短暂的一瞬，却已经深深刻入脑海，永世难忘。今日秋阳高照，云淡天高，已不是那个时辰，但还是那个地点，仍有追赶，却见不到那片晚霞。偶尔风掠天际，几丝云霞，也让我欢叫不已。

我站在山顶，眺望远方，深深地吸上一口气，再缓缓地吐出，清风中传来淡淡的松香，让我心神气爽。

在山顶的寺庙里，我读到了父亲50多年前所写的一首诗，这是一首被文人墨客抄录在寺院墙壁之上的《夜登洛山》诗，诗中写道："日暮登临洛山顶 / 举头望月彻空明 / 手擎悬绿惊栖鸟 / 脚踏巉岩鼓浪声。"

过去曾经听父亲讲述过这首诗的意境，但后来始终没有亲眼看见。如今这似曾相识的感觉，因我曾梦寐以求而清晰。此刻是失而复得，心愿得偿，所以弥足珍贵，令我激动不已。

其实父亲对文学的爱就像血缘关系一样割舍不断，父亲天性中的文学气质显而易见，父亲与生俱来的才华和禀赋流淌在血液里。父亲讲起故事来，总是头头是道。

父亲离休后，身体有些差，多种疾病缠身。但父亲如山一般深沉，用厚德、铮骨诠释着完美的人生。他说，人吃五谷杂粮哪有不生病的，关键是怎么去看待疾病，正视是一种态度，消极也是一种态度，与其做斗争又是一种态度。活着就要活出精神，活出斗志。

母亲去世时，父亲突然变得沉默寡然，不吃不喝，糊涂得不认人，但是一直嚷着去东边看看，在他的潜意识里，母亲就在东边的屋里，不去看看他就不吃饭。我们拗不过父亲，便用轮椅推着他，让他去看了母亲最后一面，父亲看着躺在病床上的母亲，凝视了许久，一句话也没有说……

"谁言寸草心，报得三春晖。"如今，父亲已经92岁了，父亲得了小脑萎缩症，成了我们心中的"老小孩"，面对糊涂的父亲，我才明白岁月的残酷，人生的短暂，明白世上有永远报答不完的恩情。

父亲如山一样仁爱而博大，磊落坦荡，父亲那宽厚的肩膀，强健的手臂，坚强的脊梁，不屈的性格，是子女心中永远不倒的大山！

母亲逝世前的日子

再过两个多月,就是母亲十年忌日了,想起母亲逝前的日子,禁不住悲从心生,泪流满面。

十年前的一天下午,母亲因高烧不退住进了医院,挂了两天点滴之后才退下烧来,但生化全项检查各项指标高得异常惊人。CT片检查结果为胸腔大量积液,肺水肿。毕竟母亲年纪大了,高烧让母亲不再说话,胸腔积液引流后的母亲一直昏睡不醒。医生建议家人早作打算,以防不测。在母亲高烧不退的前两天,母亲曾对二哥说,她要提前回老家,别把送老衣服落下了。二哥应允了母亲,自己却哭成了泪人。我知道母亲不会这么快就离开我们的,因为她一直有着顽强的生命力。我坚持明天再做检查,便于确诊治疗。第二天各项彩超显示,母亲的心脏是病原所在,心衰引起肺水肿。

母亲自年轻时就体弱多病,在那艰难的年代,母亲拉扯着五个孩子,过着衣不遮体、食不果腹的生活。母亲一生做了许多让人感动的大事。60年代初奶奶重病需要输血,母亲二话没说便为奶奶输了500多毫升的血,输血后的母亲非常虚弱,加上饭食不足,引起全身浮肿;70年代,邻居家防震失火,母亲将平时积攒的辛苦钱全部给了邻居,解了邻居的燃眉之急;母亲不仅将我们姐弟五个拉扯成人,还将三姨家的大表姐从七八岁一直抚养到出嫁……

我匆匆租了氧气瓶，购了氧气袋，以备母亲在回老家的路上急用。我们姐弟用担架将母亲平稳地送上了早已在楼下等候的小型面包车上。我与母亲一同踏上了回老家的路，两个姐姐和妻子、儿子乘坐另一辆小车紧随其后。我一手举着点滴包，一手挤压着氧气袋，看着母亲那面无血色的表情，我的心在阵阵作痛。我俯在母亲的耳边，泣不成声，娘啊，我们这就回家，大哥已提前回家为您收拾房屋去了，您多年回家的心愿就在眼前了。您的新衣服就在后面您孙子开的那辆车上，回家就给您换上。娘啊，你睁开眼睛看看此时的儿子吧，为了您儿子，您一定要挺住坚持到家！也许母亲感受到了我所祈祷的一切，嘴角微动了一下，眼角有些湿润，看着母亲半睁的双眼，我再一次忍不住了，泪水像断了线的珠子滚滚而下……

母亲回家了，挂着点滴，输着氧气。眯眼不睁的母亲躺在临时为她搭建的床上，邻居听说母亲来了，都前来探望，可是母亲已没有反应，也许母亲在沉思、在回忆、在静听。第二天晚上，我和二姐一起看护着母亲。夜深人静，只有母亲深沉的呼吸，声声入耳，端详着母亲微微浮肿的脸庞，心如刀绞，摸摸母亲的手腕，脉搏跳动均匀，便心安了许多。想起白天老人们所说的一些话，又禁不住心头酸痛，泪水直流。娘啊，我知道老人们是为您和您的子女着想才说出那番话的，她们都是好心人，都是咱的好邻居。其中，也有您当年资助过的老友，她们都劝我说，你母亲年纪也不小了，再打针、吸氧也留不下了，眼前麦收来临，你们小辈也都尽心了，放弃治疗吧，再坚持下去，你母亲受罪，你们受累！我理解老人们这番话的意思，可是，娘啊，我做不到，您的子女们也做不到！我们怎能忍心拔掉氧气、停止点滴，送您到另一个世界？娘啊，您放心吧，我们会一直陪伴到您心跳停止的那一刻！

母亲从医院带回的滞留针已无法再用，液体渗透在脚踝皮下，引起整个右脚水肿，村里卫生室的医生为母亲拔掉最后一针，因为，母亲的血管已经很难再扎进针。在医院时，大夫曾建议颈下静脉置入滞留针，姐弟们商议后觉得这样有风险，乞求护士尽最大努力皮下扎针，护士费了好大劲儿才留下了那枚滞留针。大家都知道这最后一拨将意味着什么！此刻的我早已不能自控，外甥一边为母亲洗着水肿的小脚一边泣不成声，大姐、二姐和妻子以及在场的人都以泪洗面，妻子一阵眩晕，引起大家的担心，在大姐的劝说下儿子扶着妻子离开了母亲的房间……

　　母亲的呼吸越来越急促，脉搏跳动加快到每分钟100多次，身体发着高烧，尿液里流着血丝，喉咙里时而发出欲绝的呻吟声。可怜我的娘啊，我怎能忍心让您就这样走下去，我心中的那个结谁能和我一起打开？对不起啊，我亲爱的娘！早知道这样，我们不回老家，在医院里也许能减轻您的苦痛。天已蒙蒙亮，我走出房间，放声大哭了一场。母亲最终没能摆脱死神的纠缠，永远地离开了这个世界，享年90周岁。

　　娘啊，你走得好艰难，也走得很无奈，没有教导，没有半句留言，只有微动的嘴唇和痛苦的表情，大姐为您刚刚擦去眼角的泪水，您又添新泪。娘啊，我知道您惦记什么，想说什么。娘啊，您放心，我们一定会照顾好父亲，让他安度晚年。我们一定替您感谢这些天为您忙前忙后的我的叔叔、婶子，还有您的侄子、侄媳们。对不起娘，二姨从长沙打电话找不到您，便打了二姐的手机，打听您近来的情况，并给您汇来了现金。我们瞒着她说您只是感冒了，也许她意识到了您有不好的情况，逐一让我们接电话核实。她是您唯一健在的一母姊妹，血脉相连，心灵相通啊，可是我们不想增加老人家的悲痛。

哭一声我的亲娘，擦不干悲伤的泪水，写不完无尽的哀思，道不尽母子的留恋，再也唤不回驾鹤西去的灵魂，再也留不下踏荷升天的母亲，再也不能周日回家和您一起逗笑，摸着您的鼻子一起入睡，再也不能唤着您的名字和您一起"扯大锯拉大锯"了，再也不能听您唱"周姑戏"了……我两腮流淌的是悲伤的泪水，虽然这泪水有时静悄悄地流着，有时奔涌而泻，有时哽咽难流，但一直都流到我内心深处最软、最痛的地方。

母亲啊，无论再过多少个十年，您永远是我心中的最爱！

水莲花开的日子

我一直喜欢莲花。因为它像君子一样,着一身淡雅,抹一色粉红,吐一口甜笑,赐一缕情思,虽身处污浊环境,却不随世俗沉浮,不与世俗同流合污。它圣洁典雅,把清净无染的自己开放给大千世界。

如今,又到了水莲花开的日子。于是携妻一起去看老家村后池中的水莲。迎着晨风,渐渐地我们闻到了一股淡淡的香气,香气扑面而来,身心俱被陶醉于其中,沁人心脾的一种舒畅。看!在水池的中央,那一片正在盛开的莲花!绿色的圆盘托起朵朵亭亭玉立的水莲,红白相映,丽质天生!一阵轻风拂过,池面泛起了层层微波,绿波随之轻轻地荡漾开来,美丽的莲花像仙子般含羞地笑着,轻盈地起舞,任那可爱的露珠亲吻她美丽的脸颊,和天边的片片朝霞相互辉映。仔细看去,一颗颗晶莹的露珠在绿色的大大小小的圆盘里来回滚动,像是在欢快地跳动着优美的舞姿。在一旁含苞欲放的骨朵儿羡慕地咯咯笑着,也跟着露珠摇曳飞舞起来!

我喜欢莲花。因为它像君子一样,正直不苟,豁达大度。它不与其他花争艳,比美。它没有人世间所谓的嫉妒心,它的心永远都是那么洁白,那么纯真,无论任何东西都不能玷污它。

三十几年前,在学校认识一个女孩,同学们都叫她"阿莲"。女孩很有灵气,有一次,我们一起去池边看莲花,我把她比作水莲"出淤泥而不染",她却认真地告诉我这是世俗对莲的认识,肤浅而苍白。她说莲是有佛性的,不能用世俗的眼光来看待它,"本来无一物,何处惹尘埃",莲开在水中,其实不然,莲是开在人心里的。当时我一笑置之,回校后写了一首诗送给她:"你乘片片祥云/映一池碧水/洒滴滴甘露/洗一脉葱翠/你玉洁晶莹/让水面映照着你多彩的圣洁/你柔美纯真/让月亮的银辉呵护你甜甜的酣梦/啊!莲花你是圣洁的精灵/你是日月的结晶/你是真善美的融合/你是天地人的交融。"多年以后,我发现那是真的,那段往事和莲花的确一直留在了我内心深处。从此那个女孩也留在了我的身边。

与妻坐在池边的石凳上,看着这天然的美景,让我想起古人赞美水莲的诗句:"出淤泥而不染,濯清涟而不妖。"这的确是莲花高尚的品质所在。俗话说:"近朱者赤,近墨者黑。"是啊,社会就像一个大染房,里面有各种各样的颜色,就像每天我们要接触的人一样,接触不同的人,我们就会学到不同的东西。但是,只有莲花才能不受外界的任何影响,像君子那样庄重质朴,从不哗众取宠,从不炫耀自己。如果世界上所有人的心都像莲花那么纯洁的话,我们的社会就不会发生这样那样的争执。人们互相帮助,大家亲如兄弟,和谐一家。那么,世界将会变得多么美好啊!

愿心中可爱的莲儿,如晨风中的这片水莲花,更加清新、更加美丽!

把你写在我的诗行里

  夜深了,雨依然淅沥,沏一杯清茶,让思绪随着薄薄的茶雾飘向雨丝里,让心灵翩飞。用游弋的笔尖把你写在我的诗行里,和阳光,和春天,和花的香,和南雁的身影一起酿成陈年的酒香,在我的生命里,我的生活里,我的忧郁里,我的快乐里,坚定幸福信念与未来的光明!

  一闪即逝的灵感开启不了记忆里隐藏最深的心事,可是我确信我的灵魂曾经在记忆的某一个时间里迷失。

  我不禁想起半个世纪的生命旅程,走过了许多生命的四季,领略了无数的酸甜苦辣之后,我蓦然感到,那心灵深处的无形束缚与障碍,仿佛一大片茂密的茅草地让自己无法穿过,这是一种难与人言的痛苦;而这种痛苦常常得不到解脱。那声在北国雪地深处响起的微弱而真切的轻声呼唤,那双在我决定放弃时伸来的援助之手,那盏在我只想站在原地不愿继续行走时的耀眼的明灯……这样简单而真实的关爱,这样执着而深刻的光芒,激励着我一次次奋然前行。

  你在春天的时候,洋溢着青春的气息,渐渐跃入我的视线。你灿烂的笑容,镌刻在我的心里,挥之不去。每次谈到孩子,你都会眉飞色舞,充满幸福和满足。你似乎刻意地重复,而愚笨的我依然糊涂。终于有一次,我顿悟,你在含蓄地告诉我如何做孩子的父母。

和你在一起,我早忘了自己的年龄,以至把你当成最友好的朋友,会和你说心里话,会和你探讨生活和生命中的诸多问题。和你交流,可以毫不掩饰,可以不设防,可以漫无边际。我的心灵的天窗,在和你的交流过程中渐渐明亮,我的心灵天空中的阴云渐渐散去,感动,我真的被你感动了,不仅仅是你的言语,你的每一个眼神,每一个笑意,每一次来去匆匆的身影,都会给我的心灵以足够力量的震颤。

和你,漫步于那条曲径通幽的小道上,手牵着手静静享受着这大自然赐予人类的雅静。尚在舞动的零星小雨,落在茂密的叶面上,草丛里,也悄悄地潜入我久封的心海里。我的心门被你那充满磁性,充满喜悦,充满历史,充满丰富的声音,一点点、一层层打开。突然,一只小狗"汪汪"地大叫起来,我看着你恐慌的眼睛,冷漠地审视着周围发生的一切……

听着你轻盈的脚步声,均匀的呼吸声,抑扬顿挫的细语声,流响在那样静谧,那样烦冗,那样碧绿,那样朦胧的夜的前奏曲中,便有一种惬意,一种喜悦,一种说不出的温软感荡漾在我的心间。即使没有月色,即使没有星光,即使没有风儿的调皮,我依然感受到这非同寻常的温婉。

我早已把你写进我的诗行里。但你如何才能快乐地去迎接美好的日子?倘若你能够将你的心灵寄托在一种事物上,别乱了心思,你就能获得用心写就的生命的保证。原来,人与人之间可以如此的近距离,可以如此的彼此打开心门,可以彼此把对方的思想融为一体,可以不计阅历,彼此走进对方的心里。感恩的心感谢有你,伴我一生让我有勇气做我自己,感恩的心感谢命运,花开花落我一样会珍惜。

梧桐树情结

35年前，父亲和母亲在家属院里栽下了一棵梧桐树。自这棵树种下后，母亲就经常浇水，适时施肥。

常听母亲说："栽下梧桐树，引来金凤凰。"我常常盼着金凤凰飞来的那一天。可始终没有盼到。于是，偷偷地问母亲："金凤凰怎么还不来呀？"母亲没有解释，只是笑着说："快了，快了！"

长大后，我渐渐读懂了母亲的心思，原来母亲对"引来金凤凰"的理解是有深刻含义的，也是她期盼的大事。在母亲的潜意识里，梧桐树成材的时候，我也到了娶媳妇的年龄了。

父亲说，凤凰是鸟中之王，最乐于栖在梧桐之上，可见梧桐树是多么高贵了。梧桐树适应性强，成长极快，种下五六年，便能成材。

不经意间，那棵梧桐树已长得高大魁梧了，超出了人的视线，仿佛与蓝天接壤，颇有伟岸的男子汉气概。它枝繁叶茂、树冠如盖，在半空中流淌着旺盛的生命力，显出一份"不与百花争春"的高贵。每逢春天便悄悄地吐出嫩芽，盛开着一簇簇喇叭状的梧桐花，播散着浓郁的甜香。每朵梧桐花不是整齐地长在枝条上，而是聚拢在每一根灰褐色的枝条的顶端，毛茸茸、粉嘟嘟地依偎着，花色为紫白色，自然朴素，个性张扬地在春光里绽放。远远望去，像一团团浮动的云，把春日的天空，衬托得更加明净。

那时候，我和小伙伴们经常比赛爬树，看谁爬得快，看谁爬得高。而那棵梧桐树也是我们比赛的优选对象，因为爬树，我们的胳膊和腿，都被刮得少皮无毛，甚至，还把衣裤磨破。我们从不在乎这些，也不考虑后果，爬得累了，我们就找来一根粗绳子，系在梧桐树粗壮的枝干上，下面拴上一根木棒，坐在上面，优哉游哉地荡起秋千来。

梧桐花落时，我们就拾起来，拽下花蒂，捏扁花的根部，贪婪地吸吮着仅有的一滴花蜜，美美地咂着舌头。然后我们把花蒂用针线穿成好大的项链戴在脖子上，个个像凯旋的英雄，一脸的神气。

有一年的春天特别冷，梧桐花迟迟不开。好容易盼到花开了，夜里却下了一场雨，早上起来，满院子的落花，湿漉漉地粘在地上，仍然散发着香气。"零落成泥碾作尘，只有香如故"。我抬头，看见雨后的花朵稀疏了，叶子却越发青翠了，我的心渐渐温暖起来。

我经常站在树底下仰望着蓝天，被那甜腻四溢的香气包围着，静静地感受着梧桐花那种淡泊和宁静。我的心仿佛在古老的田园牧歌中穿梭。梧桐树也在一年又一年的时光中见证了我的成长。

我参加工作后，母亲心中的"金凤凰"如期飞来了，这让母亲喜上眉梢。我外出学习的两年里，小院里不见了那棵梧桐树的踪影。父亲先是找人砍伐了大树，之后又去木材厂加工成木板，放在院子的南墙下，并专门撑起了棚子挡风避雨。

那一年我和妻子结了婚。我结婚时的家具一部分用料便是梧桐木，另一部分是水曲柳木的。20世纪80年代，用水曲柳木做家具已是上等的木材了，用梧桐木做辅料实属浪费。但母亲执意这样用料，这与她简朴节约的习惯形成了很大的反差……

这些年，搬了几次家，那些老家具我始终不舍得更换，看到家具，便想起那棵梧桐树，想起逝去的母亲，想起与梧桐树有关的点点滴滴……那挥之不去的影像越来越成为我心中的珍藏。

飘香的米饭

在我儿时的记忆里,珍藏着一件挥之不去、涂抹不掉的往事。每当因工作饥肠饿肚时,我便想起母亲那永恒的背影,想起当年母亲为我们"校园宣传队"送去的那锅香喷喷的大米饭。

那年我读小学三年级,"四人帮"刚粉碎不久,学校里召开欢庆大会,我们"校园宣传队"的主要任务是向大会献贺词、表演节目。天刚蒙蒙亮,队员们便集中在操场上,进行会前最后一次大排练……

休息时,隐约间看到一位50多岁的妇女,一手提着水壶,一只胳膊挎着包袱,非常吃力地向我们走来。那晃动的身影是那么熟悉,那一双小脚每挪动一步都印写着艰难,印写着沧桑岁月的历史,我知道那一定是我的母亲。母亲又给我们送饭、送水来了。几年来,母亲就是这样,每逢"校园宣传队"有集体活动时,她都忘不了给我们送饭送水,在我们队员的心目中母亲是最伟大、最受人敬佩的。

我们蜂拥着兴高采烈地迎向母亲,我抢先一步双手接过母亲挎着的包袱。母亲一边笑着一边放下手中的水壶,说道:"孩子们,饭刚做好,趁热吃吧!"几位队员争着解开包袱,里面是一口做饭的铝锅和吃饭用具。打开铝锅盖,顿时一股飘香的热气徐徐升起,我们深深地吸着热气,惊喜地喊道:"呀!米饭加红糖,真香呀!"母亲很慈祥地笑着,蹲下身来,一手拿碗,一手用匙子认真地往碗里盛饭，然后迅速地递到每个队员的手里。饭盛好了，母亲直起身来，将粘在手上的一粒米饭放到自己的嘴里咽到肚子里。

母亲不识字，但教会了我们许多做人的道理，儿时常听母亲背诵《悯农》这首诗，并一字一句地解释给儿女们听；母亲讲起《一粒米的故事》更是娓娓动听，常引来许多孩子。在我儿时的心底里早已埋下了浪费可耻的种子。望着母亲的一举一动，我油然而生敬意，心中涌出一股酸酸的滋味。

母亲眼瞅看着我们将米饭吃完，又给我们每人倒上满满的一碗水，一直等到我们喝完水后，才往家赶去。望着母亲远去的背影，忽觉得母亲把我们姐弟几个拉扯成人，该是多么不容易呀！

欢庆大会圆满结束了，带着成功的喜悦，我一口气跑回家。当我推门进屋时，我惊呆了，母亲躺在床上，右脚腕肿得通红。我急忙跑到母亲身边，双手握着母亲的手，"妈，你怎么啦！"我急切地问。母亲平静地微笑着说："没什么，回来时扭伤了，隔天就会好的。"望着母亲受伤的小脚，我心中隐隐作痛。当得知为了我们母亲还没吃饭时，两行热泪禁不住流了下来。母亲哟，无论何时，您都在为别人着想，您的爱遍布我的每一个毛孔，每一个细胞，我真心祝愿母亲早日康复……

计划经济时代，大米、白面都是节日里最好的食品，母亲为我们做的米饭加红糖实属"奢侈品"。后来我才知道，那一锅米饭是母亲积攒了数月的供应粮票，用购来的大米精心制作的。

参加工作后，我时常忆起当年母亲为我们送饭的情景，越品越觉得母亲做的米饭既香甜又可口。随着年龄的增长，愈来愈体味到母亲的伟大。是啊！普天下有多少善良的母亲，为了子女，她们可以做出最大的牺牲。"她们的爱都是一样的长阔高深，丝毫都不差减"。

  母亲的头发白了,根根发丝记录了沧桑岁月的历史,刻下年轻时风霜雪雨,困苦艰辛的足迹。母亲的爱是一首写不完的诗,那一锅香米饭是母亲用爱谱成的歌,一首奉献的歌,催人奋进的歌。愿母亲健康长寿,愿母亲那锅飘香的米饭永远留在我永恒的记忆里。

爱的思念

不是每个擦肩而过的人都会相识，也不是每个相识的人都会相知，更不是每个相知的人都会相爱。

借着窗外的荧光，我悄悄将思念揉碎捻成一朵清艳的心香。望眼点点的星光，幸福在相知的夜色下深情地相望。也许只为那短暂的相识，我会心甘情愿地放飞永远的思念、永远的等待和永远不会忘记那份真实的爱。

爱的思念使人怀揣一份记忆、一种牵挂，以及无数的甜蜜与忧伤。即使是走遍海角天涯，心有思念的人，也永远不会孤单寂寞。人世间正是因为有了爱的思念，也就有了各种各样的萦绕和纠缠。亲子之间的爱，夫妻之间的爱，友人之间的爱……于是，爱的思念就好似生命的根须，把人栽植到社会关系的土壤里，使人与人，人与社会融合成一个爱的整体。

人生有许多不能诠释的故事，一旦走进爱的世界，就再也无法忘记。这种爱的思念，既是人间最美的情愫，也是一种既深情又洒脱的生命挚爱！就像春天放风筝那样，在心灵深处用一根细细长长百折千回绕成的情思，时时追随着，牵念着那些被爱的人和事。

看着手机上你刚刚发来的信息，我像品着一杯醇香的酒，丝丝暖意，浓浓清香，几分醉意上心头，恍然间，距离产生了美，产生了牵挂，产生了一种别样的思念，这种爱的思念让人顿觉温暖和幸福。

翻阅着曾经的点点滴滴，感觉你很欣慰地站在我的身边，流淌着旋律的语言，像飘飘洒洒的雪花绽放在心灵的空间，温暖融化着我的寂寞，我的思念。

你是住在我心里的人，当看不见你的人，听不到你的声音的时候，便心慌意乱。爱的思念是漂泊的漫旅，我珍惜着每一个可以让我爱的人，有时候会被一句很普通的话感动，那是因为真诚；有时候会为一首古老的歌流泪，那是因为动情；有时候会把回忆当作习惯，那是因为想念。

从相识、相知到相爱，需要一个理性的过程。每一个过程都牵绊着思念，思念像一棵常青藤，把你和我牢牢地缠绕在一起。

在茫茫人海之中认识你是我一生的快乐。偌大的地球上能和你相遇真的不容易，感谢上天给了我们相识、相知、相恋的缘分。别忘了，你的世界我曾经来过。

曾经我也让你焦灼和无奈，曾经你也让我等待和期盼。也曾经我们都忘了自己，体会那心跳的感觉。不是每一段爱情都有美好的回忆，也不是每段回忆都是那么的刻骨铭心。

你已是我今生永远无法割舍的思念。不管岁月把我变得多么苍老，我都会为你祝福，愿你永远地幸福平安。当你不开心的时候，我会陪你流泪；当你孤独的时候，有我在陪你说话；当你伤感的时候，我会和你一样地忧郁。当你梦见我的时候，那是我在想你了……凡有阳光和水能够到达的地方，就有我爱的思念从容穿过。

月光秋夜

多美的夜啊！月光柔和清凉，淡淡生辉，这美丽的秋夜透进我的肌肤，让我的心情豁然开朗。

这么独自享受着如水的月光，享受着秋夜特有的凉意，让心儿静静沐浴在一种无言的美好之中，让思绪随着月光任意飘荡，来一次少有的心灵之旅。

孩提时代的秋夜，劳动了一天的母亲常常不顾疲劳，抱着我到南场大沟看月亮。记得那时候天空的月亮总是那样的明亮，会把原野照得如同白昼，远处的山，近处的树，以及那不停飞动的萤火虫，总是把夜晚填补得很丰富。在这内容丰富的夜里，我依偎在母亲的怀抱里，听母亲讲月亮婆婆的故事。

母亲不识字，但讲起故事来头头是道。母亲绘声绘色地讲起"嫦娥奔月"的故事。相传，远古时候天上有十日同时出现，晒得庄稼枯死，民不聊生，一个名叫后羿的英雄，力大无穷，他同情受苦的百姓，登上昆仑山顶，运足神力，拉开神弓，一气射下九个太阳，并严令最后一个太阳按时起落，为民造福。后羿因此受到百姓的尊敬和爱戴，后羿娶了个美丽善良的妻子，名叫嫦娥。后羿除传艺狩猎外，终日和妻子在一起，人们都羡慕这对郎才女貌的恩爱夫妻。

一天，后羿到昆仑山访友求道，巧遇由此经过的王母娘娘，便向王母求得一包不死药。不料被心怀鬼胎的逢蒙知道了,待后羿率众人外出打猎时,逢蒙手持宝剑闯入内宅后院,威逼嫦娥交出不死药。嫦娥知道自己不是逢蒙的对手,危急之时她当机立断,转身打开百宝匣,拿出不死药一口吞了下去,身子立时飘离地面、冲出窗口,向天上飞去。由于嫦娥牵挂着丈夫,便飞落到离人间最近的月亮上成了仙,百姓们闻知嫦娥奔月成仙的消息后,纷纷在月下摆设香案,向善良的嫦娥祈求吉祥平安……

我常想,远处那闪烁如星的双眸,期期如许的神情,是嫦娥在遥望在等待吗?她腾空飞起,挥舞着霓裳,洒下的缕缕情思,是寄给翘首企盼的人的吗?

月光如水秋夜凉,我知道,在今夜如水的月光中,有许多飘逸的灵魂在思索,在寻觅,在追求一种最美好的意境。"人有悲欢离合,月有阴晴圆缺,此事古难全,但愿人长久,千里共婵娟。"这首苏东玻的《水调歌头》不知陶醉了多少人的情怀。面对天上的一片月光,吟唱着苏轼的华丽诗句,让心灵升华到一个缤纷的境界。这华彩的月光衬托着晚露覆盖的祥和,在这一瞬间点燃了我久违的心空,一种从没有过的美好漫过心海,那月的精明透过我的肌肤将自己的周身照得通亮,仿佛自己正乘着月光在宇宙中飞翔!

"小小的月亮弯弯的船,弯弯的船儿两头尖,我在小小的船上坐,只看见闪闪的星星蓝蓝的天。"听着母亲哼唱的儿歌,看着夜空中的月牙船,我多么想飞到这条金船上,划起双桨,在夜空中神游呀。

有关月亮的故事,母亲还会讲很多。比如,吴刚伐桂、天狗吞月、猴子捞月、月桂女神等等。

如今,我再也听不到母亲讲月亮婆婆的故事了,也再也听不到母亲哼唱的儿歌了,但母亲讲起故事的神采和唱歌时的情景至今历历在目。母亲，您在天堂还好吗？还在讲月亮的故事吗？此刻，整个大地都静静沐浴在圣洁的月光中，树影婆娑，偶尔有黄叶落地的叹息声；月淡风轻，偶尔有狗叫声远远传来，更增加了秋夜的静谧与凉意。

月光柔情似水，清澈可人，偶尔飘来一层薄薄的云朵，犹如一块柔软的锦缎，把妩媚的月亮轻轻包裹起来，让月的妖娆更加神秘。

今夜我愿把这美丽的月光收藏，给心灵一次慷慨的洗礼，让囚禁的身心来一次永恒的释放和欢畅。

回首间，时光悄然溜走，一缕思绪飘荡在秋风里。于是想起那年那月初识你，你的高雅脱俗，你的美丽大方，你的亭亭玉立，你的博学才情，还有你那超越女性刚劲飘逸的文字，都如珍似玉，放映眼前。恍惚中，你从烟雨朦胧的江南款款走来，如莲花盛开，娉娉婷婷，如仙子下凡，曼妙婀娜。你清澈明亮的双眸，不染纤尘的优雅情怀，卓尔不群的一点一滴，又一次在我的眼前缤纷绽放，与秋夜芬芳同溢，与月光同牵柔情，引我神思，醉我今生。

我守候这份秋夜，把我一生的孤傲与你拥抱；我静默这份幽然，把我一生的淡定与你会晤；我独享这份迷恋，把我一生的追思与你交融。

美丽的秋月你是我唯一的诗行，我愿为你默默地耕耘播种。此时此刻，心中充满着无限的憧憬，望着这一轮皓月，感受着一个完美自由快乐的自我。愿这妩媚洁净的明月在心中永远生辉，伴随我的人生，直到永远永远……

怀念姐夫

当我坐在电脑前，敲打着键盘写下这个题目的时候，我甚至不知道怎样来叙说，那些让我夜夜难眠的往事，它们像电影一样，从我眼前一一走过……姐夫的关怀、期盼和笑容都深深地烙在我的心里。我沉默着，思绪万千。我企图用文字记录下一个真实的姐夫，不想让悲哀流淌在字里行间，但我不能。

2002年的一天晚上，姐夫在家吃完饭后，突然倒地，人事不省，当晚便送进了医院。当我得知这个消息时，已是第二天清晨了，大脑里一片空白，似乎成了个木头人，没有哭泣，没有言辞，电话那边再说什么已是全然不知。我火速赶往医院，只见姐夫直挺挺地躺在床上，昏迷不醒，挂着点滴，吸着氧气，呼吸急促。顿时一种揪心的感觉涌上心头，心里反复叨念着，姐夫呀！为了我的姐姐和两个外甥，你一定要活过来呀！可是，姐夫最终没有熬过第5天，没有为家人留下只言片语便撒手而去了。哭声震撼着整个楼房，所有的亲人都落下了悲痛的眼泪，哭成了泪人。姐姐的双眼早已哭得肿了，却仍阻止不了泪水继续涌出眼眶来。我不知道怎么安慰悲痛欲绝的姐姐和两个外甥，我也不知道以何种方式跟视女婿如亲子一般的父母，宣布这个突然的消息……

姐夫是一名转业军人。他17岁参军，25岁那年与我的姐姐结了婚，那一年姐姐23岁，我才8岁。姐姐在县外一家兵工厂工作，小时候的我常常得到姐夫特别的关爱，后来姐夫转业到了地方工作，因工作成绩突出，先后成了县里较有名气的厂长、经理、局长，并经常受到县里的嘉奖。姐夫生前最惦记的是外甥女的工作和生活。他常常为给自己的女儿找不到合适的工作而自责，为此，姐夫放弃了在县城舒心的工作环境，按照县里领导的意见，去一家乡镇企业任经理，一干就是五年。五年间，姐夫总是早出晚归，一心扑在工作上，就在姐夫出事的当天下午7点多，他还与工人们一起奋战在货物装卸的工地上，他的敬业精神令许多人赞叹不已！他带领的公司成为省级农业产业化龙头企业。对于女儿的工作安排他却只字未提。有人问及此事，他说，我干好了领导和大伙都会知道的，孩子工作的事县里自然会考虑的。我也曾与姐夫探讨过这方面的事，从姐夫的话语里流露出他内心的着急和无奈。但我们万万没有想到，姐夫就这样带着他一生的遗憾离开了人间……

  姐夫最关心和疼爱我的儿子。儿子学前大部分时间是在我姐夫家里度过的。经常见到姐夫用他那粗壮的大手将我的儿子举过头顶，再抱在怀里，逗着孩子玩耍；也经常看到他将我的儿子一手揽在腿上，一手细心地搛菜给孩子吃。儿子顽皮经常在他家心爱的沙发上跳舞，有时，将家里弄得人仰马翻，姐夫从来没有批评一句。看着他们一老一少的亲昵举动，我和妻子总是从内心里发出会心的笑。

  姐夫为人非常大方。他对别人在金钱上从不吝啬，可是自己却总是穿着非常普通的衣服，他心里装着家里的每个人甚至亲戚朋友。姐夫是能干的，在他工作过的每一个单位，只要提起姐夫的名字没有人不称赞佩服的。姐夫一生光明磊落，清清白白做官，两袖清风做事。县里奖励他的奖金从来不拿一分，还经常在外地出差从不领取差旅费。有人利用过节之机送给孩子的"压岁钱",他总是耐心地先说服孩子,再一一退回。他潜移默化的言传身教一直在感染着家人,他直爽的秉性复印给了他出色的儿子。

  姐夫是个彻彻底底的好人。跟姐姐结婚 30 年,照顾姐姐,疼爱孩子,孝顺双方父母,一心一意为这个家,他的一切早已融入了我们的家庭,跟我们的相处也如大哥、如朋友一般,他是我们这个家庭最重要的一分子。姐夫在世时,经常跟我打电话说些工作上的事情,嘱咐我一定要好好工作。自从姐夫去世后,就再也没有听到那些亲切得宛如父亲般的话语。可是这么好的人为什么以这样惨烈、这样痛苦的方式离开。看到他遗容的那一刻,我几乎不能自已,我知道了什么叫死不瞑目,我深刻地感受到了他的不舍和眷恋。

  生命无疑是可贵的,也许人的一生就是这样,总是在快乐与忧伤、希望与失望、甜蜜与苦痛中千回百转。姐夫的一生虽然短暂,但他留给人们的珍贵记忆是永恒的!

父亲的自行车

我的父亲18岁就参加了革命,那时的父亲年轻而又英俊,在县城最北的区委工作。父亲收入微薄,除了养家糊口,还经常接济日子更苦的同志。在那艰难的岁月里,父亲用省吃俭用积攒的钱,从县城车行里购买了一辆半新不旧的杂牌车,就在那年,父亲因工作需要调进了县城。

敬业,也许是父亲那一辈人共有的品格。父亲经常下乡出发,一年不知磨破多少车胎。"三过家门而不入"正是父亲忘我工作的写照。有一年,病中的奶奶想念父亲,捎信叫他回家,正在县里组织开会的父亲,因工作忙碌,没能回家探望,当父亲再次接到奶奶病危的"通告"火速赶回家时,奶奶已经带着失望离世了。这件事,成了父亲终生的遗憾。为料理好奶奶的后事,父亲卖掉了心爱的自行车,将钱交给二叔,匆匆告别奶奶的遗体,便一头扎在工作上。父亲终因业绩突出,在团县委升了职。后因工作积极,县里奖给了他一辆"自行车票",父亲凭票购买了那辆"大金鹿"。

我的童年,是在农村度过的。做了团领导的父亲,响应党的号召,带头将我们一家人送回老家,让我们去广阔天地里作为。那段时间里,父亲回家的日子少得可怜。记忆中,父亲每一次回家都是温馨而美丽的。我时常跑到村南的小路上,席地而坐,托腮静观人来车往，盼望着父亲骑车回家，因为父亲每次回家，都会从那印有"为人民服务"字样的车袋里掏出一些"奢侈"食品分给我们。直到后来，我们一家又搬回县城时，那种"盼车到，望父归"的情景便不再出现了。

父亲爱车如命。下雨时，他宁可以步当车，也不愿委屈那辆"大金鹿"。"好路时，人骑车，过河时，车骑人。"这便是父亲行车的准则。在我成长过程中，父亲要求得非常严厉，更不允许我们碰他的车；但有一次出乎意料，星期天我乘父亲加班之机，偷偷地将自行车推到街上准备学车，中午时分，被下班回家的父亲当场"抓获"。我吓得弃车欲跑，父亲一把拉住我的手，亲切地说："来，我教你学车。"父亲的话顿时打消了我心中所有的恐惧。我看看受伤的自行车，又看看眼前高大的父亲，高兴得笑了。父亲一边架着自行车后座，一边语重心长地说："孩子，骑车和做事一样，首先要站稳，然后一步一个脚印地走下去，稳中才能取胜。"整整一个中午，在父亲的教导下，我终于学会了骑车，但父亲的自行车却伤痕累累了。听着父亲叮叮当当的修车声，望着父亲满头大汗的样子，一种特有的感激之情渐渐涌上心头。背对着父亲，我由衷地喊道："爸爸，您真好！"

20世纪80年代初，我参加工作时，父亲将他心爱的自行车交给了我，也交给了我行车、做人的道理。现在，我终于明白了父亲当年教我学车时那些话的深刻含义，父亲是要我稳稳地走好自己的人生路，不能瞻前顾后，也不能急于求成，避免摔跟头、损锐气……

出门在外的日子，我时常想起父亲，想起父亲那一天天加深的皱纹和那花白的头发，想到父亲廉洁如水的仕途。父亲在县城做了几十年不大不小的官，历经坎坷沧桑，虽经风浪却不沉沦，骨子里依旧是清清白白的文化人。父亲离休时,最大的家当便是那辆"大金鹿"自行车了。于是,我开始攒钱,买了辆新车孝敬父亲,父亲却不肯要。他说,新的我骑不惯,还是物归原主,把那辆"大金鹿"还给我吧。

20世纪90年代中期,父亲患了骨质增生、椎间盘突出症,从此,便不再骑车了。那辆老式"大金鹿"虽有些旧,却被父亲整修得油光放亮,并作为传家宝交给了大哥……

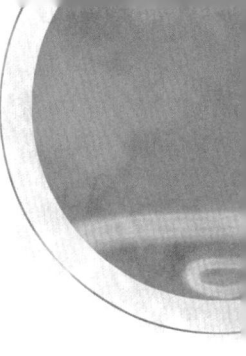

四·时世歌情

电视逸闻

40多年前,邻居董大叔从省城购来一台12英寸的黑白电视机,这消息很快就像插了翅膀似的"飞"遍了整个机关大院。

吃过晚饭,我急匆匆地来到董大叔家,电视里正在播放一部战斗片,一间十平方米左右的平房里,挤满了十五六个人。前面的蹲着,中间的坐着,后面的站着。见此情景,我弯着腰使劲挤到了离电视最近的地方。第一次看电视,许多人都非常兴奋,时而有人鼓掌,时而有人叫好,大概所有观众的心都随着剧情的发展波动着。当电视画面出现"再见"两个字时,许多人的眼光仍紧紧地注视着荧屏,似乎在期待着什么。无奈,以后的每天晚上,董大叔便将电视机搬到院子里,实行定时开机、关机制度。

不久,有同学传来消息,县文化馆新购进一台大屏幕电视机,工作人员在院内修台筑座,对外售票播放,每张票价5分钱。第一天晚上,由我请客前去观看,让同去的学友着实过了一把电视瘾。后来,同学小张提议,不花钱翻墙进到文化馆也能看上"大屏幕"。于是,我们几个像做贼似的,从文化馆西墙翻过去,但好景不长,有一次在翻墙的时候,小张被工作人员当场抓获。从那时起,我们便再也不敢越"雷池"一步了。

童年的梦总是多彩的,也是短暂的。不知不觉中,我已从幼稚走上了成熟，从顽皮走上了稳重。我们家因人口多、底子薄，80年代初，父亲才买回一台17英寸的黑白电视机。我却因学习紧张，在很长一段时间里与电视无缘。乡下的二爷爷，为看电视专程从老家赶来，几盅酒喝下后，老人家便滔滔不绝地向我讲述他童年梦幻般的故事。可惜，二爷爷去世时，没能看上彩色电视机。

与妻结婚时，正值彩电大涨价，一时间，抢购风骤起，购买彩电成了大难题。兄长托亲告友弄来一张"彩电优惠券"，才使我俩的婚事平添了一道耀眼的风景。

如今走进"家电城"，你可以随意选购任何家电产品。那品种繁多的彩电，清晰亮丽的画面，让你既饱眼福，又添一份购物欲，前几年回老家时，村里家家户户都买上了大屏幕的电视，有的家中还不止一台电视。百姓不出门，便知天下事了。过去，买票看电视、争台看电视的现象一去不复返了。

心中的丰碑

站在共和国的党旗下，展望着7月的坐标，你是否听到了"我志愿加入中国共产党"的声声誓言在叫响，镰刀、锤头的旗帜辉映着每一个紧紧握起的右拳。这右拳，将儿时的信念牢牢攥紧；这右拳，在此时为革命的传承再添一份责任，一抹庄严。这一刻，诚挚的热血再一次沸腾，人生的航标灯已经点燃；这一刻，我们都坚信，生命虽然短暂，但那划过天际的流星，仍可用尽全力为历史的星空增添璀璨！

那毅然走向绞刑架的伟岸，是凛然面对铡刀的英勇，是泰然甘守牢狱的清贫，是坦然赴汤蹈火的勇猛！是饮雪餐草忾然抗日的东北联军，是浴血奋战愤然杀敌的回民支队，是笑向刀丛慨然赴义的刑场上的婚礼，是视死如归在烈火中永生的背影，是托起炸药包的身躯和堵向敌人机枪口的胸膛。挺起来是一座丰碑，倒下去也是丰碑一座！方志敏、刘胡兰、向警予、董存瑞、邱少云、夏明翰、黄继光……一个名字，一尊丰碑；一串名字，一组群雕。他们的名字，与日月争辉，与山河同在，镌刻在人民英雄纪念碑上，飘扬在党的旗帜上。历史的丰碑，兀立于思想的峰峦，独行在精神的荒原，神圣之光在霹雳中绽放，星光辉映，照亮人类思想的星空。

在历经百年的风风雨雨中，中国共产党人不论是在面对内忧外患的抗争岁月里，还是在经济建设的发展中，都是本着为人民服务的宗旨，做人民忠实的公仆，用中国共产党人的独有的特性与顽强不屈的精神，深深植入人民的心坎中。雷锋、焦裕禄、孔繁森、王进喜……他们的名字铭刻在遥迢长河葱茏大地上，苍生永记，青山不忘。他们的精神、思想写进了党的旗帜，铸成一个民族灵魂的金字塔，矗立在人类社会前行的路上；他们是历史长河一叶高扬的风帆，标志着一个民族文化的航向；他们是不灭的精魂，支起钢筋铁骨，铸成一个民族的品格与气质。

一块石碑、一面旗帜、一个方向、一种精神。

站在山东地税这面旗帜下，展望着 7 月的坐标，你是否想起齐鲁优秀儿女们的名字和先进事迹，他们忠诚、奉献、廉洁、勤政的精神至今鼓舞和感动着全省每一个税务干部，成为税收战线上不朽的丰碑。

蔡京堂就是这样的一个人。他生前曾任莱州市地税局金城分局局长。一个用顽强的毅力从 40 岁时就与病魔做斗争的肺癌患者；一个用生命不息、奉献不止的精神谱写了一曲曲不平凡乐章的人；一个被各级政府表彰、记功的优秀共产党；一个荣获全国税务系统先进工作者称号的税务干部……他，虽没有董存瑞、黄继光轰轰烈烈的事迹，没有王铁人、林肯激昂高亢的话语，没有徐志摩、雪莱、拜伦喷薄而出的诗情，也没有巴金、巴尔扎克激扬文字的豪情，但他有的是平实无华的行为中所透出的思想、道德、情操，有的是一段段不能忘怀的激情故事。

作为一名税务干部、一名共产党员，他始终把公正执法、廉洁从税作为自己立性修身之本，他执法如山，不怕石材户杨某的威胁恐吓，顶住了 20 多人给杨某说情的压力，严惩了杨某，维护了税法的尊严；他两袖清风，婉言谢绝各种宴请，退回送上门的礼品；他心系百姓，拖着病体，为企业出主意想办法，帮助企业排忧解难，用拳拳之心诠释了生命的意义；他的足迹踏遍了莱州的七个乡镇，从大原税务所、虎头崖分局、柞村分局到金城分局，20多年如一日，踏踏实实地工作在税收第一线；他忍着病痛的折磨，以"工作者是美丽的"真切体会与病魔做斗争，为了多做一些工作，他顾不上医生的劝告，没脱离3年危险期就停止了必需的化疗，能多活一天就多干一天工作是他的最大渴望，也是他最好的精神寄托。

同事们被他往返于医院、单位之间带病工作的精神感动了；纳税户们被他满脸憔悴、头发全部掉光的样子感动了；领导们被他刚从生死线上跨过来就投身工作的激情感动了；妻子被他与病魔抗争的那股韧劲感动了；市第二实验小学的师生被他捐献2000元"文明市民"奖金的爱心感动了；黄金开采行业的矿工们被他多次深入地下600多米实地勘察、摸清税源的劲头感动了，中央电视台一套《正点新闻》节目播出了他探索的石材加工行业的管理经验，全国税务系统慕名前来学习工作经验的20多个单位的人们被他的精神感动了……人们不禁要问是什么使这个普通的胶东汉子，能够置个人生死于度外，以羸弱之躯，在与病魔顽强抗争中，执着地为税收事业默默奉献自己的光和热？

不少人都不理解地问蔡京堂："身体已经这样，工作还这么拼命，图什么？"他的工作笔记扉页上写着这样两句话："为什么我的眼里常含着泪水，因为我对这片土地爱得深沉；为什么历经生死考验依然初衷不改，因为我对税收事业满怀着炽热的爱。"

同样我们还会记起这样一个人，他一心一意为党为民，在他眼中，一个基层党员干部所要做的绝不是简单执法，更不是粗暴执法，也不是以管理者为中心，让老百姓围着自己转，重要的是服务于人民，让老百姓满意，带领一方百姓致富。他一身正气，两袖清风，兢兢业业为国聚财，全心全意为民谋利，在平凡的岗位上做出了不平凡的业绩，于平凡中创造了真正的伟大；他凭着顽强的毅力与乐观的精神，无怨无悔地默默奉献，与病魔抗争，谱写了一曲壮丽的生命颂歌。他就是李玉国，他是新时期税收管理者和人民勤务员的完美结合。作为一名税务执法人员，李玉国正确处理了国家利益、集体利益和个人利益三者之间的关系，才会有一身正气。"

作为一名基层党员干部，他有对党的无限忠诚，他心里装的永远是老百姓，他十几年来一心扑在事业上，不断提高自己的业务水平，耐心细致地把基层工作做到实处，既完成了国家交给的任务，又得到了当地人民群众的拥护和爱戴，这是一名基层党员干部对江泽民总书记"三个代表"最贴切的注脚。

是历史与文化的厚重，积淀成一个民族的性格，为丰碑奠基。中华民族五千年古风浩荡，五千年正气长存。每临乱世大难必有英豪揭竿而起，每逢国运多舛总有雄杰扬眉出剑。一路筚路蓝缕，一路风流尽显，一路千古绝唱。满腔热血、一身铁骨，熔铸忠信义勇，百炼成钢，塑成苍凉古道凛凛长风中千年石雕如阵。那是屈原望楚天山河破碎，长歌当哭后悲愤的旷世一蹈；是荆轲风萧萧兮易水寒、壮士一去兮不复还的慷慨悲歌；是苏武牧羊风刀雪剑十九载，归心不改的民族气节；是岳飞怒发冲冠仰天长啸，踏破贺兰山缺的嘚嘚马蹄声；是辛弃疾吹裂长夜笛把栏杆拍遍，金戈铁马气吞万里如虎的豪迈长吟；是文天祥零丁洋里望长天，留取丹心照汗青的千年一叹；是林则徐虎门销烟，"笑蜃楼气烬，无复灰燃"的酣畅痛快；是秋瑾"身不得，男儿列；心却比，男儿烈"的革命英雄主义气概。龙吟虎啸，舍生取义，一幅中华民族壮丽斑斓的画卷，就是一代骁雄建功立业、树碑立传的历史。

勤俭是光荣的传家宝

一位父亲临终前将一幅写有"勤俭"二字的匾交给两个儿子,告诫他们按照这两个字去做。哪知兄弟俩闹分家,竟将匾一锯两半,各分一字。一个"只勤不俭,好比端个没底的碗",一个"只俭不勤,坐吃山空饿死人"。古老的故事告诉我们一个朴素的道理,要想在学习、工作、事业上取得成功,勤奋和节俭,一个都不能少。

新中国成立初期,有一首歌唱得好:"勤俭是咱们的传家宝,社会主义建设离不了。不管是一寸钢、一粒米、一尺布、一分钱,咱们都要用得巧。好钢用在刀刃上,千日打柴不能一日烧。"当时,国人都把勤俭节约作为做人和干事业的行为准则。

然而,随着我国国力的增强和生活的改善,有些人把勤俭节约的优良传统丢在了脑后。近年来,享乐主义、拜金主义在部分干部中有所滋长,讲排场、比阔气、挥霍浪费的现象还大量存在。在这些不良现象中,"大款""公款"充当了主要角色。这种社会现象已经引起社会的广泛关注,并得到党和国家的高度重视。国家重点扶持的贫困县海南省琼中县财政局局长王某,用公款三次宴请外地客人、朋友、同学等花费高达1.5万元。这天价的宴请费用的新闻令人咋舌,但同时也让我们反思,老一辈的党员干部是如何保持勤俭节约的优良传统的?

成由勤俭败由奢，正是这一桩桩、一件件的小事，铸就了他们伟大的人格魅力，使勤俭节约成为中华民族的传统美德和光荣传统！

雷锋从小受苦，入伍后经常告诫自己不能忘本，一定要发扬勤俭节约、艰苦朴素的优良传统。他每月发6元津贴费，只留5角钱零用，余下的都存起来，过春节的时候他只花了2角5分钱理发。在一次运动会上，天气热得很，不少同志都跑到场外去买汽水喝，而他却去拧水龙头喝自来水。雷锋有句名言"在工作上、学习上，要向积极性最高的同志看齐；在生活上，要向水平最低的同志看齐。"这是雷锋的座右铭，雷锋是这样说的，也是这样做的，在短暂的一生中，为了党和人民的事业，他勤俭节约，努力工作学习，为我们树立了光辉榜样。

党中央及时提出"建设节约型社会"的战略决策，并把加快建设节约型社会，提到"事关现代化建设进程和国家安全，事关人民群众福祉和根本利益，事关中华民族生存和长远发展"的高度，并在全国范围内大张旗鼓、深入持久地开展厉行节约活动，加快建设节约型社会。

"一粥一饭，当思来之不易；半丝半缕，恒念物力维艰"，这样的箴言，适合每一个人，每一个家庭，每一个企业，也是我们要知道勤俭节约的根由所在。

让我们牢固树立"浪费也是腐败"的节约意识，形成"铺张浪费可耻，勤俭节约光荣"的良好氛围，使勤俭节约成为一种时尚、一种习惯、一种精神。

爱岗需要敬业

一支乐队,需要全体成员的齐心协力,否则难以演奏出余音绕梁的乐章;一枝玫瑰,需要根茎的无私奉献,否则难以散发出沁人心脾的芬芳;一座桥梁,需要桥墩的坚实支撑,否则难以确保过往行人车辆的安全;而一个单位,同样需要每一位员工的相互配合、真抓实干,否则难以做到蓬勃发展。

爱岗是敬业的前提。一个人只有先做到爱岗,才能更好地敬业,才能发挥岗位的职责,更好地实现人生的价值。歌德曾经说过:"你要欣赏自己的价值,就得给世界增加价值。"既然选择了自己的职业,无论你处在什么岗位,无论你工作环境多么艰苦恶劣,无论你工作内容多么枯燥繁琐,无论你内心曾感到有多少寂寞,我们都应当满腔激情地去面对、去担当。

爱岗是敬业的原动力。当我们接到一份具有挑战性任务的时候,是畏首畏尾推诿扯皮,还是无所畏惧勇敢面对?当我们在工作中遭遇挫折陷入困境的时候,是等待观望半途而废,还是一鼓作气攻坚克难?当我们选择后者并付诸行动之后,我们身上隐蔽存在的人生价值会渐渐凸显出来,这种价值的凸显,会让我们对生活的感触更加真实而快乐,会使我们对生命的领悟更加深刻而澄澈。我想,一个人只有爱岗敬业深深地热爱自己所从事的职业,才会为之不断奋斗，才会实现自己的人生价值，才会担当起每一个岗位赋予自己的责任。

爱岗需要敬业。如果只谈爱岗，不付诸行动，不去出力流汗，不去脚踏实地地真抓实干，不去为所在的岗位奉献自己的聪明才干，那就不是爱岗。一份职业，一个工作岗位，都是一个人赖以生存和发展的基础保障，也是社会存在和发展的需要。有人说，税收征收工作是一项简单的工作，谁都能干，可是只有真正干上这一行的人才会体会到征收工作的不易和辛苦，才会品尝到其中的酸甜苦辣。税收工作苦，不仅仅是年复一年、日复一日地走街串巷、顶风冒雪、熬酷暑，而是纳税户的不理解、不配合，还要面对频繁出现的征纳矛盾，甚至遭到白眼、辱骂等。

爱岗敬业是人生的追求。当我们将爱岗敬业当作人生追求的一种境界时，我们就会在工作上少一些计较，多一些奉献；少一些抱怨，多一些责任；少一些懒惰，多一些上进心。享受工作给自己带来的快乐和充实感，有了这种境界，我们就会倍加珍惜自己的工作，并抱着知足、感恩、努力的态度，把工作做得尽善尽美，从而赢得别人的尊重，取得岗位上的竞争优势。只有这样我们才能把领导的关心、关怀转化为自身的动力，才能更新观念、提升素质适应基层建设岗位的需要。

爱岗敬业是平凡而又伟大的奉献精神。因为伟大出自平凡，没有平凡的爱岗敬业，就没有伟大的奉献精神。只有爱岗敬业的人，才会在自己的工作岗位上勤勤恳恳，不断地钻研学习，一丝不苟，精益求精，才有可能为社会为国家做出崇高而伟大的奉献。焦裕禄、孔繁森、郑培民等一大批党和人民的好干部都是在本职工作岗位上呕心沥血，勤政为民的典范；当非典疫情袭来，一大批平时并不引人注目的医生、护士和科研人员，挺身而出，冒着生命危险，冲上第一线，拯救了一个个在死亡线上挣扎的同胞的生命，谱写了救死扶伤的壮丽篇章，甚至用生命诠释了爱岗敬业的最高境界！

那么，我们中间的任何一个人还有什么理由不为自己的职业奉献呢？听吧！新一轮基层建设的号角已经吹响。看吧！集中办公的基础建设已经完善。此刻，我们信心十足！这信心源自我们的真实情感，源自广大税务干部的真抓实干！我时刻提醒自己为纳税人服务要热情，对系统升级要关心，对平台建设要倾心，对网络安全要细心，并不断告诫自己：履行工作职责，承担工作义务，不求辉煌，只想做税收事业的一片叶、一个芽。

税收事业就是一条岁月的长河啊！它承载着我们的欢乐与激情，承载着我们的屈辱与梦想，承载着我们的青春与活力，承载着生活的酸甜苦辣，伴着我们走过春夏秋冬，走过日月轮回！而千千万万的收税人员就在这条岁月的长河上以高度的爱岗敬业精神，谱写着一曲动人的税收之歌，推动着税收事业的蓬勃发展。拧在一起，我们就是一道闪电、一束火绳！聚在一起，我们就是整个太阳，整个星空！站在一处，我们就是用心灵结成的信念不倒的墙！携起手来，让我们肩并肩，用青春的热血铸造新一轮地税基层建设事业不老的魂！

工匠精神

"工匠精神"一词，在李克强总理政府工作报告中出现后，成为中国发展语境中的重要概念。众所周知的是，一个国家的制造业如果没有"工匠精神"，是不可能有真正的世界著名品牌的。

什么是"工匠精神"？大而概之就是爱岗敬业、严谨做事、精益求精、追求完美。

爱岗敬业是一种美德。一个人无论从事哪种职业，都必须敬业，只有始终爱岗敬业，才可能成就一番事业。中国航天科技集团一院火箭总装厂高级技师高凤林，是发动机焊接的第一人，为此，很多企业试图用高薪聘请他，甚至有人开出几倍工资加两套北京住房的诱人条件。高凤林仍不为所动，都一一拒绝。理由很简单，用高凤林的话说，就是每每看到自己生产的发动机把卫星送到太空，就有一种成功后的自豪感，这种自豪感是用金钱买不到的。

严谨做事是一种态度。古人云："天下大事必作于细。"工匠的成长必须有一种老实的态度、严谨的作风，甘愿从基础做起，从小事做起，乐于扮演拾遗补阙、跑龙套的角色，只有这样才能不断积累经验逐步获得社会承认，在平凡的岗位上获得不平凡的成就。汽车大王福特在底特律生产汽车的时候，许多人对他冷嘲热讽，但是他丝毫不为所动，并且信心十足地预言："在不久的将来，汽车会跑遍整个地球。"凭着他严谨的工作态度和坚持，他终于生产出了物美价廉的汽车，成就了自己，成就了美国，成就了世界。

精益求精是一种精神。比尔·盖茨从小就喜欢读书，尤其数学成绩总是名列前茅，但是他不仅仅满足于此，在他的数学老师保罗·斯托克林的指引下，他开始接触计算机。直到最后在1995年福布斯全球富豪榜居于榜首，一时成为世人竞相谈论的对象。年轻人，更是要时刻追求精益求精的做事精神，把工作、学习和生活当成一种享受，更主动、深入地投入工作、学习和生活中去，像比尔·盖茨一样成就辉煌的人生！

追求完美是一种心态。哈里森费时40余年，先后造了五台航海钟，最后一个钟，创造了航行了64天，只慢了5秒的纪录，从而完美解决了航海经度定位问题，让英国成为人类大航海时代的世界霸主。而我国的工匠们同样毫不逊色，大飞机作为"国家名片"是中国梦的重要组成部分，打造这张"国家名片"离不开精益求精的工作者，纪录片中的胡双钱为了提高工作的精确率，追求完美，常常工作在数控加工车间，打磨、抛光、钻孔，认真书写着无差错记录，反复琢磨每种零件的测量方法。35年，他加工过数十万个的零件，无论多小多难，从没出现过一个次品，更是亲手成功打磨出c919首架样机上的全部零部件。没有一丝不苟、追求完美的工作态度，显然是无法做到的。

"工匠精神"是冰冷的机器所代替不了的，当"工匠精神"被大众所重视，当手工的艺术与流水线上的产品区别开来，当"工匠精神"带上本应属于它的高贵，我们的"工匠精神"才能得以发扬光大。

变 化

  总会有些人和事，在经历了漫长的岁月长河之后，渐行渐远；但也会有些人和事，随着时空的穿越，变得越来越清晰。

  常会想起从前那些点点滴滴的事情。1985年，也就是财税分设的第二年，我被分配到离县城不远的税务所工作，当时所里只有三间办公用的平房和几间宿舍。正值隆冬时节，没有暖气，靠生火炉取暖，生炉子时，满屋尘灰飞扬，呛得人满眼流泪，即便生着炉子，屋内窗台上盛水的水杯还是冻得炸裂了口。

  那时，纳税人主动纳税的意识普遍不强，尤其是偏僻山村的纳税户更容易漏管。早已记不清在翻山越岭时受过了多少次脚伤，也数不清为收几元税款走过了多少路，我们的交通工具除了自行车就是两条腿。大家经常踏着晨雾出发，披星戴月而归。

  那是一个冬天，天空飘着小雪，刺骨的寒风呼啸着，我和我的同事骑着自行车去银行解款，同事是一名会计，每天的同一时间他都要去解缴税款，由于天气不好，所长安排我与他同去，但更重要的是一饮料厂会计上午时送来一尼龙袋现金，纳税人将整理好的一角、两角、五角、一元、两元、十元的人民币装在尼龙袋里来缴税，我与会计用了一个多小时才清点完毕，闻着那熏人的气味，恶心得直想吐。可偏偏下午又下起了小雪，为赶在银行下班前解库，会计用自行车带着我，我两手紧抱着尼龙袋子坐在后车座上，手冻僵了，心也在发慌，就怕遇上坏人把钱抢走了，那漫长的二里路，让人心力交瘁……

今夜，借着皎洁的月光，我的思绪飘回到1994年那个流火的岁月。税收机构改革后，由一个税务机构分成国税、地税两家，我被分配到地税这个大家庭。

每年一度的车船税征收是税务分设后的难点。各乡镇政府联合征收，全民发动，逐户排查，起早摸黑一两个月时间才能完成，走东家串西家，伴随着纳税人不理解的谩骂，我们用百分之九十的劳动，收取了百分之十的税收，每一次征收归来，虽然辛苦着，但大家都特别高兴，因为我们征收的是国家税款，我们的征收台账，一本本一摞摞，记录的都是心血和汗水。单一的征收方式加上纳税人的不理解，以及税务人员的服务意识差常常带来征纳关系的紧张。

从事地税工作24年间，有辛苦更有收获。税收事业突飞猛进，税收收入的增长见证了经济的飞速发展，一个县城的地税收入由分设时的不足2000万，到2017年超过10个亿；税收管理手段由挨家挨户地催收，逐步变成了信息网络化管理；税务办公大楼宽敞明亮，实现了办税服务厅集中征收税款的新格局，人均一台计算机，信息化管理成为科学化精细化标准化管理的重要手段。纳税人的纳税意识和办税能力明显增强，税务人员的服务意识有了新的转变和提高……

时隔24年的2018年，伴随着机构改革的进一步深入，国税和地税两家又重新走到了一起，在"事和、人和、心和、力和"的感召下，税收事业迈入了新的时代，税收管理、纳税服务水平像插上了翅膀，在快捷高效的轨道上飞翔……

近年来，各级政府高度重视经济税收的增长。通过抓招商、抓培植、抓管理，各行各业由无序经营向自觉有序的经营方式转变。税收管理也迈进了与经济发展同行的快车道，税收收入成为财政收入的主要来源，同时减税降费等各项税收优惠政策落实，已成为各级政府关注的热点和税务部门的重点工作之一。纳税人足不出户进行网上申报已成为主要纳税申报方式……

今年春天，在县里启用不久的为民服务大厅里，我履行值班任务，亲眼看见了这样一幅情景，一纳税人来到办税服务厅购买发票，但发现未携带身份证，正叹气准备离开的时候，导税人员详细询问情况，得知纳税人住址较远，来回跑很不方便。在审核其他材料后，导税人员告知他符合"容缺受理"的条件，并辅导其填写"涉税业务容缺资料补齐承诺书"，并在事后记录于"容缺受理涉税事项登记簿"。纳税人成功买到发票，脸上露出满意的微笑，并表示会尽快补齐资料。这一受理的过程用了不到几分钟，就让纳税人满意而归，这是让纳税人"最多跑一次"的有力体现，我情不自禁地朝着导税员点了点头，投去赞许的目光。

税收带给民众的是数不尽的欢笑。它使家乡的土路变成柏油大道，使低矮的瓦房变成高楼大厦。工业自动化，使得产品质量成倍提高，农民的收入也越来越好，农村实现了道路村村通，九年义务教育、新型医疗保险制度的实施，使人民整体素质和健康水平得到了不断提高。手机、电脑、汽车走进了千家万户，成为普通百姓不可或缺的消费物品……这一切，都与国家的税收息息相关。

当你漫步在杨柳依依、景色宜人的河畔的时候；当你坐上自己新购的轿车，在四通八达的公路上行驶的时候；当你站在高楼大厦上，俯瞰这座古老而又美丽的城市夜景的时候，你就会觉得生活变美了，你一定会感叹这美好的生活源于经济和税收事业的飞速发展。

我自豪，我是中华民族的儿女

——为改革开放 30 年歌唱

我自豪，因为我是中华民族的儿女。我们这一代不曾经历过战争年代的苦难，不曾看见过祖国母亲昨日的沧桑，但我们了解到了民族的兴衰，亲眼看到了家乡翻天覆地的变化！我们为祖国的繁荣富强而骄傲！

看！中国正走向一个无比光明的未来。不管是冰雪灾难，还是四川汶川地震，不管是洪水泛滥，还是世界金融危机，都无法动摇这个凝聚了 13 亿人的可爱的中国。党领导人民经受了一次又一次的严峻考验、战胜了一个又一个的艰难险阻，百折不挠，破浪前行。使我国的经济总量跃居世界第三，人民生活已实现全面小康。

1949 年新中国的成立使祖国母亲彻底摆脱了被压迫的境地，中国这头东方睡狮开始慢慢觉醒，但却步履艰难。直到 1978 年，中共十一届三中全会做出全面实行改革开放的新决策；从此改革开放的春风使中华大地再次焕发了活力，中华民族终于踏上了民族复兴的伟大征程！

30 年的征程，中华民族以崭新的姿态重新屹立于世界民族之林；30 年的沧桑巨变，30 年的光辉历程，铸就了一个民族近百年的梦想！今日中国，生机勃勃、充满希望；中国人民意气风发、豪情满怀。

改革开放的 30 年，是中国经济迅速蓬勃的 30 年！幢幢高楼拔地而起，人民生活水平不断提高，1978 年到 2008 年间，中国经济总量迅速扩张，国内生产总值增长近 60 倍！中国的经济成就不仅写在了中国历史之上，也在世界历史上刻下了辉煌的一页！

改革开放的 30 年，是中国社会和谐稳定的 30 年！自粉碎"四人帮"以后，中华民族犹如钢铁长城一般坚不可摧！1997 年香港回归，1999 年澳门回归；1998 年面对南方历史罕见的特大洪水，2003 年面对让人闻风丧胆的非典疫情，2008 年面对十几个省份百年不遇的冰雪灾害和四川汶川大地震，中华儿女众志成城，手挽手将一个个磨难阻击在脚下！

改革开放的 30 年，是教育事业稳步发展的 30 年！1983 年，邓小平同志提出，教育要面向现代化，面对世界，面对未来！伴随着教育规模的发展，更有越来越多的中华儿女在世界高精尖人才中占据着日益重要的位置！

改革开放的 30 年，是中国航天事业不断创新的 30 年！从 1979 年远程火箭发射试验成功，到 2003 年"神五"升天，首次载人航天飞行成功，再到 2005 年神舟六号载人航天卫星顺利返回，中国航天人在摸索中让祖国一跃成为航天科技强国！2008 年，我国首颗探月卫星"嫦娥一号"发射升空，炎黄子孙的千年奔月梦成为现实！

改革开放的 30 年，也是我国体育事业蒸蒸日上的 30 年！1984 年许海峰摘得中国奥运首枚金牌，自此之后，中华体育健儿奋勇争先：2000 年悉尼奥运，中国代表团收获 28 枚金牌，取得了金牌榜和奖牌榜均名列第三的佳绩；2004 年雅典，中国军团更是将金牌总数扩增到 32 枚，位列金牌榜第 2 位！2008 年，奥运大幕在中华大地上拉开了，激情与梦想齐飞，奋斗与超越同在。奏响了友谊、团结、和平、进步的北京乐章。中国健儿以51枚金牌第一的骄人战绩，续写了新的辉煌！

我自豪，我是中华民族的儿女。我们坚信，在中华民族伟大复兴的征程上，必将出现一个又一个辉煌的30年！中华民族的崛起，必将让世界为我们自豪！

7月，我站在党旗下

7月，我站在党旗下，对党由衷的祝福和歌咏从心灵的闸门奔泻而出。举起拳头，在和平的天空下，站成崭新的队列。红色的旗，轻轻飘动于眼前，讲述着89载风风雨雨的辉煌历程。一种从未有过的庄严瞬间笼罩了我。这种感觉从周围，更从心底油然而生，就像一棵疯长的藤蔓，牢牢地盘结在我的肺腑之间。

回首往事，1989年是一个不平凡的历程，党将燎原之火点燃了人们心中的神往，为我们勾勒出了一幅美丽的锦绣山河。那熊熊的火炬永远指引着我们走向胜利与辉煌。中国共产党党员这顶桂冠，也成了中国最先进群体胸前最神圣的勋章。

站在党旗下，我感受到，那铺天盖地的鲜红，那镰刀与锤头交辉的金黄，昭示着中华民族的伟大复兴，染透了一个时代。于是，我们有了昂扬奋进指点江山的风采；于是，我们有了属于中国的新的辉煌。

站在党旗下，我看到了1921年南湖的那只红船。中国共产党从诞生的那一天起，就始终没有忘记那根连接母体的脐带，为了传承文明，为了工农大众的解放，揭竿而起，浩浩然，荡荡然，惊天地，泣鬼神。那鲜红是鲜血的汇流，那金黄是正气的凝聚，那丰碑化作了中华崛起的磐石，于是，华夏才之所以为华夏，中国才之所以是中国。历史和人民选择了中国共产党，中国共产党无愧于历史和人民。

站在党旗下，我看到了61年前的天安门城楼上，一个伟人挥动着巨臂发出了震惊世界的宣言，一个民族的冬天得以终结。共和国61载的春秋，在历史长河中是极短的瞬间，但61年来，党旗下的中国共产党取得的成就却令世人瞩目颔首称道。在与金融危机抗争的黄金分割点上，党旗下的中国共产党从容不迫镇定自若。用赤诚和硬度支撑起了一个伟大民族的脊梁！在光芒中，党旗下的中国共产党挥舞镰刀，收割几千年的清香；在文明中，党旗下的中国共产党启动齿轮，伸延几千年的征程，把民族的向往浓缩起来，把民族的尊严升华起来，浓缩到朴实里，升华到自然里，雕塑成麦穗和齿轮的不朽！

站在党旗下，我看到了"两弹一星"升起时的威仪，南极科考站矗立的中国魂魄，"三峡工程"所圆的世纪之梦，"京九铁路"插上腾飞的金色翅膀，奥运会的成功举办改写了"中国"的历史，神舟系列的顺利升空昭示了征服太空的雄心壮志。党旗下的中国共产党已经顺利收回香港、澳门，扬眉吐气洗刷百年耻辱，两岸"三通"的迅捷发展，科学发展观的宏伟蓝图，西部大开发奏响的和谐篇章，汶川大地震的万众一心……所有这些，都是党旗下中国共产党英明果断、实力雄厚的集中体现。

党旗下，千万双眼睛，燃烧着坚定的信念；千万颗心灵，憧憬着远大的理想。我愿以真挚的心，献上一曲炽热的歌，伴随着党旗在共和国晴朗的天空下，永永远远地飘扬。

我站在党旗下，重温党的誓言，举起拳头，让胸中的热血，融进鲜红的旗帜；紧握信念，以无悔的真诚，在党旗一角，写下永恒的誓言……

十月礼赞

——为共和国六十一周年歌唱

金秋十月,国旗招展,举国同庆。全国各族人民满怀喜悦,迎来了中华人民共和国61岁的生日。

从1949年到2010年,中华人民共和国走过了61年的辉煌历程。61年间,长江黄河的波涛,聆听了祖国铿锵前行的脚步;茫茫昆仑,巍巍长城,见证了祖国日新月异的面貌;神舟飞船的优美轨迹,演绎出祖国日益上升的尊严;改革开放31年的伟大实践,奥运圣火的熊熊燃烧,透露出伟大祖国的坚强信心……

曾几何时,我们的祖国母亲饱经沧桑,历尽磨难。我们的母亲成了帝国主义倾销鸦片的场所,成了军阀混战的战场,成了帝国主义瓜分世界的赌场,成了野心家们争权夺势的赛场。母亲呀,您曾遍体鳞伤,千疮百孔。每一寸土地都被烙上深深的血痕,每一张容颜都布满了惊恐的阴霾。山河在呜咽,松涛在哀泣,乌云笼罩下的母亲在艰难地行进。在母亲生死存亡的危难关头,为挽救沉沦的中华民族,多少中华儿女用一腔腔热血、一股股豪情、一片片忠心,发出了一声声震荡寰宇的呐喊,抒写了一首首大海扬波的壮歌。他们求索奋斗、浴血疆场……林则徐虎门销烟的熊熊大火,刘胡兰宁死不屈的高大形象,红军战士爬雪山、过草地、气吞山河的壮举,狼牙山五壮士惊天地、泣鬼神的豪气，让中华儿女呐喊、奋起。瞿秋白手中的那束野花，方志敏身上的那份清贫，杨靖宇腹中的那些草根，刘志丹胸前的那块补丁，让中华儿女更加自信、坚强。母亲呀，您曾凝结着多少代人的痛苦、辛酸和血泪，您曾凝结着多少仁人志士的希望、信念和奋斗。数十年的期待，数十年的煎熬，数万万同胞的热血，终于换来了天安门城楼那一声惊天动地的声音——"中国人民从此站起来了"！

啊，祖国，您如一叶希望之帆，从共和国开国大典的隆隆礼炮声中驶来；从天山脚下动人的琴声中驶来；从黄河激越澎湃的涛声和万里长江雄浑的船工号子声中驶来；从航天英雄杨利伟乘坐的神舟五号宇宙飞船遨游太空的喜讯中驶来；从城市改革振兴的蓝图和乡村富裕文明的畅想曲中驶来；从2008北京奥运会51枚金牌的骄人战绩中驶来。于是，我们看到了春风吹进亿万扇幸福的门窗，听到了"春天的故事"响彻华夏大地。辽阔的海疆飞驶英雄的战艇，西部边陲又腾起冲天的火箭。

61年，在人类的历史长河中只是弹指一挥间；然而，伟大的祖国发生了翻天覆地的变化。中国人民在气吞山河的伟大征程中，探索出一条生机勃勃的中国特色社会主义道路。沿着"三代领导集体"走过的道路，到处是日新月异的创造，到处是促进经济建设的洪流。看！祖国的发展，奔腾向前，浩浩荡荡，势不可挡。听！祖国的脚步，声声有力，震耳欲聋，响彻万里。以胡锦涛同志为总书记的党中央，坚持权为民所用，情为民所系，利为民所谋，千方百计扩大再就业，千方百计增加农民收入，出台了许多便民利民的措施，做了大量亲民爱民的工作。人民为有这样的党风、政风而欢欣，祖国为有这样的党风、政风而自豪。特别是改革开放30年来，我国生产力水平有了很大提高，综合国力明显增强，人民生活不断改善，一幢幢高楼拔地而起，交通更加便捷，各个城市的立交桥汇成错综复杂的交通图。社会主义现代化建设取得了巨大成就。

亲爱的祖国，我们为您歌唱，是您给予了我们的生命，让我们在这片广阔的土地上茁壮成长，是您用甘甜的乳汁哺育了一代又一代中华儿女。为了我们更加灿烂的明天，您付出了多少艰辛和汗水。您是指南针、火药、造纸术、印刷术四大发明的发源地，您的光辉思想永远指引着中华儿女日夜前行。

亲爱的祖国，我们为您歌唱，让我们以采茶、采桑的手，编织彩灯云锦；让我们以喊江、喊海的喉咙，在金黄的季节里，高高举起那飘扬的五星红旗，唱响心中那最嘹亮的国歌，唱响千百年来朝朝暮暮澎湃的激情。

亲爱的祖国，我们为您歌唱，是您聚集当今世界上最多、最广、最大的人气和景气，不管风吹浪打胜似闲庭信步。和平与发展是您热切表达的心声！您不卑不亢不躁不惊，以坦荡豁达的胸怀，阔步在新世纪的黎明！

伟大的祖国啊，我们为您歌唱。看吧！在"十六大"的东风劲吹下，新一代的中国领导人继往开来带领着中华各族儿女，载着高峡出平湖的澎湃诗篇，载着改革开放的伟大旗帜，载着中华民族的美好憧憬，以惊人的速度向前飞奔，走向新的更加辉煌的明天！

照亮时代的神农

小时候我跟祖父生活在一起。邻居家的老爷爷是个乡村中医，他的诊病几案上常常放着一摞线装的中医书籍。那时我才七八岁，还不知事，只是觉得这些发黄了的书与我们学生的课本不一样，有点儿好奇，忍不住乱翻。有一回翻到《本草纲目》，就问老爷爷这是什么书，怎么画了这么多草、这么多花，还有鱼、乌龟和石头？老爷爷说，这是本药物书，书里记的都是可以治病的药，药橱里装的药，这本书里都有。那它怎么叫本草呢？老爷爷又讲"本草"两个字的意思，但听起来就似懂非懂了。倒是老爷爷讲到神农的故事，给我留下了很深的印象，而且无端觉得，这个被称为中国医药之祖的传说人物，差不多也就像我老爷爷那样，是个留着一撮山羊胡子的老头儿，只不过嘴边咬着一根碧绿绿的药草。我记得，有几种医籍的底页上，似乎就印着这样的神农画像。

稍大后，因为没有其他的书读，就读医书，其中读得最有味的要算那部《本草纲目》了。不过，我并没有把它当药物学著作来读，我的兴趣只在它的植物知识上。从《本草纲目》中，我知道了不少平常看不到的奇花异草，这些生长在深山大泽、异地他乡的花草，虽然只是文字图画，但似乎总让我产生那种对于色彩和气味的感官愉悦。尤其是这些在另外一个空间里的植物，给我一种古老的感受和博物情怀。它们离我很远，是在过去了的时间里生长着的，我因为无法触摸到它们，而暗暗生出一些莫名的惆怅。这样的心情，与读药物著作就更没有什么关系了。

最近读史传、神话一类的书，从《淮南子》中看到"神农尝百草一日七十毒"的记载，神农氏在中国古老传说中是一位太古帝王，被称为炎帝。神农氏曾经亲自鉴别各种植物，什么能吃，什么能治病，并且教会了人们种庄稼。他是远古时代贡献最大的一位神。在人类不断繁衍的过程中，单靠打猎已经不能养活众多人口了，氏族部落里有人挨饿，甚至饿死。这可怎么办呢？作为部落领袖的神农氏万分焦急，他走进深山，要给人们寻找更多的食物。他看到满山茂盛的植物，鸟雀在啄食树上的果实，野鹿和山羊在吃草。农氏就想，这么多果实，这么多植物，人们为什么不敢吃呢？于是他下决心亲口尝一尝，以确定什么能吃，什么不能吃。神农氏采集了各种植物的果实、种子和根、茎、叶，一样样地亲口尝试。他发现，有的味道甜美，有的又苦又涩，有的东西味道还可以，就是吃了以后身体难受。有些东西吃了之后肚子疼，或者头昏眼花。神农氏知道了，满山遍野植物茂密，许多东西却是不能吃的。如此冒着生命危险得来的知识经验，他都告诉部族的人们，让大家记住。

后来，神农氏发现，人们爱吃的瓜果，吐掉的那些瓜籽第二年又发芽了，长出新的植株和瓜蔓，于是他就教人们种植这种瓜果。他还发现天气、土壤对植物生长影响很大，又教人们选择肥沃的土地来种植谷物粮食。神农尝百草的过程并没有结束，一片小黄花的叶子使他腹部剧痛，肠子断裂，中毒身亡。人称这种草为"断肠草"。

炎帝神农氏是古老传说中倡导农业生产和使用中草药的鼻祖。他还被尊为"药王菩萨"，后人到处为他建有"药王庙"。

医学是研究人类生命过程以及同疾病做斗争的一门科学体系，属于自然科学范畴。医师职称首见于先秦，是一种官称，在宋代干脆将医师定位于大夫以下官阶，"大齐信焉，而轻货财"，"大"通"泰"，说明对"医"的尊敬和重视。唐代有"医生"称呼，是"因肄业官学而习医"的人，当时是指学医药学的学生。在我心目中，医生之术永远是立于千秋万代的受人尊敬的职业。

我有缘认识了一位医生，他叫董月松。从1999年开始创办便民诊所、莒县神农药店连锁店，再到2006年创办的莒县神农医院，靠的就是惠及民生的神农意识，靠的是关爱弱势，奉献社会的创业信条，靠的就是刻苦钻研，博采众长，济世为民医家本色。

在业务上，他采用中西医结合的办法独创了一套治疗烧、烫伤的疗法，达到止疼、皮肤复原良好的显著效果；对蛇胆疮、腰腿痛等疾病的诊治也有着较深的研究与造诣，先后在省级、国家级医学药物学刊物上发表论文数篇。

每一步，他都不忘尽己所能奉献回报社会。开诊所时，恰逢"非典"，他将相关药品大幅降价限量销售以惠顾百姓，他在每一处神农药店内都设立慈善专柜，以照顾弱势群体，并组织医务人员到老弱病残贫者家中为他们查体送药；在神农医院里，他设立了一个全县医院中独一无二的公益慈善科，专管对社会上老弱病残贫的就医帮助，并在县残联的帮助指导下，设立了城区残疾人康复中心，依靠自己医院的强大后盾，科学指导残疾人的康复训练。他还与县残联合作，多次组织医务人员逐乡镇逐村对全县残疾人的就医情况进行普查，送医上门，并为这些人办理了医疗救助卡，对这些人的就医，除免除各类检查化验及床位费、注射费等费用外，还对手术费优惠30%，药费全部按进价收取。目前，仅这一项就已使全县残疾人受惠达 50 余万元。

  数年来，随着他事业的不断发展，他对社会的关爱和奉献也日益增多，他为山区学校的孩子们送去电脑和学习用品，为聋哑学子送去助听器，资助县内外多名贫困中学生完成学业，为贫困的残疾人家庭送去温暖等。2004 年印度洋发生海啸，他通过省慈善总会向灾区捐助近万元的药品，受到省民政厅和省慈善总会的表彰，省民政厅戴成贵厅长等领导接见了他。2008 年四川汶川大地震，他不仅自己捐款捐物，还发动全院员工捐助，到目前，这方面的捐赠已达数万元之巨。

  他以一颗博大的爱心回报社会，社会也给了他广泛的赞誉，中国慈善论坛及省、市各主要媒体都对他的事迹进行了广泛而深入的报道。

  面对这位医学界的老弟，我的敬意油然而生。忽然觉得他不仅是一位医者、院长，更重要的是一位新时代的神农，他与古代的神农一样惠及民众、发着光热照亮了文明的时代。

劳动撑起的双拐硬汉

　　劳动者是神奇的,更是伟大的,世间美好的一切,无一不是劳动者诚实的劳动结晶,是劳动创造了历史、创造了光荣、创造了美丽、创造着未来。

——题记

　　他是一位身残志坚的追梦人,他以一种坚忍不拔的精神同命运抗争,以超出常人几倍乃至几百倍的付出,走过人生的坎坎坷坷,走过岁月的艰难蹉跎,凭着一颗赤诚、火热、全心全意为人民服务的心,克服了自身身体的缺陷,以破茧而出的壮烈之蝶变,唱响了一曲身残志坚、自强不息、拼搏奋斗、劳动最光荣的动人之歌。

　　他先后荣获日照市"五一劳动奖章"、第三届日照青年"五四"奖章、2006年度感动日照十佳人物、日照市劳动模范、莒县道德模范、全市敬业奉献标兵、全省敬业奉献模范提名奖、全省广电系统先进个人,并被省政府记"三等功"、2009年被表彰为日照十大青年楷模、山东省十佳自强模范、2009年12月荣登"中国好人"榜名单……一系列的荣誉在身,他却不骄不躁。

　　他就是现任莒县残联党组成员、副理事长的段文生。

越是身体残疾,越要付出更多的劳动

段文生 1972 年 2 月出生在莒县峤山岔河村。在他刚满周岁的时候,一场厄运突然降临——他患上了小儿麻痹症,致使一条腿残疾。命运的多舛没有让坚强的灵魂却步,他立志要用残疾的身躯、勤奋的劳动打造出一个美丽的人生。

1992 年,是令段文生难忘的一年,也是他命运转折的一年,他以高分在激烈的公开招考中被莒县墩头乡政府录用。

"绝不能因身体残疾而放松对自己的要求,越是身体残疾,越要付出更多的劳动,越要努力去做得跟健康人一样好,甚至比他们更要出色。"这就是段文生的工作信条。

党员电教设备是电教工作的生命,要想正常开展工作,没有完好的设备就只能是纸上谈兵。所以,在日常生活中,他对这些机器倍加呵护,定期检修,定期保养,像对待自己的孩子一样爱护着它们。

有一年夏天,夜里两点多钟,忽然间狂风大作,电闪雷鸣,大雨倾泻而下,一阵惊雷过后,他被震醒了,头脑中一个念头一闪而过,"不好,赶紧关电闸。"他一骨碌爬起来,只穿着背心短裤,拄起双拐就冲进了暴风雨中。风急雨大,正常人都难以挪步,何况一个残疾人。跌跌撞撞地,他终于来到了电教站,及时切断了所有机器的电源。设备得到了安全保护,但他却在往回走的路上被一辆急驰的摩托车撞倒了,残腿和右臂两处骨折。

那次的雷雨给全县 15 处电教站造成了不同程度的损失,而他的设备却毫发无损。

这是怎样的一种精神?难道他不知道暴风雷电的危险?段文生用自己的行动诠释了爱岗敬业的劳动精神,体现了一个公民应有的

道德情操。

他常常这样鞭策自己：自己是残疾人，已经比别人少了优势，如果再不能尽职尽责地干好工作，怎么对得住领导和同事的信任和支持？

1997年5月，段文生被任命为墩头乡文化广播站站长兼电教站副站长。

原墩头乡是个典型的农业乡，以大棚瓜菜为主，高产高效农业发展迅速。但现有的科技推广普及方式不能适应群众的需要和瓜菜生产的发展。为此他决定充分利用电教设备，加强对党员干部群众科技文化知识的辅导。

由于人手少，他和同事忙得团团转，经常饭都顾不上吃，白天到处搜集素材、组织拍摄，晚上回站整理、编辑，及时进行播放。他们还根据村里的要求，随时上门服务，不断让群众接触、学习新的农业科技知识。

秦家庄村的秦光现，大许庄村的许家全，前绪密村的高玉光等人都是通过看他的电教片种大棚蔬菜走上致富路的。现在忆及当时，感激之情溢于言表："是段文生改变了我们的生活，是他领着俺们越走越富啊！"

到2000年底，墩头乡的大棚瓜菜已发展到两万多亩，被列为市长菜篮子工程和市、县农业科技示范区，他本人也以《乡村电视人》为题被齐鲁电视台采访并播出。

2000年，他在党委、政府的支持下，克服重重困难，筹措资金90多万元，采用光电混合网技术在全乡架设有线电视网60余杆公里，使墩头乡成为当时日照市唯一一处村村通有线电视的乡镇。

2003年10月，莒县广播电视局开始了垂直上划以来的第二次局中层干部及站长竞争上岗。此时的段文生正躺在县医院骨科病房里，他因外出施工时不慎摔倒，造成左腿股骨头损坏。

视事业高于生命的段文生，决定参加竞争上岗答辩。

母亲声泪俱下，说："孩子，我们已经让你受苦了，今后你让我们好好养你吧？"段文生坚定地说："娘啊，我有健全的双手，我不能坐吃山空，我要用劳动来创造自己的幸福，体现自己的人生价值。"

妻子更是哭成了泪人，趴在他的病床上，说："文生，俺跟着你，不图你富贵，不图你当官，只求平平安安过日子，如果你有个三长两短，高山和大海怎么办？"段文生何尝不理解老人的用意和妻子的心情，他又何尝不想把双胞胎儿子高山和大海培养成才。

那天，他是被抱上轮椅，被家人抬到县局竞争现场的。

他的竞争答辩赢得了各位评委们的一致好评。虽是短短几分钟的演讲，却博得了多次掌声。

2003年，他被任命为峤山广播电视站站长。

峤山镇以东多山地丘陵，乡村的路崎岖不平，遇到沟坎，上坡时他就先把双拐扔上去，然后用双手支撑着笨重的身子一点儿一点儿往上爬；下坡时，他先把双拐扔下去，然后坐地上一点儿一点儿往下挪，有好多次因体力不支，晕倒在路上。

妻子心疼，劝他别只要事业不要命，干工作说得过去就行，这些年每年都要争第一，图个啥，毁了身子还得她遭罪。

他笑着安慰妻子说："图个啥？是党安置了我的工作，有了固定收入，才得以娶妻生子。作为基层一名普通的广电人，各级领导给予了咱那么多的关怀。我拿什么去回报党的恩情？我只有努力、拼命地去工作！"

这是多么朴实的话语!

段文生走过的路没有色彩斑斓的传奇,也没有惊心动魄的故事,有的只是他的身残志坚、崇尚劳动、朴实无华、默默无闻的奉献。

段文生的敬业精神告诉我们:人最光荣的价值体现在劳动上,只有劳动才能创造幸福;人世间所有的美好梦想,只有通过诚实劳动才能实现。

在他担任峤山站站长不到一年半的时间里,全镇由拥有不到600户的有线电视用户一跃发展到4100多户,其他各项任务指标考核均位居全县第一名。

人生中的一切辉煌,只有通过诚实劳动才能铸就

2005年4月,因工作需要,段文生调到了城阳镇广播电视站任站长。他心里明白,这又是一块硬骨头。作为站长,时刻要为全站人员做出表率,决不当干事创业的旁观者。他认为"村村通"有线电视工作是为民办实事、办好事、加快新农村建设步伐的重要一环,要在突破入户率这个工作瓶颈上狠下功夫。

那是2009年6月的一天,他带着站内人员对辖区内地面卫星接收情况进行检查,在东关三街检查时,发现一农户非法安装了卫星接收器,他耐心说服了安装户,在拆除的过程中,突然,安装户的侄子醉醺醺地手持菜刀劈向执法人员宋维波,说时迟那时快,他奋不顾身地向前猛跨一步,将双拐夹在腋下,用粗壮的大手抓住行凶人持刀的手,将身体挡在了宋维波的前面,大喊一声"我们是来执法的,请你放下凶器,并向执法人员道歉!"在严厉的指责下,那人只好放下菜刀,向在场的人员道了歉。

2008年正月初一晚上10点30分左右,在县城莒州路与北坛路交叉口，一辆集装车将穿过路口上方的信号线挂在了车顶，将信号线杆拉歪了，信号线悬在了离地面不到两米的地方，阻挡了过往的车辆。

"走，抓紧去。"此刻段文生在家正准备熄灯休息，当他接到一群众打来的电话，得知这一情况后，立即联系上县局督察科的郭瑞云，一起开车直奔出险地点。

因没有施工的专用工具，他从路边修自行车的店里借来一把钢锯，把双拐一扔，一屁股坐在了地上拉起了固定线杆的钢绞线，钢绞线的硬度可想而知，经过近两个小时的努力，在众人的帮助下放倒了线杆，排除了险情，寒冷的天气里他却累得大汗淋淋……

2009年大年三十的晚上9点10分，电视里正在播放中央电视台春节晚会，段文生接到县城南邹家庄子村民打来的电话，说大半个村的电视信号没有了，原因是一户村民放鞭时不小心炸坏了信号放大器，他急忙联系维修员陈现凯一起赶到了现场，及时进行了抢修，信号有了，村民们拍手叫好，赞不绝口，段文生因此留下了"信号使者"的美誉。

"你身体不便，遇到险情为什么不安排别人去？"

"大家都在过年，再说干活是一件快乐的事情，这不值得一提。"

到2011年底，城阳镇有线电视入村率达到100%，入户率达到98.6%，拥有近3万户的有线电视用户，位居全市第一，全省前列。该站也被评为"全省先进乡镇广播电视站"。日照市有线电视现场会在这里举行，其施工速度、分配布局、质量标准被中国广电总局《有线电视技术》杂志以《莒县城阳镇有线电视网络分配方案》为题刊登，并向全国乡镇推广。

由于长期的操劳奔波，本已残疾的他，又患上了糖尿病，还导致了肾功能衰竭、视力模糊等并发症。现在他每天要注射两次胰岛素，同时口服五种降糖、降压药来支撑工作的身体。

岁月如歌，历经的种种磨难终化成璀璨的珍珠。2007年4月30日，日照市"劳动模范代表大会"上，颁奖词这样写道："段文生同志身残志坚，拖着病残之躯在平凡的岗位上爱岗敬业、无私奉献，为建设社会主义新农村做着积极的贡献，展现了一名新时期共产党员的风采。"

只有劳动，才能编织出五彩斑斓、精彩纷呈的人生

2012年9月段文生被山东广电网络有限公司聘为莒县分公司副经理，上任不久，百年不遇的强台风"达维"横扫莒县，大树拦腰折断或被连根拔起，房屋倒塌，全县80%的区域没有有线电视信号，光电缆线杆等基础设施严重毁坏，灾害造成的经济损失近千万元。灾情就是命令，责任重于泰山。为确保党和政府的声音安全传输到千家万户，确保有线电视信号畅通，灾后第一天，他就拄着双拐，带着同志们在瓢泼大雨中，将倒在路上阻碍交通的近百处线杆全部扶起，确保了行人和救灾车辆的安全通行。第二天，他带领大家站在齐腰深的积水中，用绳拉肩扛清理压在主干线上的倒伏树木，一周多内清理了1000余棵倒伏树木。在一次回来的路上，由于身体极度疲劳，血糖、血压突然升高，眼前一阵模糊，驾驶的车右前轮碰上了路边的大石墩，胸部重重地撞在了方向盘上，钻心的疼痛几乎让他窒息，但他硬是咬着牙没去医院做任何检查。每天早上依然带队出发，奔走在城区和乡间救灾的现场，每走一步，腋下的拐杖就像刀子一样戳着胸肋，他强忍着剧痛，想坚持到灾害抢修结束再去医院治疗。但20多天后他高烧不退呼吸困难，不得不到医院做了

CT 检查，医生告知他右胸前第 4、第 5、第 6 肋骨骨折，骨折之处已经严重病变发炎……

2016 年 4 月，段文生积极响应县委号召被派驻到城阳街道张家墩头村担任第一书记。在第一次参加 25 日"党员群众议事学习日"会上，首先与党员干部村民代表见了面，随后先走访了全村 31 名党员和全部老干部，同时重点与有威望的家族代表和经济能人举行了座谈，征求他们对村里各项事业发展的意见建议，基本摸透了村情民意：软是因为党员干部办事不公，"私"字当头，自身不硬有软肋，群众看不服；弱是因为邪气压倒正气，群众看不惯；党员干部不挑头、不带头，人心散漫，自然成了一盘散沙，根本谈不上工作推进了。

急需解决的第一个难题就是闫墩路"卡脖子"工程，两头都全部完工，只因本村 8 户村民的苗圃一直未达成协议，致使工程拖延三年之久。时间越长，矛盾越深，牵扯事项越多。他与村干部坚持清障补偿标准，保证老实人不吃亏、尖头怪没便宜赚，分头做工作，利用不到半个月的时间，保证了闫墩路按时贯通。

针对 7 户 12 名贫困人口的具体情况，他制定了不同的帮扶脱贫措施，由村干部包户帮扶，使其全部脱贫。结合美丽文明乡村行动，争取街道拨款十余万元并协调有关部门用 1000 余方黄沙将大街小巷铺垫一遍，村街面貌焕然一新。村两委干部带头从自家门前开始清理，每人一把扫帚、一把铁锨，每周集中扫除一次。群众说，扫帚虽小，但扫去了我们心头的灰尘，扫出了党员干部的形象。

张家墩头村紧靠 206 国道，但连接国道的出路只有村后一条，村内中心东西路计划了多年，牵扯到 10 户拆迁和邻村的土地，一直没有拓通，成为全村居民的一个心结。在了解透全部情况后，段文生先找邻村支部书记商议好调换土地后，开始单独与 10 户挨家挨户做工作，直到做到各户口服心服，自己该拆除的拆除，该搬迁的搬迁。全村群众高兴地说：我们的第一书记就是来领着干事的，路通了，我们的气顺了、心齐了，今后俺村的事好干了。在 2017 年 3 月 31 日全县"第一书记"解放思想、转变作风、激情创业工作推进会上，段文生被授予全县优秀第一书记荣誉称号，2017 年 9 月段文生被县委授予"十佳第一书记"荣誉称号。

  劳动者是神奇的，更是伟大的，恰如高尔基所言："劳动是世界上一切欢乐和一切美好事情的源泉。"是劳动者用勤劳的双手和无尽的智慧，为我们编织了一个五彩斑斓、精彩纷呈的世界。

唱响身残志坚的动人之歌

他就是时任莒县广播电视局城阳镇广播有线电视站站长段文生，一位唱响身残志坚动人之歌的追梦人。

俯首勤耕耘，硕果满枝头。走进段文生的办公室，四周墙壁悬挂的照片让我们加深了对他的认识，他先后荣获日照市"五一"劳动奖章、第三届日照青年"五四"奖章、2006年度感动日照十佳人物、日照市劳动模范、莒县道德模范、全市敬业奉献标兵、全省敬业奉献模范提名奖（排名第五）、全省广电系统先进个人，并被省政府记"三等功"2009年被表彰为日照十大青年楷模、山东省十佳自强模范、受到省委书记姜异康、省长姜大明的亲切接见，2009年12月荣登"中国好人"榜名单……

一系列的荣誉在身，他却不骄不躁。

2008年正月初一晚上10点30分左右，在县城莒州路与北坛路交叉口，一辆集装车将穿过路口上方的信号线挂在了车顶，将信号线杆拉歪了，信号线悬在了离地面不到两米的地方，阻挡了过往的车辆。

"走，抓紧去。"此刻段文生在家正准备熄灯休息，当他接到一群众打来的电话，得知这一情况后，立即联系上县局督察科的郭瑞云，一起开车直奔出险地点。

因没有施工的专用工具，他从路边修自行车的店里借来一把钢锯，把双拐一扔，一屁股坐在了地上拉起了固定线杆的钢绞线，钢纹线的硬度可想而知，经过近两个小时的努力，在众人的帮助下放倒了线杆，排除了险情，寒冷的天气里他却累得大汗淋淋。

第二天一大早，他又及时带领维修人员对线路进行了抢修，确保了信号的畅通。

2009年大年三十的晚上9点10分，中央电视台春节晚会正在播放节目，段文生接到县城南邹家庄子村民打来的电话，说大半个村的电视信号没有了，原因是一户村民放鞭时不小心炸坏了信号放大器，他急忙联系维修员陈现凯一起赶到了现场，及时进行了抢修，信号有了，村民们拍手叫好，赞不绝口，段文生因此留下了"信号使者"的美誉。

"你身体不便遇到险情为什么不安排别人去？"

"大家都在过年，再说干活是一件快乐的事情，这不值得一提。"

段文生1972年2月出生在莒县峤山岔河村。在他刚满周岁的时候，一场厄运突然降临——他患上了小儿麻痹症，致使一条腿残疾。命运的多舛没有让坚强的灵魂却步，他立志要用残疾的身躯打造出一个美丽的人生。

多年来，段文生自强自立、自尊自信、顽强拼搏，靠惊人的毅力成长着。

1992年，是令段文生难忘的一年，也是他命运转折的一年。他以高分在激烈的公开招考中被莒县墩头乡政府录用。来之不易的工作，他倍加珍惜，他知道，机会对于他来说，实在是太宝贵了。

"绝不能因身体残疾而放松对自己的要求，越是身体残疾，越要付出更多，越要努力去做得跟健康人一样好，甚至比他们更要出色。"这就是段文生的工作信条。

信念决定行动。不论干哪项工作,他都是竭尽全力,尽职尽责。1993年春,他刚担任打字员不久,正赶上乡里开人代会,为尽快把全部换届选举材料打印出来,每分钟只打20字的他,没白没黑地干了起来。饿了,胡乱啃块馒头填填肚子;困了,用凉水洗把脸;累了就擦擦熬红的双眼,活动一下酸痛的筋骨。整整三天两夜未合眼,他硬是保质保量地按时完成了任务。等会议开完,他也病倒了。

党员电教设备是电教工作的生命,就像射击手必须有枪一样,要想正常开展工作,没有完好的设备就只能是纸上谈兵。所以,在日常生活中,他对这些机器倍加呵护,定期检修,定期保养,像对待自己的孩子一样爱护着它们。

有一年夏天,夜里两点多钟,忽然间狂风大作,电闪雷鸣,大雨倾泻而下,一阵惊雷过后,他被震醒了,头脑中一个念头一闪而过"不好,赶紧关电闸。"

他一骨碌爬起来,只穿着背心短裤,拄起双拐就冲进了暴风雨中。风急雨大,正常人都难以挪步,何况一个残疾人,跌跌撞撞地他终于来到了电教站,及时切断了所有机器的电源。设备得到了安全保护,但他却在往回走的路上被一辆急驰的摩托车撞倒了,残腿和右臂两处骨折。

那次的雷雨给全县15处电教站造成了不同程度的损失,而他的设备却毫发无损。

这是怎样的一种精神?难道他不知道暴风雷电的危险?段文生用自己的行动诠释了爱岗敬业的精神,体现了一个公民应有的道德情操。

这么多年与机器设备打交道,他像得了"机器损坏恐惧症",

只要机器一损坏，他就揪心地痛。

他常常这样鞭策自己：自己是残疾人，已经比别人少了优势，如果再不能尽职尽责地干好工作，怎么对得住领导和同事的信任和支持？

1997年5月，段文生被任命为墩头乡文化广播站站长兼电教站副站长。

原墩头乡是个典型的农业乡，以大棚瓜菜为主，高产高效农业发展迅速。全乡群众学科技、用科技，靠科技致富的意识比较强，但现有的科技推广普及方式不能适应群众的需要和瓜菜生产的发展。为此，他向乡党委递交了《充分利用电教设备，加强对党员干部群众科技文化知识教育》的报告，对自己、对电教站提出了更高的要求。

报告得到了乡党委、政府的充分肯定。由于人手少，他和同事忙得团团转，经常饭都顾不上吃，白天到处搜集素材、组织拍摄，晚上回站整理、编辑，及时进行播放。他们还根据村里的要求，随时上门服务，不断让群众接触、学习新的农业科技知识。

秦家庄村的秦光现，大许庄村的许家全，前绪密村的高玉光等人都是通过看他的电教片种大棚蔬菜走上致富路的。现在忆及当时，感激之情溢于言表："是段文生改变了我们的生活，是他领着俺们越走越富啊！"

看到自己和同志们的努力确实能改变乡亲们的困境，他心里说不出的高兴。

1999年他积极争取，具体策划，精心举办了"文心杯"党员电教科技比武，并取得了圆满成功，首开了全市农民科技比武的先河。

2000年，他在党委、政府的支持下，克服重重困难，筹措资金90多万元，采用光电混合网技术在全乡架设有线电视网60余杆公里，使墩头乡成为当时日照市唯一一处村村通有线电视的乡镇。

他组织并开办了《科技之窗》《知识天地》《党员风采》等电教栏目，每晚在有线电视电化教育专用频道中定时播出，此举不但使党员干部受到了潜移默化的教育，还帮助群众掌握了一至两门实用致富技术。

到 2000 年底，墩头乡的大棚瓜菜已发展到 2 万多亩，被列为市长菜篮子工程和市、县农业科技示范区，他本人也以《乡村电视人》为题被齐鲁电视台采访并播出。

2003 年 10 月莒县广播电视局开始了垂直上划以来的第二次局中层干部及站长竞争上岗。此时的段文生正躺在县医院骨科病房里，他因外出施工时不慎摔倒造成左腿股骨头损坏，视事业高于生命的段文生，又一次做起了父母和妻子的工作，无论如何要让他参加竞争上岗答辩。

双亲声泪俱下，说："孩子，我们已经让你受苦了，今后你让我们好好养你吧？"

妻子更是哭成了泪人，趴在他的病床上，说："文生，俺跟着你不图你富贵，没图你当官，只求平平安安过日子，如果你有个三长两短，高山和大海怎么办？"段文生何尝不理解老人的用意和妻子的心情，他又何尝不想把双胞胎儿子高山和大海培养成才。他给两个儿子起名的目的，便是希望两个孩子要像高山一样俊美，要有大海样的胸怀。

但段文生是个不轻易认输的人，他认准的事，再大的困难也不能让他退而却步。他对来病房探望他的县广电局、县残联的领导说："一个基层广播站站长，算不了什么官，但对一个身体残疾的人来说意义非常重大，这包含了领导和同志们对我工作的肯定和鼓励，更是一个残疾人战胜自我的证明。"

那天,他是被抱上轮椅,被家人抬到县局竞争现场的,也许领导慧眼识俊才,也许事业青睐这位年轻的残疾人,他的竞争答辩赢得了各位评委们的一致好评。虽是短短几分钟的演讲,却博得了多次掌声。2003年,他被任命为峤山广播电视站站长。峤山镇广电基础起点较低,面对事业发展遇到的各种困难,他没有灰心,更没有退缩。

峤山镇以东多山地丘岭,乡村的路崎岖不平,遇到沟坎,上坡时他就先把双拐扔上去,然后用双手支撑着笨重的身子一点一点往上爬;下坡时,他先把双拐扔下去,然后坐地上一点一点往下挪,有好多次因体力不支,晕倒在路上。

妻子心疼,劝他别只要事业不要命,干工作说得过去就行,这些年每年都要争第一,图个啥,毁了身子还得她遭罪。

他笑着安慰妻子说:"图个啥?是党安置了我的工作,有了固定收入,才得以娶妻生子。作为基层一名普通的广电人,各级领导给予了咱那么多的关怀。是领导陪同我们全家游览了首都,并亲自用轮椅推着我上了长城、逛了故宫;是领导亲自帮你一个农村妇女安置了工作,使我们生活更加宽裕;县局领导没有嫌弃我身体残疾,给了我一个施展才华的舞台,使我有机会在这个工作平台上挑战自我。这不就是对我的理解、信任和支持吗?我拿什么去回报党的恩情?我只有努力拼命地去工作!"

这是多么朴实的话语!

段文生走过的路没有色彩斑斓的传奇,也没有惊心动魄的故事。有的只是他的身残志坚、朴实无华、默默无闻的奉献。

段文生的敬业精神告诉我们:每个人的道德情怀是一抹明亮而不刺眼的光辉,一种圆润而不甜腻的声音,一种对每个人的从容,一种对世界的微笑。

在普及有线电视工作中,他拄着双拐和站上的同志一起走村串户,反复宣传有线电视的好处,用言行感动村干部,感动善良朴实的父老乡亲。在他担任峤山站站长不到一年半的时间里,全镇由拥有不到600户的有线电视用户一跃发展到4100多户,其他各项任务指标考核均位居全县第一名,安装有线电视成了全镇干部群众的自觉行动。

段文生常说:"我的身体虽然残疾,但我的灵魂是健全的,我愿把生命的膏血化为有线网络里的声光信号进入千家万户,洒向田园陇亩,化为父老乡亲的甘霖和丰收的喜悦,生命不息,奋斗不止。

2005年4月1日因工作需要,段文生调到了城阳镇广播电视站任站长。他心里明白,这又是一块硬骨头。作为站长,时刻要为全站人员做出表率,决不当干事创业的旁观者。他认为"村村通有线电视工作是为民办实事、办好事、加快新农村建设步伐的重要环,要在突破入户率这个工作瓶颈上狠下功夫。

工作中,他首先对全镇村街有线电视入户现状进行了全面的排查,分类排队,重点对入户率比较低的管理区、村街进行分析,把握主要原因和症结,采取有针对性的策略和措施,帮助各村逐户分析列出可能的发展对象,然后分工包户,逐户落实。他针对青年农民思想活跃,接受新生事物能力强这一特点,选取有代表性的青年致富带头户,现身说法,展现有线电视的信息桥梁和致富平台作用,吸引广大青年农户积极参与。有线电视进村入户后,广电站开通了服务热线,实行24小时不间断服务,对用户实行服务承诺制并建立用户服务监督反馈卡,服务人员接到用户的投诉后,在规定时间内赶到,限时维修排障,最大程度地满足了用户的要求,得到了广大用户的认可和好评。

提起这段历史，段文生拄着双拐站了起来，面对西墙壁上悬挂的毛泽东长征诗篇，他陷入了沉思。

好久，他转过身来给我们讲了这样一段真实的故事。那是2009年6月的一天，他带着站内人员对辖区内地面卫星接收情况进行检查，在东关三街检查时，发现一农户非法安装了卫星接收器，他耐心说服了安装户，在拆除的过程中，突然，安装户的侄子醉醺醺地手持菜刀劈向执法人员宋维波，说时迟那时快，他奋不顾身地向前猛跨一步，将双拐夹在腋下，用粗壮的大手抓住行凶人持刀的手，将身体挡在了宋维波的前面，大喊一声"我们是来执法的，请你放下凶器，并向执法人员道歉！"在严厉的指责下，那人只好放下菜刀，向在场的人员道了歉。

忠诚最是无敌。多年来，他顶严寒、冒酷暑，拄着双拐和站上的同志们一起到乡村的群众中反复做工作，用真诚和执着感动了村干部，感动了善良朴实的父老乡亲。

截至2010年底，城阳镇有线电视入村率达到100%，入户率达到95%以上，拥有近3万户的有线电视用户，位居全市第一，全省前列。该站也被评为"全省先进乡镇广播电视站"。日照市有线电视现场会在这里举行，其施工速度、分配布局、质量标准被中国广电总局《有线电视技术》杂志以《莒县城阳镇有线电视网络分配方案》为题刊登，并向全国乡镇推广。

段文生这样说："广播电视部门是一个服务性的窗口，只要你带着感情去服务，就没有敲不开的门。"他用真诚和执着感动了农村干部和农民群众。南场村的村民自发地敲锣打鼓把一面"人民公仆，信息使者"的锦旗送到了广电站，无论是他所工作过的墩头乡、峤山镇还是城阳镇，都会有一幕幕感人的场面：当有线电视发展出现困难时，有致了富的老板们慷慨解囊；他们的施工车来到村里时，有大爷大娘拦住他送上煮熟的山鸡蛋、板栗，让他们尝个鲜；他们施工时，有乡亲们把泡好的茶水一壶一壶地送到工地上让他们解渴……

由于长期的操劳奔波，本已残疾的他，又患上了糖尿病，还导致了肾功能衰竭、视力模糊等并发症。

县医院内分泌科主任于世斌告诉我们，根据段文生的病症情况，我们为他专门制定了治疗方案，但他是个工作狂，住院次数最多，没有一次按时、安心治疗的时候，再加上他吃饭不定时、工作时间无规律，打乱了我们的方案，真没办法。现在他每天要注射2次胰岛素，同时口服5种降糖、降压药来支撑工作。像他这样一位本应得到社会救助的残疾人，却情系老百姓，把他人的困难放在心上，我亲眼看见一次他掏出200元钱帮助同病室的困难户。

孙家君护士长插言说："他总是用大号针挂点滴，有时接到工作任务，还没打完针拔出针就走，有时兑好了药又不见了人，我们拿他没办法。"

还在担任峤山站站长时，他就救助过两名失学儿童。县残疾人联合会每年一次的残疾人帮扶培训班，段文生是唯一的残疾人辅导员。他先后与100多名残疾人结成了对子，利用现身说法，帮助他们走上了致富之路，使他们重新燃起了奔向明天的希望。

岁月如歌，历经的种种磨难终化成璀璨的珍珠。2007年4月30日，日照市"劳动模范代表大会"上，时任市委书记的李兆前亲自为段文生颁奖："段文生同志身残志坚，拖着病残之躯在平凡的岗位上爱岗敬业，无私奉献，为建设社会主义新农村做着积极的贡献，展现了一名新时期共产党员的风采。"

五‧心底柔情

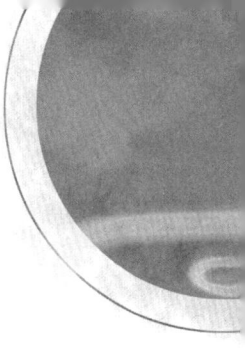

有关人生

最近一段时间,有关人生的思考,充满了我的思想,占据了我的头脑。

人的一生,既不是想象中的那么好,也没有想象中的那么坏,每个人的背后都会有辛酸,都会有无法言说的苦痛,每个人都会有自己的泪要擦,都会有自己的路要走。

人生最曼妙的风景,竟是内心的淡定与从容。朋友要像茶一样历久弥醇,而不是甜腻的可乐,喧嚣过后,曲终人散。喜欢的人,要好好珍惜,不喜欢的人,也不要勉强自己去刻意微笑。

人生如路,需要耐心。走着走着,说不定就会在凄凉中走出繁华的风景;人们总是用一生来等待开始新的生活,等待是思维的一个状态,意味着你需要未来。

人生,顺其自然就好,心安自然快乐。心无旁骛,淡看人生苦痛,淡泊名利,有所求而有所不求,有所为而有所不为,不用刻意掩饰自己,不用势利逢迎他人,只是做一个简单真实的自己。心安,便是活着的最完美状态。人生就像一扇门,有人悲观于门内的黑暗,有人却乐观于门内的宁静;有人忧愁于门外的风雨,有人却快乐于门外的自由。其实,人生有很多东西无所谓最好的,只要是你认为值得就是最好。成功与失败,幸福与不幸,在各自心里的定义都不会相同。关键在于如何把握你想要的东西,别让它与你失之交臂,别让自己有太多的遗憾。人生是一粒沙,人生是一滴水,欲望就是滚滚长河;用短暂的人生,去和无限的欲望赛跑,谁人能赢?贪婪者反复深陷其中,知足者见好就收,不如淡看风云,有缘来者,好自珍惜;无缘去者,安然随它。

人生的弓,拉得太满人会疲惫,拉得不满人会掉队。把人生当旅程的人,遇到的永久是风景,淡而远;而把人生当战场的人,遇到的永久是争斗,激而烈。人生就是这样,选取什么你就会遇到什么,没有对错之分,只有承受与否。学会放下令自己不悦的事,学会放手令自己卑微的人。只要还有明天,这天永远都是起点。

人的一生,不是得,就是失。在的现实生活中,得与失无处不在,无时不有,当把鲜花送给别人时,首先闻到花香的是我们自己,当我们把泥土抛向别人时,首先弄脏手的是自己的一双手,当你失去了繁华的灯红酒绿,就意味着将获得了无染的蓝天白云。人要拿得起,也要放得下。拿得起是生存、是能力,放得下是生活、是智慧。执着苦累,放下就好,名利皆虚,平安就好,是得是失,心知就好。

人生就像一场旅行,不必在乎目的地,在乎的是沿途的风景,以及看风景的情绪。消极心态是一种严重的心灵疾病,它会排斥财富、成功、快乐和健康!人生苦短,该来的阻挡不了,要去的挽留不住。得失之间,只要你耕耘过,播种过,浇灌过,收获多少不是成败的唯一标准,重要的是藏在细枝末节里那种使你痛、使你恨、使你爱、使你终生难忘的一次次痛心疾首、刻骨铭心的经历。

透过生死,才会明白健康的重要;透过成败,才会明白通达的重要;透过得失,才会明白淡泊的重要。人生最悲哀的事情,莫过于苦苦追求那些原本能够放弃的,却忽略了生命中那些最最宝贵的。

人生难免会有迷茫,关键在于明白自己从哪里来,要到哪里去。

我们应当忘却所有事情带来的烦恼,去眺望人生新的高度,因为"我们都是在努力奔跑,我们都是追梦人"。

梦想在成长

人生在世，谁没有梦想，谁没有渴望，谁没有期盼，谁没有追求？就像花儿渴盼春的讯息，果实渴盼秋的爱意，沙漠渴盼流彩的绿洲，草原渴盼及时的雨露。一个又一个渴望、追求、梦想，编织着人生的路，让人对前方充满期待。回首童年，从孩提时代，就渴望让自己的梦想插上翅膀自由飞翔！如今，我们再也看不见童年了，它就像一颗流星，只留下划破天际时一瞬间的灿烂。从此，我们的生命将不再属于我们个人，没有选择，必须前进，正因如此，青春才会萌动，梦想也在成长。

青春是美好的，青春也有自己的梦想。我的一位年轻朋友，正处于青春年少时期，对自己现在的工作很不满意，时常变化着自己的梦想，一心想走出小城去外面闯天下。她问我："外面的世界是否很精彩？"我说："外面的世界也很无奈，只要你勤奋努力用知识武装了自己，就能展翅自由地飞翔。"我们常常会向即将踏上征途的朋友由衷地说一声："祝你梦想成真！"可是，你是否也在心里不断地提醒自己，在你生命之树上开放的梦想之花，如果不能用心去浇灌、倍加呵护，它就有可能在漫长的、寂寞的岁月里归之于虚无。那时，你才知道世间万物原本都是不能只有一种结局的，有那么多的梦终难成真！

那挂在枝头上成熟而诱人的果子，难道不正是果树的花之梦，在穿越了许许多多的风雨之后，所献给大自然的甘甜吗？那呈现在农民镰刀下的收获，难道不正是种子，在投入大地之母的怀抱时的梦想之花，在经历了寒暑的洗礼之后，所成就的现实吗？在我们苦苦奋斗的岁月里，那可以展示在朋友面前，一个个成功的果实，难道，不正是来自我们梦想之花的花蕊吗？然而，花虽是美好的、浪漫的，果实虽是甜蜜的、充实的，可在走向成熟过程中漫长的岁月里，那果实却是苦涩的，因为，命运那只无情的手随时都可能把它摘下投入时间的黑洞里去。

　　当冰山上的一片雪花在阳光的拥抱中成了一滴水珠的时候，它便有了生命，有了蔚蓝色的梦；当这滴水把自己融进涓涓流淌的山溪时，它便有了追梦的勇气，因为它感到自己被阳光改变的不仅仅是存在的形式，更重要的是复活了它那个冰封了太久太久的梦想！它穿越了长长的随时都有可能把它再变成冰的冰川，走过了曲曲折折的山路，终有一天它把自己融进山下一条滚滚的河流里，从这条河里，它感到自己获得了无穷的力量；它无声无息地随着波浪前进，走啊，走啊，一个黑暗后的黎明，它突然发现了自己竟已置身于梦想之中的那片蔚蓝……

　　当我们驾驶着生命之舟驶向梦想之岸的时候，我们会遇见一个个美妙的海岛，不管我们摇桨的双臂是多么劳累，只要心中那盏梦想之灯不灭，我们就绝不会把它当作自己最后的归宿。我们可能会在前进中遇到惊涛骇浪，狂风暴雨；但是，只要这舟的龙骨是用我们的意志筑成，它就不会被折断，只要这舟的风帆是用我们的勇气织成，我们就不怕它会被吹烂，只要这舟中还满载我们的自信，我们就不怕它会沉没，只要我们还在奋力地摇着希望之桨，我们的心灵深处就定能听到那前方传来的声声召唤。

朋友,得到了想要得到的不要狂喜,没有得到梦想的也不要叹息!不经风雨难以见彩虹,有梦想才有丰富的人生。

珍爱生命

经历了这么多年的风霜雨雪,方知生命中最重要的是健康和平安,健康平安是美好生活的基础,拥有了生命才会拥有一切。

假如生命是花,花开是美好的,花落也是美好的,要把生命的花瓣,一瓣一瓣撒在人生的旅途上;假如生命是草,决不因此自卑!要毫不吝惜地向世界奉献出属于自己的一点浅绿,大地将因此而充满青春的活力;假如生命是树,要一心一意把根扎向大地深处,哪怕脚下是一片岩石,也要锲而不舍地植入缝隙,汲取生命的源泉;假如生命是船,不要停泊,也不要随波逐流,要高高地扬起风帆,驶向未来的彼岸;假如生命是云,不应该在天空炫耀自己的姿色,也不作放荡的漂游,要化成雨,无声地洒向大地;假如生命是木,做一座朴实无华的桥吧,让那些被流水和深壑阻隔的道路重新畅通;假如生命是火,就永不熄灭,勇敢地驱散阴霾,照亮世间美好的东西……

生命无论是什么,都是短暂而平凡的。让生命更有意义吗?唯一的选择是珍爱生命!

珍爱生命,健康是金。每次病后都会特别地爱着生活,爱着每片绿叶,爱着每朵鲜花,爱着清风、细雨、阳光、晨露。爱着身边的一切,爱着一切有生命的东西,因为他们是鲜活的。健康是人生最宝贵的财富,然而幸福不会从天降。大千世界,芸芸众生,许多人的生活方式都是以消耗健康为代价，违背规律，透支健康。生命不存在，谈何人生？健康不存在，谈何奋斗？假如你创造的财富是以健康为代价换来的，没有了健康，你又如何去享受自己创造的财富。健康是生命力的主要源泉，健康是成就事业的先决条件，是工作的原动力，是生活快乐的基础，于社会，家庭，个人都至关重要。因为缺乏身体健康条件而不能实现自己的梦想，乃是一生中最痛苦的憾事。

珍爱生命，平安是福。当你出现不平安的时候，才觉得生命的脆弱和可贵。人的生命只有一次，是父母的给予和上帝的恩赐，生命本身就是一种幸福。在历史的长河中，人的生命又是短暂的，总有一天会走到终点，千金散尽，一切都如过眼云烟，只有精神长存世间。翻阅每天的报纸，几乎每天都有交通事故的不幸消息，生活中每时每刻都在发生着这种原本可以避免的悲剧。生命无小事，安全无小节。面对工作中可能存在的隐患，生活中处处潜在的意外，你是否做好了防范的准备？你是否重视过这些看似不起眼却会带给你致命伤害的问题？也许你的一次不小心，带给你的可能是一个血的教训，也许是一个生命的消失，一个家庭的破碎。我们不能在经历风雨后，才去珍爱生命！我们不能在受到伤害后，才想到提高警惕！我们不能在失去拥有时，才认识到生命的宝贵！

生命不会给我们任何承诺，生命只给我们一次机会，关键是看我们怎样去活着，怎么去把生命好好把握；生命不是一次节目彩排，演得不好还可以从头再来。人生虽然是一次单程之旅，但生命却能在创造中寻找到一种永恒的超越时空的依托，获得了生命就是获得了一切，拥有了生命就是拥有了无可匹敌的巨大财富！

让我们珍爱生命！让生命因为我们的珍爱而更加充满色彩，生命永远属于那些珍爱它的人！

用文字来铭记

在这个世界上,也许每个人的心底都珍藏着一段故事,一份无法忘怀的情感,都有着寂寞时的心灵,只是不与人诉说,把它藏在心灵的深处,就像梦一样,偶尔出来晒晒太阳,对着镜中的自己让回忆美丽一下心灵,让心灵重温一下幸福……

人生在世,难免有一些失意的地方,有些失意会刺痛你的心灵。很多时候在背着人的地方,泪水汩汩冲刷着每一根神经,那时便自觉不自觉地把所有的坏心情相串联。然而,正如狂风暴雨不会永不停息一样,这期间总有这里或那里闪现出一抹光亮、一丝蔚蓝:那或许只是一对关切的眼睛,一双温暖的手臂,一份淡淡的祝福……此时无奈的心总是被一种莫名的情怀纠缠着放不开,多少个静静的夜晚,很想伸出双手投入苍穹的怀抱,让心灵感悟宇宙的宽广,世界的博大,让指尖点击生命的节奏,让夜的旋律多一些奔放和自由,让人生多一点快乐和幸福!

匆匆而过的时光里,多少背影,多少记忆,如蜻蜓点水般,拂过我迷茫的双眸。那些点滴的影像,挥之不去,无法忘记。人的一生中会有许多感动与悟觉,或是缘于人与人之间的真情流露,或是与大自然之间毫无芥蒂的亲昵碰触。爱的奉献让人泪盈满眶,而春日里嫩黄的小草也会让人感叹生命的伟大,事物无大小、轻重,会在某个特定环境、特定心情不经意间触及心灵底蕴，让人为之动容为之回味，几欲梦回，丝丝缠绕，欲罢不能忘。铭记每一丝温暖，每一点恩惠，心灵的夜空就会闪烁一片希望的星星，有意无意地忘掉那些冷却骨髓的日子，只体会日常的小小欢乐中包含的美。

在经历过风雨险阻之后，去铭记那些帮你度过困难伤痛的东西。如此，我们才能变得坚强。国家也是如此，作为一个拥有着数千年历史的民族，作为一个曾经被野蛮的铁蹄践踏的民族，我们在经历着无以复加的伤痛之后，选择了坦然地面对，落后就要挨打，我们深深地将其铭记于心，伤痛可以随时间而忘却，可是教训却要永远地记住，因为铭记了这个惨痛的教训，我们才能带着我们的成功越过困难，走向辉煌。

我很感动那些读我文字的人，高山流水遇知音，相逢何必曾相识。有时，一些琐碎的文字真难以表达一切无形无际的东西，只想把所有不能忘怀的东西用文字来铭记，就用这种方式来珍藏心中点点滴滴的过往，不论是快乐如歌还是寂寞如花，也许只有这样才可以让心灵更从容地面对生活，面对今后的人生。

挥别一些人，记住一些人。当我们还没有谢幕，我们愿意始终留在一些人的身边，默默地望着他，陪着他。我能拿什么来表述我对你们的牵念呢？我将自己跌入由文字酿造的酒中，在微醺中放逐自己。在静默无声中，祝福你，直到天荒地老！

以爱和礼赞的心情用文字来铭记一点一滴的美好吧，抚摸过艰难困苦，更不该放过任何的草绿花红……

人到中年

岁月就像一个顽皮的孩子，不经意间在脸上写满沧桑。白发就像小偷一样，悄悄地爬上我的头皮，一不留神，偷梁换柱，慢慢地偷走我心爱的黑发。这生命的快车忽的一下，眼看就要冲进50岁的人生风景线。看着镜中的容颜，心中溢满了太多的感慨和无奈。

人生就像是一场只有起点到终点的单程旅行，不管愿意与否都只能一路走到终点而绝无返程的可能。旅途中我们总是会错过很多风景，这些错过的风景也许永远只能留在记忆深处了。闭目回忆着已逝的岁月，那些曾经的血气方刚已不复存在，曾经的狂热激情已烟消云散，曾经的豪情万丈已荡然无存。却多了一份恬静和老练，多了一份成熟与稳重，也多了一份理性与睿智，多了一份对工作的珍惜，对生活的宽容与思考。

人到中年，是一种使命。历经磨难，感悟人生，一路走来有收获也有失落，有感动也有悲戚。经历的坎坷，阅历的厚重，日月的沧桑，使你的生活不再单调，人生不再寂寞，成熟已成为你的代名词。懂得幸福和理想需要自己去奋斗，痛苦和烦恼需要默默地去承受，欢乐和喜悦需要和朋友去分享。没有了太多的无知和懵懂，兴奋与轻狂，激情和烦躁，经历了风风雨雨，坎坎坷坷，方知平平淡淡，从从容容才是真，人生几十年的生命苦旅，数十载的摔打磨炼，使之如松柏傲雪更耐风寒。

　　人到中年，犹如一颗成熟的果实，褪掉了青涩但同时却多了一份香甜。外表或许已少了青春的艳丽，但却收获了一份成熟的金黄。一切顺其自然，欣然接受。闻一下清香扑鼻，咬一口沁人心脾。中年是人生的丰收期。若把青春比作青翠欲滴的禾苗，而中年宛如在金秋爽风中那摇曳着的沉甸甸的稻谷。沉甸甸的背后是喜悦，是米饭的喷香。望着儿女渐渐长大，看着她们的人生轨迹画出你期望的轴线，心里会荡漾起喜悦的碧波，甚至连孩子们的一个新的起步，也会令你兴奋不已、彻夜难眠。

　　人到中年，是一种责任。家庭的负重、事业的拼搏、人生的祈盼，就像一副副如铅的重担，齐落在你的双肩。儿女自小到大成长的过程中，有哪一样不让你操心劳神、牵肠挂念？那年事已高的老父母，辛勤奔波了一生，生命之船的晚航，需要驶进宁静的港湾。需要你用浸润心脾的缕缕温情、体贴入微的款款孝意，去抚平港湾里的波澜。在单位，中年人犹如大厦的顶柱，是在用自己的脊背撑托起事业的苍穹，既要埋头追赶前行者的足迹，又要回首牵拽后来者的臂腕。这一切，需要中年人的付出，需要中年人将滴滴心血化作汩汩清流，去把无边的荒漠浇灌成丰沃的良田！

　　人到中年，更珍惜属于自己的每一份幸福。幸福是一种感觉，很多时候钱并不是最好的调和剂。无助的时候，一个眼神可以给你无尽的甜蜜和力量；孤独的时候，一个拥抱可以给你最大的幸福和依靠；低落的时候，一个握手可以给你有力的安慰和支持。

　　人到中年，少了躁动和喧嚣，多了沉稳和宁静。人到中年，如一曲久违的天籁，在灿烂的夜空传播经典，直至永远。我一直乐观地看待和接受这个世界给我的安排。虽然一直不相信眼泪和命运，但在残酷的现实面前，走得跌跌撞撞，甚至一度绝望。幸好我怀揣梦想和激情，一路艰辛，也挺过来了。在自己最无助的时候，安慰自己一切都将过去。伤心也是带着微笑的眼泪，远眺天空，会有雨后的彩虹。我相信，阳光总在风雨后。

人到中年，才发现家庭是那么的重要，亲人的关怀是那么的温暖。尽管偶尔会为孩子的教育而烦恼，也会为事业的不顺而揪心。但至少已学会了理性地面对人生，感性而不感伤。在岁月的长河中，我们一路上都在扮演着不同的角色，而每个角色都曾占据我们人生中最重要的位置。每个角色都有过温馨的喜悦，也有过失意的感伤，但更多的却是感动。

人到中年，对家有了更多的依恋。因为家承载了我们人生太多的希望和梦想。家是我们生活起居的场所，是我们心灵疲倦时小歇的避风港。家有我们的亲人，有我们的期望与期盼。孩子是我们永远的牵挂，对于孩子我们几乎倾注了全部的希望与心血，孩子的一举一动都牵动着我们的目光和敏锐的神经。如果需要，我们会愿意为孩子付出一切。人到中年，或许我们已无力改写自己的人生，但希望能帮孩子把前行的路铺得好一点、平坦一点，让孩子的人生少一些缺憾，多一些美好。

人到中年，对于人生和爱情也看淡了许多，对爱也有了更深的理解。爱不再只是风花雪月的浪漫，更是一种责任。爱不是生活的全部，但却是生活的重要组成部分。爱是人生中的一朵奇葩，少了爱生活会失去斑斓的颜色，人生会没有光彩。如同失去光照的玫瑰，萎靡而暗淡。

你不能改变人到中年的那份独有的感觉。人生没有草稿纸，每天都是现场直播。所有的回忆恍若昨日渐行渐远，曾经的过往铸成永久的风景尘封在心灵的最深处。在夜阑人静、万籁无声之时，恍若如梦的回忆，静品内心的风景，觉得一切都风轻云淡了。

快乐与幸福

一个人快乐不快乐、幸福不幸福，在本质上与财富、地位、权力没有直接关系，好的心态会让自己变得理智与冷静，快乐与幸福是由心态决定的。

有位哲人说得好："既然现实无法改变，那么只有改变自己。"改变自己就是调整好自己的心态。我们不能改变天气，但我们能够改变自己的情绪；我们不能改变容颜，但我们能够展现自己的笑容；我们不能改变环境，但我们能够改变自己的角度；我们不能控制他人，但我们能够把握住自己；我们不能预知明天，但我们能够利用好自己的今天；我们不能决定生命的长度，但我们能够扩展自己的生命宽度。

人生有顺境也有逆境，不可能处处是逆境。一个人生活在这个世上，不会一帆风顺的，而是会时不时地遇到这样那样的困难、挫折、变故以及不称心的人和不如意的事，这些都是人生活中正常的现象，是个人的力量所不能左右的。

人生有巅峰也有谷底，不可能处处是谷底。因为顺境或巅峰而趾高气扬，因为逆境或低谷而垂头丧气，都是浅薄的人生。如果只是一味地抱怨、生气，那么你注定永远是个弱者，人活在世上，凡事都要看开点、看远点、看淡点。

有时候，禁锢我们的，不是环境设下的牢笼，也不是他人施予的压力，而是我们自己将自己囚禁：现实中，许多终日苦恼的人实际上并没有遭受多大的不幸，而是其心态存在着某种缺陷，对生活的认识有偏差。

简单就是幸福，得失心中放，心态要正常。生活，是点点滴滴加琐碎；生活，是磕磕碰碰才平安。心态的好坏，在于平常的及时调整和修炼并形成习惯，太多放不下，自然成负担。

心态是健康的调节器。心态失衡，就会导致情绪的波动或对抗，或忧郁，或暴躁，或烦恼，或痛苦……简单的事，想深了，就复杂了，导致健康的失调，滋生疾病的萌发；复杂的事，看淡了，就简单了，完美的心态是健康体魄的基础，是固守精神家园的保证。

俗话说得好："退一步海阔天空，让几分心平气和。"这就是说人与人之间需要宽容。宽容是一种美德，它能使一个人得到尊重；宽容是一种良药，它能挽救一个人的灵魂；宽容就像一盏明灯，能在黑暗中放射着万丈光芒，照亮每一个心灵。

水至清则无鱼，人至察则无徒。跟家人争，争赢了，亲情没了；跟爱人争，争赢了，感情淡了；跟朋友争，争赢了，情义没了。争的是理，输的是情，伤的是自己。

其实，每个人背后都有别人体会不到的辛苦，每个人心里都有别人无法感受的难处。坚强的外表下，隐藏着不能说的心声，微笑的表情下，掩饰着不可流露的情绪。总把最灿烂的笑容，展示在人前，总把最落寞的心痛，掩埋在身后，路一步一步走着，留下的脚印自己最清楚。

要拥有阳光的心态，就要学会感恩。学会感谢对你有所帮忙的人，感谢在十字路口为你指明方向的人，感谢在情感世界里给过你爱的人，感谢在社会生活中给你知识的人，更要感谢一路和你风雨同舟的人。学会感恩，我们的心态才会变得更加阳光灿烂。

亚里士多德说，生命的本质在于追求快乐，而使得生命快乐的途径有两条：第一，发现使你快乐的时光，增加它；第二，发现使你不快乐的时光，减少它。

很多时候，都想找个能够倾诉的人，有些话憋在心里会崩溃，需要出口，有些事扛在肩上是压力，需要分担。找一个畅所欲言的伴，让精神舒缓，守一份不离不弃的情，让心灵靠岸。所有的苦乐有人懂，一切的努力有人知，一杯热茶，暖的是身，一句懂得，暖的是心。最真的拥有，是我在，最美的感情，是我懂。

成就完美的未来需要好的心态。人生的道路短暂也漫长，只要有了一个好的心态，才会获得精神世界的成长，整天抱怨命运的不公，抱怨别人都对不起自己，真的不如老老实实地努力检讨一下自己的不是，踏踏实实地生活好每一天。

往事如风

闭上双眸，细想一段往昔，只为回味逝去的美丽。很多时候，心就像一湖水，有风吹过的时候，总是掀起阵阵波澜，很难做到平静。

在那个干涸的春夜，风雨相遇时，润物细无声；在那个寒冷的冬季，梅雪相逢时，暗香满园春；在那个等待的日子，你我相识时，天涯共知己。此时无须特别想起，此刻不必刻意忘记，只愿酿一席相思，为你醉在月圆时。

从缘来到缘去，绽放的是一季和风春暖，凝冻的是一片冰心玉寒。曾经的细语呢喃，弹指间便散落成一地诗香，然刻于骨的是那些平凡的酸甜苦辣。曾经的浅吟低唱，转身时便羽化成一帘幽梦，而铭于心的是那些朴实的喜怒哀乐。往事难忘，一枕相思到断肠，又添新伤。

我多希望，时光停留，永远将你留在那个灿烂明媚的春季里：鸟语花香、山清水秀、心旷神怡、舒畅明朗、神清气爽。

时间飞逝，不会为谁倒流或停滞，你已经不是以前的那个你，我也不是以前的那个我。那些无关风月的流金岁月，如此不惹红尘，不食烟火。淡然生活，安之若素，或品茶对诗，或谈天说地，或默述心事，随着岁月流逝，收藏过去的也许是一片枯黄的落叶，也许是一朵风干的落花。那些风花雪月，不管喜怒哀乐，爱恨情仇都将在风干的素墨里散发着诗香，那些经年往事，不管是非对错，荣辱沉浮都将成为过去。

梦里三年已是秋，人活在回忆中，总是比较苍凉的。堆积在心底的记忆，或许会慢慢升腾或沉落。如同淙淙小溪漫过山涧，带来的是春夏秋冬。

那些回忆呀，到底是会升腾为心中的一种彻悟，还是会堆积成心中的暗伤？人活着，应该是欢快一些，平淡一些。

把昨日的情怀化成心底的记忆吧，把曾经的梦，珍藏成一幅永恒的画吧，宛如阳光透过那一抹云彩，向大地洒下星星点点的印记。真心希望你的生活里有幸福，我的生活也有快乐，无论时光怎么改变，无论岁月怎么流转，我们都不要把今生的遗憾带到来世。复杂的事，看淡了，就简单了，完美的心态是健康体魄的基础，是固守精神家园的保证。

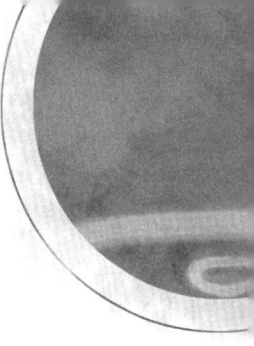

六·处事真情

不忘初心

初心是什么？她是人生起点的希冀与梦想，是事业开端的承诺与信念，是迷途困挫中的责任与担当，是铅华尽染时的恪守与坚持。

不忘初心就是不忘我们最初做事的初衷和原因。

习近平总书记在庆祝中国共产党成立95周年大会上的讲话中谆谆教导我们："我们党已经走过了95年的历程，但我们要永远保持建党时中国共产党人的奋斗精神，永远保持对人民的赤子之心。一切向前走，都不能忘记走过的路；走得再远、走到再光辉的未来，也不能忘记走过的过去，不能忘记为什么出发。面向未来，面对挑战，全党同志一定要不忘初心、继续前进。"

初心给了我们党成长的内在力量，不忘初心给了我们党继续前进的动力。中国共产党领导中国人民走过了95周年的光辉历程，取得了伟大的胜利，使具有5000多年文明历史的中华民族全面迈向现代化，让中华文明在现代化进程中焕发出新的蓬勃生机；使具有500年历史的社会主义主张，在世界上人口最多的国家成功开辟出具有高度现实性和可行性的正确道路，让科学社会主义在21世纪焕发出新的蓬勃生机；使具有60多年历史的新中国建设取得举世瞩目的成就，中国这个世界上最大的发展中国家在短短30多年里摆脱贫困并跃升为世界第二大经济体，彻底摆脱被开除球籍的危险，创造了人类社会发展史上惊天动地的发展奇迹，使中华民族焕发出新的蓬勃生机。

国家如此，个人亦是如此。

初心给了我们每一个人积极进取的状态，不忘初心给了我们每一个人为实现自己的理想而奋斗的决心。每个人都拥有自己的初心，她是新生儿的第一声啼哭，是爱恋时的第一次萌动，是梦想时的第一次出发。初心如此美好，但无论经历几多浮沉，万不可让繁华落寞湮没了你的初心。只有牢记初心，为之奋斗，明确目标，永不停息，心中有党，才能一路坚定不移，执着向前。党员干部的初心就是党旗下的铮铮誓言，就是融入血脉的全心全意为人民服务的不变宗旨。

生活中因为忘记了初心，我们走得十分茫然，多了许多柴米油盐的奔波，少了许多仰望星空的浪漫；因为忘记了初心，我们已经不知道为什么来，要到哪里去；因为忘记了初心，时光荏苒之后，我们会经常听到人们的忏悔：假如当初我不随意放弃，要是我愿意刻苦，要是我有恒心和毅力，一定不会是眼前的样子。

不忘初心，才会找对人生的方向，才会坚定我们的追求，抵达自己的初衷。就如伟人曼德拉，27年的铁窗生涯并没有让他陷入绝望，被迫害折磨的痛与恨不曾蒙蔽他的双眼，他心中有光：为民族的解放而斗争。这最后的信仰指引着他，化为人民手中最锋利的武器，刺破重重黑暗，迎来胜利的曙光。斯人已逝，但注定永垂不朽。事实上，一个人若选择追随自己的心，那么势必无法得到所有人的理解与肯定，与其被人左右还不如勇敢抓住内心的声音，这时候，生命本身便赋予了你至高无上的评语。

不忘初心，方得始终。哪怕找不到大海，不要停息寻觅的歌声；哪怕脚印被风雪掩埋，也请珍爱走过的路程；哪怕所有的奔走与追求都是徒劳，也要握住心灵微光，只有这样，才能坚持不忘初心，才能继续前进。

修德立身

前不久,单位组织收听收看了"儒学文化"大讲堂,领悟颇多,受益匪浅。特别对于修德之道,修己之学,修身之术,知止之道有了新的更深的理解。

修德就是修养德行,行善积德,立身就是安身处世。简言之,修身立德就是安身处世要注重道德的培养,只有勤奋廉洁才能使事业兴旺有成。立身必先修德,德是每个人成长、成才的重要前提和基础。

习近平总书记在"五四"青年节重要讲话中提出的"勤学、修德、明辨、笃实"八字箴言,既是青年树立和培养社会主义核心价值观的基本要求,也是重要的途径和有效的方法。社会主义核心价值观就是一种德,既是个人的德也是国家的德、社会的德。青年只有以高尚的德做积淀,才能树立正确的价值观,才能青春无悔干事业,才能真正成为国家和人民需要的栋梁之材。

陶行知先生说过:"道德是做人的根本,根本一坏,纵然你有一些学问和本领,也无甚用处。并且,没有道德的人,学问和本领愈大,就能为非作恶愈大。"所以必须筑牢人格长城。青年是社会的中坚力量,是引风气之先的生力军,也是一个民族文明素养的标志。因此,必须从小接受良好的道德教育,树立良好的精神风貌,倡导良好的社会风气,践行良好的道德风尚。

"君子以厚德载物。"人无德不立,做人做事第一位的是修德立身。因为修不好德就很难扎实干事、踏实做人。同样,国无德不兴,讲道德、讲文明历来是中华民族的传统美德。德越积越厚,无论个人还是国家就会越立越强。

中国共产党的各级组织在考察考核党的干部时都将德放在首位,这充分体现了德的重要性。对于党员干部来说,慎独慎微,尤其是在别人看不到、听不到的地方严格要求自己,善于从小事小节上加强自身修养,守住底线稳住心神、于细微处见精神,于细微处见品格。

坚定理想信念是每个党员的安身立命之本。如果理想信念这个"总开关"出了问题,迟早要摔大跟头。因此,作为一名党员,一定要自觉做到讲政治,有信念,对党忠诚。"心如水之源,源清则流清,心正则事正",作为一名党员,只有经常擦拭思想上的灰尘,守法纪、守规矩、守本分,做到不越"雷池",不乱"章法",才能从思想上筑起抵御腐朽思想侵蚀的坚固防线。

有德行是讲党性的体现,是作表率的基础。党员的道德是力量的源泉、是纯洁的保证、是抗腐的良药,是我们事业走向一个又一个新胜利的根本保障。因此,作为党员不但要树立正确的价值取向,更要注重对个人价值观的"保鲜",自觉注重对党性的锤炼和提升,在做人上明辨是非、严于律己、品德高尚、情趣健康。这样才能自觉"常修为政之德,常思贪欲之害,常怀律己之心",把个人兴趣、爱好、欲望等一言一行,严格纳入时代的道德范畴之中,真正树立高尚的品格。只有这样,才能真正做到严以修德、以德立身,坦坦荡荡做人,老老实实干事,多一些襟怀坦荡,少一些患得患失;多一点浩然正气,少一点私心杂念。

"修德立身,人之脉,家之根,国之基也。"老师的话一直在我的脑海里回绕。

读书增智

一个崇尚知识的社会永远阳光灿烂，一个热爱书籍的民族处处活力永驻，一个善于引导读书的单位一定宁静和谐，一个勤于阅读的人生必将绚丽多彩。

"胸藏文墨虚若谷，腹有诗书气自华"，这就是爱读书的人的写照。爱读书的人，不管走到哪里都是一道靓丽的风景。幽雅的谈吐透出超凡脱俗的气质，清丽的仪态举止高雅无须修饰，那是坐得庄重端庄，行得自在洒脱；那是静得深沉凝重，动得优雅奔放；那是天然的质朴与含蓄的混合，像水一样的柔软，像风一样的撩人，像花一样的绚丽……

在2018年"书香莒县"全民阅读启动仪式上，著名作家赵德发老师与我们一起分享了他的读书体会。他从"阅读让人改变命运、阅读让人学会处事、阅读让人开阔心胸、阅读让人提升气质"四个方面做了精彩的讲述，让我们受益匪浅。赵老师30岁之前连小学学历都没有，靠的是如饥似渴地读书，增长了自己的才智，历经千辛万苦，最终实现了自己的作家梦想。在赞叹赵老师文蕴深厚，气质自华之余，我们感到知识有着无坚不摧的力量。

人们的大脑虽无法装入所有的知识，但可以不断更新摄取，而唯一的途径即为读书。托尔斯泰曾坦言："理想的书籍是智慧的钥匙"，法国作家罗曼·罗兰又说:"智慧,友谊是黑暗中唯一的光亮,倘若没有钥匙,如何打开智慧之门,又何谈放射光芒?"

"书籍是人类进步的阶梯"。它教会我们如何去尊重他人也尊重自己,如何让贫乏和平庸远离我们,使人树立更为健康的人生观、世界观、价值观,做一个忠于祖国,尊老爱幼之人,成为一个有仁德,有智慧之士,以"先天下之忧而忧,后天下之乐而乐"的情操为人处世。

读书增智也是一种享受。在若有若无的乐曲声中,打开一本好书,迎面扑鼻的是清香而深邃的气息,仿佛是那新翻耕的泥土散发出的馨香。这时,我可以随意想象,想象自己是蓝天,一望无际;想象自己是月夜,寂静帅气;想象自己是海浪,澎湃不息。在物欲横流的日子里,当我品味古人的"知足常乐"时,便会自我愉悦快乐地生活着;当我品味"人到无求品自高"时,便会笑对人生充满工作的激情;当我遇到困难,想打退堂鼓时,"百折不挠、勇往直前"的词句,便会激励我鼓起勇气继续努力;当我安于现状,不思进取时,屈原的"路漫漫其修远兮,吾将上下而求索"就会在我耳畔响起……

"从书中学会耐烦、学会中庸、学会抉择,多读书、读好书才能心胸开阔、提升气质"这是赵德发老师给予读者的肺腑之言,我会谨记。

行动是关键

重读"明日复明日,明日何其多。我生待明日,万事成蹉跎"这首《明日歌》,别有一番感慨。而这里的明日,可以理解为明知道不对,却不去改正,其结果就是万事真的成了"蹉跎"了。

"欲盖弥彰"这个成语的含义是指想掩盖坏事的真相,结果反而更明显地暴露出来。有的人做了错事,不但不认错,反而找一个极为荒唐的借口来搪塞,并且借口又是破绽百出让人耻笑。像这样的情形,大多是有利益在其中作怪的。《三国演义》中,曹操杀了吕伯奢一家,后来知道是误杀。当逃跑的时候遇上打酒回来的吕伯奢时,索性把吕伯奢也杀了。还说什么"宁可我负天下人,决不让天下人负我";后来在赤壁之战中,中了周瑜的反间计后一怒之下杀了蔡瑁、张允,不说自己中计,反而说蔡、张二人训练水军不力。如同安徒生童话里的那个光着身子在大街上游行来炫耀自己的新衣服的皇帝。当一个小孩子指出他没有穿衣服而众人都附和着把孩子的话相互传递的时候,他还强撑着装下去一直把游行进行到底。在他们的潜意识里,一旦认了错,就是自己打自己的嘴巴,这脸往哪儿搁?因此也就没有认错和改错的想法。

认错和知错就改,相对于不认错或知错不改是两方面的处世态度。华盛顿,因为贪玩曾砍过一棵樱桃树,后来经过他父亲的教育,他深深地忏悔，认为不应自作主张凭自己的意愿行事。他善于改正错误的作风，造就了他成为美国历史上最有名的总统之一。有一次母亲带着列宁到姑妈家中做客。活泼好动的小列宁一不留神把花瓶打碎了，小列宁因为在生人家里，怕说出实话会遭到姑妈的责备，所以他撒谎没有承认，后来经过妈妈的教育后，小列宁在妈妈的帮助下，给姑妈写信承认了错误。

群众最反感"干打雷不下雨"的假把式，最厌恶"只有唱功没有做功"的空头承诺。所以，整改关键是真改，真改的关键是行动。以过硬的措施进行整改，一件一件地改，改一件成一件，言而有信，说到做到。

改作风是十八大以来一直强调的任务。要给国家和人民交一份满意的整改答卷，还需要我们以真实行动改作风，在查摆问题、开展批评之后，将最关键的"下回分解"落实到位。拿出"踏石留印、抓铁有痕"的意志，革除沉疴痼疾，把积弊已久的作风问题彻底清除。

然而，唯其艰难，才更需勇气和毅力；唯其笃行，才弥足珍贵。以不见成效决不收兵的精神，步步为营，以行动促整改、以行动改作风，夯实整改基础、坚定整改决心、谋求整改成效，我们就一定能打好转作风的攻坚战。

文艺是时代前进的号角

毛泽东同志在1942年的延安文艺座谈会上提出了"文艺为人民大众服务"的重要命题。可以说,为人民服务是我们党始终坚持的文艺思想、文艺路线、文艺方针。时隔72年的2014年10月15日上午,中共中央总书记、国家主席、中央军委主席习近平在北京主持召开了文艺工作座谈会并发表重要讲话。他强调,文艺是时代前进的号角,最能代表一个时代的风貌,最能引领一个时代的风气。广大文艺工作者要坚持以人民为中心的创作导向,努力创作更多无愧于时代的优秀作品,弘扬中国精神、凝聚中国力量,鼓舞全国各族人民朝气蓬勃迈向未来。

把文艺比作时代前进的号角,其重要性不言而喻。这号角是引领之曲,是催人奋进的高亢之声。这种高度评价,既给广大文艺工作者以巨大鼓舞,也赋予其重如泰山的责任。

改革开放以来,我国文艺创作产生了大量脍炙人口的优秀作品,同时也面临了许多新情况,在市场经济的大潮中,我们的文艺受到了新挑战,出现了令人担忧的现象,文艺工作的发展存在着被市场同化甚至异化的倾向,还出现了低俗、庸俗甚至恶俗的作品,色情、暴力也充斥其中。正如习近平总书记所强调的"文艺不能在市场经济大潮中迷失方向,不能在为什么人的问题上发生偏差"。而这正是我们当前面临的重大问题之一。

文艺之责是时代前进的号角。一个时期以来,文艺领域对此有一些模糊的认识,比如"去政治化""泛娱乐化"等。习近平强调,一部好的作品,应该是把社会效益放在首位,同时也应该是社会效益和经济效益相统一的作品。文艺不能当市场的奴隶,不要沾满了铜臭气。优秀的文艺作品,最好是既能在思想上、艺术上取得成功,又能在市场上受到欢迎。

"文艺是时代前进的号角。"在新的历史阶段,文艺工作者唯有把握时代节拍,把个人的艺术追求融入国家发展的洪流之中,把文艺创作寓于时代进步之中,把社会主义核心价值观生动活泼、活灵活现地体现在文艺创作之中,用栩栩如生的作品形象告诉人们什么是应该肯定和赞扬的,什么是必须反对和否定的,做到春风化雨、润物无声。只有这样才能创造出更多为中国老百姓喜闻乐见的、具有中国作风的优秀作品,才能更好地吹响这一响亮的时代号角。

我们身处一个深化改革开放的伟大时代,同时也是社会转型期,毋庸讳言,整个社会充满了各种诱惑,人心变得浮躁不安;而文艺创作既需要融入纷繁复杂的社会洪流,还需要耐得住寂寞,抵得住诱惑,还原本我,静心创作。

文艺是铸造灵魂的工程,文艺工作者是灵魂的工程师。习近平指出,好的文艺作品就应该像蓝天上的阳光、春季里的清风一样,能够启迪思想、温润心灵、陶冶人生,能够扫除颓废萎靡之风。要把爱国主义作为文艺创作的主旋律,引导人民树立和坚持正确的历史观、民族观、国家观、文化观,增强做中国人的骨气和底气。这是文艺工作者的一个基本遵循。

在北京文艺座谈会召开一周年之后,重温习近平总书记的教诲,备受鼓舞。让我们一起吹响文艺这支时代前进的号角，不遗余力地为人民抒写、为人民抒情，为人民抒怀吧！

信　念

　　1921 年时，中国共产党诞生于浙江嘉兴南湖的游船上，从诞生之日起，就把马克思主义写在自己的旗帜上，把实现共产主义确立为最高理想。对马克思主义的信仰，对社会主义和共产主义的信念是共产党人的政治灵魂，是党员干部经受住任何考验的精神支柱。

　　1921 年后，中国共产党正一步步带领中国人民昂首阔步向着共产主义的最终目标稳步迈进。时光弹指一瞬，中国由积贫积弱的国家一跃成为世界第二大经济体，离不开中国共产党的坚强领导，离不开一代又一代共产党人艰苦卓绝的努力，更离不开坚定理想信念的支撑。

　　北京日报刊载过一篇文章《张学良谈"国民党为什么打不过共产党"》，围绕这一话题张学良谈了自己的看法，提到："国民党没有中心思想，党首蒋介石也是一样。与国民党正好相反，共产党有目的，他相信共产主义。甚至于每一个士兵，完全是一个思想——共产主义。信仰就是力量啊。"诚然，信仰的力量坚不可摧，有了对党忠诚坚定的信仰，就有了崇高的精神力量，在任何考验和挑战面前，就可以做到"千磨万击还坚劲，任尔东西南北风"，这就是对信念的塑造。

　　习近平总书记指出，理想信念是共产党人安身立命之本，是共产党人精神之"钙"。理想信念坚定,就能坚持正确的政治方向,练就"金刚不坏身"。理想信念一旦动摇或失守,精神上就会缺"钙",就会得"软骨病",就会丧失立身之本、精神之魂、动力之源。革命战争年代,革命先烈面对生与死的考验视死如归,就是因为他们有坚定的理想信念;和平建设时期涌现出的雷锋、王进喜、焦裕禄、钱学森、孔繁森、杨善洲等一大批先进模范人物,他们之所以能够助人为乐、无私奉献、攻坚克难、勇挑重担,在平凡的岗位上做出不平凡的业绩,为党和人民的事业做出巨大贡献,也是因为他们有坚定的理想信念。

做一名合格党员,就要把时刻坚定理想信念作为人生的终生课题,体现在道路自信、理论自信、制度自信、文化自信上,体现在对大是大非、重大原则问题上的鲜明态度、坚定立场上,体现在对错误思潮、言论、观点的正面回击、发声亮剑上,无论何时何地,始终做到"乱云飞渡仍从容"。

丧失理想信念就意味着背叛,意味着蜕化变质的开端。有的人很有"理想"和"志向",但他们的"理想"始终以"我"为中心,搞自我设计,打个人的小算盘,时刻想的是"我"要当多大官,"我"要发多大财。为了自己"目标"的实现,不惜违犯党纪国法。其结果,是"机关算尽太聪明,反误了卿卿性命"。

"千里之行,始于足下"。坚定理想信念,要从我做起,从现在做起。党员、干部只有认真学习党史,从党的奋斗历程中汲取营养,不断加强自我修养,才能经得起权力、金钱、美色的考验,才会提高拒腐防变和抵御风险的能力。只有在任何情况下不为诱惑所动、不为困难所惧,都能自觉地听党的话、跟党走,才能真正筑牢理想信念的"根基"。

铭记历史

习近平总书记强调指出:"只有铭记历史,特别是铭记我们党领导人民创造的中国革命史,才能深刻了解过去、全面把握现在、正确创造未来。"

前事不忘,后事之师。对于过去的苦难历史,每一个中国人都不会忘记。在中国共产党成立之前,灾难深重的中国被沦为半殖民地、半封建的社会。国无宁日,民不聊生,社会一片黑暗,中华民族处在危亡的边缘。面对这种险恶局面,中国人民进行了不屈不挠的抗争,无数仁人志士苦苦探索救国救民的道路,但都以失败而告终。1921年的7月1日,中国共产党正式成立后,才率领中国人民进行反帝反封建的斗争,争取民族独立和人民解放,实现振兴中华的伟大使命。自此,中国共产党领导全国人民前赴后继,经过了28年的浴血奋战,终于将压在人民头上的帝国主义、封建主义、官僚资本主义这三座大山推翻,中国人民从此站起来了,中华民族才真正扬眉吐气。

铭记历史,缅怀先烈。这是一种道德、一种文化,缅怀先烈要寄托炎黄子孙崇敬先人、仰慕先贤的情怀,要起到延续中华民族血脉相连、薪火相传精神的作用,要表达对先人的感恩以及对先贤先烈风范的缅怀和景仰。抗战胜利70周年,缅怀先烈,就是为了进一步弘扬党的优良传统,铭记身上的使命,牢记肩上的责任,不辜负先人的期望。我们永远也不要忘记那些为我们抛头颅、洒热血的烈士们，是他们不惜自己的生命为我们开拓了一片广阔的天空，让我们无忧无虑地自由飞翔，而他们却在祖国这片热土上静静地躺了下去，永远地离开了我们。

在不同的历史阶段，一代又一代中国共产党人，为了中华民族的解放和振兴，为了中国的强大和人民的富裕呕心沥血、无私奉献、奋勇拼搏，在中华民族的史册上书写下可歌可泣、气壮山河的壮丽篇章。特别是改革开放以来，党领导人民用30多年时间走过了其他国家需要100年的时间才能走过的路程，综合国力不断强大，人民生活水平不断提高，国际形象不断改善，国际影响不断增强。

以人为镜，可以明得失，以史为鉴，可以知兴替。铭记历史，才会做到知痛而奋进，知耻而后勇。七十年过去了，日寇带给国人的仇恨不曾生长，时间可以消逝，但记忆不会风化，耻辱更是不容漫长的沉痛所尘封。铭记历史，并非为了延续仇恨，而是防止历史重演。九十四年来，是中国共产党带领着中国人民经历了许多血雨腥风，战胜了无数艰难险阻，才换来了今天的美好幸福生活，才创造出一个个人间奇迹，取得了举世瞩目的辉煌成就，使中国昂首屹立于世界的东方。

奋进的战鼓已擂响，鲜艳的红旗在飘扬，神州大地各项事业蒸蒸日上。随着"十二五"壮丽画卷的展开，中国经济进入了又一个新的发展阶段，我们迎来了新一轮发展机遇。相信在我们党的正确指引下，有全国人民的共同努力，我们的祖国会更加繁荣富强，中华民族将重回世界之巅，中华民族的伟大复兴指日可待。

使 命

　　使命是一个崇高的名词，在我们的心里总有一个声音在告诉我们，我们的责任和任务是什么？为什么而活着！为什么而努力着！那就是我们的使命！

　　各行各业都有自己神圣的使命。学生的使命是搞好学习，为了以后祖国的建设；医生的使命是救死扶伤，努力为病人减少苦痛；警察的使命是除暴安良，维护好社会的长治久安；老师的使命是传道授业解惑，教育好祖国的花朵；科学家的使命是发展尖端技术，引领时代的科技；军人的使命就是保家卫国，寸土不让；工人的使命就是搞好生产，创造性劳动……大海不择细流，固能成其深；泰山不让寸土，固能就其高。任何的东西都是在不断地为了使命在努力着！为了理想在奋斗着！

　　我们的党作为世界上最大的政党，承载着近代以来最伟大的梦想，它的使命就是在新环境、新考验、新形势下带领全国的人民走向新的辉煌，使中华民族重新屹立于世界的东方，实现中华民族的伟大复兴。责任重大，使命艰巨！

　　牢记使命就是牢记肩负的神圣职责。在波澜壮阔的伟大斗争中，中国共产党领导中国人民从新民主主义革命，到社会主义革命，再到改革开放新的伟大革命……一路筚路蓝缕，栉风沐雨。从精准扶贫、高铁建设，到供给侧结构性改革、科技创新、环境治理，再到"一带一路"建设、中欧班列……一个个生动的故事，恰如一个个缩影，折射着共产党领导下的中国过去5年所取得的历史性成就。纵览中国共产党的历史，就是一部向着中华民族伟大复兴梦想勇于担当、不懈奋斗的伟大斗争史。

在复杂的国际形势下，我国面临的发展既有机遇，也有挑战。在这样的情况下，党中央在世纪伊始就提出了"全面建成小康社会，加速实现社会主义现代化"的发展目标，增强国家的综合实力，促进经济又快又好发展，早日实现国家的伟大复兴，始终是每一个中国人心中的最大愿望。

党的十九大是在我国全面建成小康社会决胜阶段、中国特色社会主义进入新时代的关键时期召开的一次十分重要的大会。这次大会的主题是：不忘初心，牢记使命，高举中国特色社会主义伟大旗帜，决胜全面建成小康社会，夺取新时代中国特色社会主义伟大胜利，为实现中华民族伟大复兴的中国梦不懈奋斗。

今天，新时代的中国共产党人承担着谋划决胜全面建成小康社会、深入推进社会主义现代化建设的重大任务，事关党和国家事业继往开来，事关中国特色社会主义前途命运，事关最广大人民根本利益。新时代的中国共产党人，再次发出划破时空的宣言——"为中国人民谋幸福，为中华民族谋复兴！""实现伟大梦想，必须进行伟大斗争。"习近平同志的明确要求，展现出中国共产党人清醒的认识和深邃的洞察。

我们坚信再高峻的山岭，也阻挡不了中国共产党人铿锵前行的意志；再遥远的彼岸，也动摇不了中国共产党人虽远必达的信念。中国特色社会主义进入新时代，民族复兴的逐梦之旅已经开启新的征程。圆梦征程上，每一个共产党员都是一面旗帜。我们已清醒地认识到伟大梦想不可能一蹴而就，中华民族伟大复兴绝不是轻轻松松、敲锣打鼓就能实现的。坚持和加强党的全面领导，坚持党要管党、全面从严治党，以加强党的长期执政能力建设、先进性和纯洁性建设为主线，以党的政治建设为统领，以坚定理想信念宗旨为根基，以调动全党积极性、主动性、创造性为着力点……

  神圣的使命已经落在了我们每个人的肩上，空谈误国，实干兴邦，让我们为了自己身上的那神圣的使命，为中华民族的复兴，去努力吧！

责　任

　　责任是什么？简单地讲责任就是应做的分内事。孟子的"老吾老以及人之老，幼吾幼以及人之幼"是一种责任；顾炎武的"天下兴亡，匹夫有责"是一种责任；"做好自己分内的事"也是一种责任。在家，或是子女，或是父母；在外，或是员工，或是领导。身份一经确立，就具备了相应的权利。同时，也就应承担相应的责任。

　　身份不同，权利不同，责任也就不同。身为父母，哺育子女成人应是责任；作为子女，赡养、孝敬老人便是责任；身为领导，为单位生存、发展而操劳也是责任；作为员工，干好具体的工作同样是责任。因此，当党和人民信任我们，给了我们一定的权力和责任时，我们就应该牢记自己的身份，切实承担起应有的责任。

　　孔繁森同志时刻没有忘记自己是一名共产党员，一名援藏干部，凭着一颗对党和西藏人民的良心，服从组织安排，三次进藏，务实工作，直至献出生命，其所作所为自然流露出他对党和西藏人民的深厚感情。他是多么的崇高、伟大！因此，作为"为官一任"的干部，不论职务高低、权力大小，要时刻不忘手中权力是党和人民给的，应该对党和人民怀有深厚的感情。当我们承担起那一份份责任时，你会感知到人性的光辉。不知不觉间灵魂也会因为责任而高尚，做好自己分内的事，就是承担一份责任，人生因此而美好。

党的十八届三中全会对加强反腐败体制机制创新和制度保障进行了重点部署，提出"两个责任""两个为主""两个覆盖"等改革举措，其中首要的就是"落实党风廉政建设责任制，党委负主体责任，纪委负监督责任，制定实施切实可行的责任追究制度"。如果责任不明确，出了问题不追究责任，反对腐败这个艰巨的任务就不可能完成，党要管党、全面从严治党就会成为一句空话。

党风廉政建设主体责任和监督责任是党章赋予各级党委和纪委的重要职责，把"两个责任"落到了实处，就是抓住了问题的关键和源头，也就牵住了"牛鼻子"。这必将为反腐败增加新动力、增添新活力，有力推动党风廉政建设和反腐败各项工作深入开展。

各级党委和纪委要站在坚持党要管党、全面从严治党的高度，把落实好"两个责任"作为当前最突出的大事、要事，务必抓住、抓紧、抓好，自觉肩负起党风廉政建设的政治责任。

作风建设永远在路上

作风建设，是一个政党自我净化、强筋壮骨和自我调适、顺应时代发展的需要，根本目的是践行和实现政党的宗旨及执政目标。

新形势下，党针对自身存在的形式主义、官僚主义、享乐主义和奢靡之风，深入开展党的群众路线教育实践活动，把作风建设推向了新的高度，取得了明显成效。但有了成效，并不意味着能有长效；有些问题和偏差得到了纠治，并不代表就可一劳永逸。加强党的作风建设，永远没有休止符，"修正航向"的工作一刻也不能放松。

风清则气正，气正则心齐，心齐则事成。党的形象和威望、党的创造力凝聚力战斗力不仅直接关系党的命运，而且直接关系国家的命运、人民的命运、民族的命运。我们这样一个拥有8600多万党员的大党，在一个13亿多人口的大国长期执政，必须坚持全面从严治党，才能使党始终成为总揽全局、协调各方的坚强领导核心。全面从严治党必须具体而不是抽象、认真而不是敷衍地落实到位，其重大意义必将随着时间的推移不断显现出来。

2014年3月9日，习近平总书记在参加十二届全国人大二次会议安徽代表团审议时指出，各级领导干部都要做到严以修身、严以用权、严于律己，做到谋事要实、创业要实、做人要实。作为党员干部修身之本、为政之道、成事之要的"三严三实"，已经成为继"中央八项规定"以后我党作风建设的新标杆。

从"中央八项规定"到"三严三实"的出台,进一步表明,作风建设只有起点、没有终点,只有进行时、没有休止符,只有持续用力、久久为功,才能不断深化、落地生根。

习近平总书记指出:"作风问题具有反复性和顽固性,必须经常抓、长期抓。"这深刻地道出了作风建设的长期性和持久性特征。

驽马十驾,功在不舍。抓作风建设不可能一蹴而就、一劳永逸,毕其功于一役,更不可能一阵风,刮一下就停;抓作风建设,贵在坚持、难在坚持,不是靠短期突击和运动整改就能达到目的的,它需要日积月累,像抓经常性基础性工作一样常抓不懈、日积月累,驰而不息地加以推进才能取得成效。

党的干部,为民是宗旨和信念,务实是职业操守和行动准则,清廉是思想底线、道德底线和法律底线要求。按照"三严三实"的要求争当焦裕禄式好干部、好党员是我们不懈的追求,作风建设永远在路上。

坚持问题导向

问题导向就是以解决具体问题为方向。坚持问题导向是新的历史条件下我们党治国理政新理念、新思想、新战略的鲜明特点。

党的十八大以来,习近平总书记发表系列重要讲话,深刻回答了新的历史条件下党和国家发展面临的一系列重大理论和现实问题,贯穿着强烈的问题意识、鲜明的问题导向,体现了共产党人求真务实的科学态度,展现了马克思主义者的坚定信仰和责任担当。五年来,正是以化解矛盾、解决问题为目标任务进行开拓性、创造性工作,才解决了许多长期想解决而没有解决的难题,办成了许多过去想办而没有办成的大事,使党和国家事业发生历史性变革、中国特色社会主义取得重大成就。

哪里有矛盾,哪里就有问题。不解决问题、不破解难题,党和人民事业就难以发展。推动事业持续健康发展,必须强化问题导向,不断解决问题、破解难题。也就是说,只有从问题切入,才能找到成功之路。因此,各级领导干部要把主要精力用在发现、分析、解决本单位或本地区的矛盾和问题上,把解决问题作为前进的动力、创新的起点、开创事业发展新局面的契机,不能借口存在问题而畏缩不前。各级领导干部必须具有发现问题的敏锐、正视问题的清醒、解决问题的自觉,善于在比较中发现问题、在改革发展实践中发现问题、在总结经验教训中发现问题。

坚持问题导向,不仅是工作方法、精神境界,更是原则、政治品质。莒县县委领导在全县社区"两委"换届选举工作动员会讲话中,坚持问题导向,对所属20个乡镇街道党建工作存在的问题,不遮不掩,一针见血,逐一点题,切中要害,这种直面问题的做法,受到大家的称赞;为切实摸清农村党建现状,县委领导不打招呼,走街串户,与村民促膝谈心,了解实情,解决实际困难,这是走群众路线的具体体现,我们应该持续发扬,一以贯之。只有树立强烈的问题意识和问题导向,才能实事求是地对待问题、赢得主动,进而找到引领党和人民事业发展的路标;也只有不断解决矛盾和问题,才能推动本单位或本地区事业持续健康发展。相反,那种精神萎靡、意志消沉、不善于走群众路线的党员,就很难主动去发现问题,即使遇到问题也会视而不见、听之任之。

纵观人类发展历史,一切发展进步无不是在破解时代问题中实现的。发现问题、研究问题、解决问题,始终是推动一个国家、一个民族向前发展的重要动力。

为敢于担当者担当

"为敢于担当的干部担当,为敢于负责的干部负责",这是党的十八届六中全会发出的号召。这一号召,旗帜鲜明地支持担当者、鼓励担当者、保护担当者,为敢于担当者撑腰鼓劲壮胆,营造了宽松的生态环境。

敢于担当是党和人民对各级领导干部的迫切要求,是各级领导干部的时代责任。

敢于担当就要面对面地制止一些人的不轨行为,面对面地剥夺一些人的不合理的利益。面对大是大非敢于亮剑,面对矛盾敢于迎难而上,面对危机敢于挺身而出,面对失误敢于承担责任,面对歪风邪气敢于坚决斗争。这就必然得罪一些人,甚至遭到诬陷、暗算,甚至会被穷追不舍、不依不饶。致使有的干部在敢于担当中碰了"钉子"、遇到了"小人",没有人为他撑撑腰、打打气,时间一长,自然就泄气了。在"多干生非、不干无损"的情况下,一些人感到"与其敢于担当冒风险,不如平平安安混日子"。于是,不敢担当、不愿担当的人悄然浮出。

如何为担当者担当,这是一个现实而紧迫的课题。

在敢于担当者遭到诬陷、暗算时,各级党组织就应该挺身而出,敢于为敢于担当者担当。让他们能挺直腰杆、甩开膀子、迈开步子,让他们有底气、有干劲、有活力，让他们在改革发展的道路上披荆斩棘，一路向前。

在敢于担当者碰了"钉子"、遇到了"小人"遭到非议时，各级党组织就要支持干事者，保护改革者，主动为他们打气撑腰、鼓劲加油，让那些在重任面前敢迎敢接、敢做脊梁，在难题面前敢闯敢试、敢为人先，在矛盾面前敢抓敢管、敢于碰硬，在风险面前敢作敢为、敢担责任的干部获得该有的褒奖，受到重用。

建立健全"容错机制"，消除敢于担当者的后顾之忧，给予敢于担当者一定的"试错权"。对于那些敢于担当者工作中可能出现的失误或差错，只要不违纪不违法、是出于公心真心为民，领导和上级组织就应有宽容失败、允许失误的胸襟，就应该旗帜鲜明地亮出为担当者担当的态度。当然，"容错机制"必须置于严格的监控机制之下，实施过程中，只要做到"政策允许、程序合规、民主决策、干部干净"，即使出现失误，应当只吸取教训，不追究责任。

为敢于担当者担当，竖起选人、用人的"指挥棒"。用好这样的"指挥棒"，就能让愿干事、敢干事、能干成事的干部脱颖而出。

为担当者担当的人，才是自身硬的"打铁人"。为敢于担当者撑腰，为敢于担当者担当，本身就是一种担当意识的体现。

转变作风

作风问题不是一个孤立的问题，它与干部的素质及思想道德修养密切相关。

焦裕禄作为一名人民公仆，在平凡的岗位上，在平凡的工作中，彰显出不平凡的人性光芒，更是在言行中深刻勾画出了一个党员干部的责任与担当。50年来，全国人民一直将焦裕禄同志作为党员干部的典范。因此，我们在干部作风改进中必须弘扬焦裕禄的伟大精神。

滴水见太阳，小事见精神。转变工作作风，必须从小事做起，从身边的每一件事做起，切切实实把"清简务本，行必责实"的工作作风落到行动上。从思想上真正解决"参加革命为什么？现在当官做什么？将来身后留什么？"的理想信念问题，提高思想政治素质，增强四个意识。

转变作风，领导的示范带头作用至关重要。要带头倡导艰苦奋斗的工作作风，不务虚名，埋头苦干，在工作实践中养成敏而好学、勤思善断的良好习惯，练就在困难和压力面前拼搏进取、攻坚突破的实际能力，把真理的力量和人格的力量统一起来。要树立求真务实、真抓实干的工作习惯。切忌空谈，切忌浮躁。

转变作风关键在于抓好落实，解决工作中的实际问题。对带有倾向性、普遍性的问题，主要领导要亲自组织研究，制订措施，抓好督促落实。要坚持少说多做，想基层所想，真正扑下身子发现问题、解决问题。

转变作风要加强工作督查，严格责任追究，确保各项决策的落实。对因工作不负责任、发现问题不报告、采取措施不得力等原因造成不良影响或严重后果的干部实施责任追究。要严格奖惩，加大力度，弘扬正气，确保工作的落实，推动干部作风的转变。

转变作风要大力倡导立说立行、雷厉风行的工作作风。坚决反对催催动动、不催不动，甚至催也不动的等靠要思想。干工作要有一种殚精竭虑、全然忘我的精神境界，要有一种孜孜以求、一丝不苟的工作态度，要有一种干就干好、精益求精、誓争一流的工作标准，要有一种不达目的誓不罢休的坚强意志。

转变作风必须增强全心全意为人民服务的宗旨意识。历史证明，密切联系群众是我们党最大的政治优势，脱离群众是我们党面临的最大危险。要深入体察人民群众的意愿，关心和解决人民群众疾苦，把群众呼声作为第一信号，把群众需要作为第一选择，把群众满意作为第一标准。

精读与落实

习近平总书记在文艺工作座谈会的重要讲话，充分体现了党中央对文艺工作的高度重视、对文艺工作者的亲切关怀和殷切期望，提出了一系列富有创见的新思想、新观点、新论断、新要求，是指导文艺工作和文化建设的纲领性文献，是推动文艺繁荣发展、开创文化建设新局面的行动指南。

深读精神要重点把握好七个问题，即要准确把握文艺的重要地位和作用，准确把握文艺的根本方向，准确把握中国精神是中国文艺的灵魂，准确把握创作生产优秀作品是文艺工作的中心环节，准确把握两个效益、两种价值的关系，准确把握创新是文艺的生命，准确把握党的领导是社会主义文艺发展的根本保证。只有充分认识这些问题，把学习贯彻文艺座谈会精神与实际工作相结合，才能创作出更多文艺精品。

深读精神，重在落实。文艺工作者在实际工作中要把落实文艺座谈会精神放在首要位置。

要深入文艺创作的源头活水。列夫·托尔斯泰曾说："艺术是生活的镜子。"文艺创作离不开人民的生产生活。要把深入人民、深入生活作为坚持正确政治方向、践行文艺创作规律的实际行动，始终走在文艺实践的正确轨道，始终保持文艺创作的正确方向。要虚心向人民群众学习，扎根生活沃土，走进生活课堂，真心实意以人民为师，心甘情愿做群众的小学生，从人民群众的伟大创造和斑斓生活中汲取宝贵营养，积累丰富资源，只有这样，创作灵感才能不断涌现，创作源泉才会用之不竭。

要不断提升自身的思想、艺术修养。要自觉坚守艺术理想，不断提高学养、涵养、修养，加强思想积累、知识储备、文化修养、艺术训练，认真严肃地考虑作品的社会效果，讲品位，重艺德，为历史存正气，为世人弘美德。使我们的青春之树、生命之树、灵魂之树、形象之树、价值之树和责任之树根常固、叶常绿。

要把握道德准绳，拒绝诱惑媚俗。广大的文艺工作者不能为了追求市场价值甚至轰动效应而迎合低级趣味，更不能禁不住诱惑而走向泥潭最终不能自拔。坚决不能让那些地下非法出版物有滋生的土壤和舞台。要保持好文艺工作者队伍的纯洁性，绝不能让那些靠走歪门邪道混进队伍里来的道德败坏之徒、不学无术之辈、妖言惑众之精有任何可乘之机、用武之地和跋扈之时。

要坚持"双百"方针，甘于奉献自己。"双百"方针，是广大文艺工作者的指南。争论出智慧，争论出精品。文艺工作者要有甘于奉献的精神和境界，需要为此付出毕生的精力，不能故步自封和沾沾自喜、孤芳自赏，要善于团结和合作，要勤于分析和借鉴，要勇于兼收和并蓄，要甘于清贫和寂寞，要淡于名利和地位，要精于创作和奉献。

文学创作要源于生活

生活是文学创作最好的源泉，生活中的万象百态为文学创作提供了最丰富的素材。只要你细心去发现，就能看到生活中值得记录的东西很多。文学创作的发生阶段就是需要我们在生活中储备材料，古今中外创造出优秀作品的作家，无一不是从生活中汲取养分，获取灵感而进行文学创作的。

巴尔扎克出版《人间喜剧》小说集的时候，经常化装成乞丐、平民，深入这些群体去熟悉他们的语言，体会他们的感受。《高老头》和《欧也妮·葛朗台》成为他的杰出代表作品，至今百读不厌。文学创作讲究的首先就是语言上的准确，只有熟悉人物的语言行为，透视其内心世界，写出的作品才能做到真实感人。如果让《红楼梦》中的刘姥姥像林黛玉那样吟诗、说话岂不变成了笑谈？

中国作家协会主席铁凝，当年曾深入农村，背离城市去真真实实地感受农村带给她的那种气息，感受农民特有的味道，所以创造出了不凡的文学作品，她的散文集《女人的白夜》获中国首届鲁迅文学奖。

大自然每天都有不同的色彩和声音，也有关于季节、气候、天文等相关的知识，当我们对月抒怀的时候，不同时间的月亮相对于艺术上的创作都有不同的寓意，如果没有对生活深入的了解，没有对月亮周期变化的知识掌握，对月的抒怀或许就不能写出最好的作品。

文学创作来源于生活又高于生活；来源于生活的文学必须经过加工创造才能高于生活。第三届茅盾文学奖的得主路遥，为了创作他的长篇巨作《平凡的世界》，他深入陕北生活长达三年，做了长达百余万字的采访笔记。他在鸭口矿戴上矿灯、乘罐笼下井，和工人一起在矿下爬着行走。在危巷深处，和工人一起感受着苦与累、生与死。路遥的弟弟王天乐那时正在鸭口煤矿当采煤工，《平凡的世界》中描写孙少平的素材是直接取材于他的。正是这样，他在矿山沸腾的生活中汲取创作的素材和营养，启迪创作的灵感，以深邃的目光洞察矿山的世界，在心底构筑人生的壮丽画卷，使读者为之心灵震撼。

2014年8月，莒县籍作家铁流与徐锦庚合著的报告文学《中国民办教育调查》获第六届鲁迅文学奖。正如他在鲁迅文学奖颁奖典礼上的发言："真正的报告文学，应该直面现实，不回避矛盾。正是这个文体的独特性，注定作品的诞生都会充满艰辛，有时还充斥了危险。多年来，我们之所以没有停下脚步，是心怀一份痴迷，胸揣一份良知，肩扛一份责任。"报告文学是一种行走的文学，铁流大部分时间不是在采访，就是在去采访的路上。

因此，文学创作只有源于生活，深入生活，到实践中去，才能创作出大家喜欢的作品。

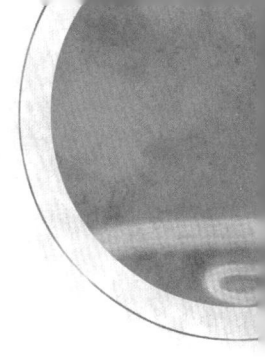

七·域外风情

夕阳与月光下的竹泉村

村中有一泉，水边多竹，名竹泉。竹泉村位于沂南县北部的铜井镇，村落"泉依山出、竹因泉生"，人口不足500人，山林面积1800亩，这里山势平缓连绵，村民绕泉而居，砌石为房，竹林隐茅舍，家家临清流，田园瓜果香，是中国北方少见的桃花源式的古式乡村。

汽车行走在路上，我的心却早已飞到了那片静雅的天地，似乎嗅到了那原汁原味的乡土气息。

到竹泉村已是夕阳将要落山的时候，此刻的古村、清泉，还有那一片生生不息的青翠竹林，在夕阳下构成了一幅精美的田园画卷。

夕阳下进住竹泉村，别有一番情趣。村头的小桥流水，仿佛儿时老家的模样；耀眼的银花冰挂让你的心沁入丝丝的清凉。放眼望去，满目的青翠让人不自觉地进入了梦寐以求的山水画境之中。我要用心去品味那份久违的美幻美景。

因参加《中国文学》杂志社在这里举办的盛大颁奖仪式，我有幸从北门进入景区，目睹了夕阳与月光下的竹泉村。

漫步在竹林里，聆听风的声音，有小鸟盘旋。黄昏的阳光穿过竹林，射在地上，点点的光线与溪水相映成趣。一阵清风拂过，满目的翠竹随风摇曳。弯弯的清溪波光粼粼，几片落叶在逗引着溪水中的小鱼，阵阵清脆悦耳的鸟鸣，呼唤着即将落山的太阳，那依依不舍的挽留，让人心旷神怡，顿生爱恋之情，我的心也随着竹叶摇曳起来。

夕阳恋恋不舍地下了山，鸟儿告别了夕阳——归巢。瞬间，夜幕来临的那一刻，整个村子的空间静得出奇。不远处，传来鱼儿嬉水的声音，小溪也调皮地哗哗作响，唯恐忽视了它的存在，更使这静谧的夜色里仿佛藏掖着无穷的诱惑和神奇。

今夜是一个新月之夜，弯弯的月亮早早就挂在了墨蓝色的夜幕之上，竹影中透出的亮丽光线，宛如少女纤细的手指，撩拨着男儿的心扉。古朴洁净的石板小路，弯弯曲曲的缎带似的延伸；沂蒙山特色的乱石砌墙的草舍，半遮半隐于竹林之中；穿过竹林就到了逍遥水街，院落前的石磨安静地卧着，而水车却转个不停，潺潺的流水从石板上漫过。"清泉石上流"，石上清溪的流淙似在诉说着在革命战争年代这里发生的可歌可泣的英雄人物的事迹……虽是冬日，仍依稀感觉到，空气中那一些朴素、酣畅的草香，夹带着小溪的清凉沁人心腑，仿佛站在桃花源里，思绪在随风飞扬。

大自然统领着这个百年的村落，月光轻轻洒在石屋上，用银光描下她的身影，记下她每时每刻移动变换的舞姿，那身影娇美不失庄重，那舞姿柔美不失刚性。

竹泉村背倚玉皇山，中有石龙山，左有凤凰岭，右有香山河，前有千顷田。此刻，那座座青山颤抖了，那千顷良田跳跃了。然而，并非这翠竹撼动了大山，而是这山因翠竹而站得更加坚稳。并非这清泉诱惑了千顷良田，而是这千顷良田因泉水而变得更加肥沃。或许，这正是沂南铁血男儿所坚守的原则，也是竹泉村独具盛名的缘由。

是晚，我们被邀参加了设在石墙茅屋里的诗歌朗诵会。来自全国各地的诗歌写手，纷纷上台朗诵自己的作品。"竹林深处，月色阑珊。你踏着月光,深情地将我呼唤。一起携手,同上西楼。烛光摇曳,映照轩窗,你张开一揽山河的臂弯,环绕我俯身的缠绵。在你飘逸的身影里,我含笑深醉,伴着你的箫声翩翩起舞⋯⋯"主持人声情并茂的朗诵引起阵阵掌声。明杰老师一首动情的《将进酒》古诗朗诵掀起了高潮,那洋洋洒洒的每个动作,都显得是那么的稳健豪迈而又热情潇洒,无处不呈现着男性的阳刚之美⋯⋯

诗歌朗诵会结束了,我不想回到住所。这里,多好的夜色呀,我与同室的老张徜徉在竹林、村舍间。烟云万竿遮住了道路,苍苔点点印满了石径。竹林中掩映着的数角茅檐,飘荡着袅袅的炊烟。在纷扰红尘中的所有疲惫,在竹林漫步的时候早已荡然无存,唯余那份内心的宁静。转过不知道多少个弯弯的小路,眼前是水的世界、田园的闹市区。难得能在夜晚,在幽暗的灯光下安静地谛听天籁,行走在竹林里,行走在令人新奇的磨盘路上。走下磨道,看到的是浮岛酒吧、竹林茶肆、咂味馆子、沂蒙十八坊。水街两边,店铺林立;狭小街巷,仿佛听到了白天的叫卖声声。

借着月光的光亮,在凤凰阁上我们读到了这副对联:"登东皋以舒啸,临清流而赋诗。"这是晋代大隐士陶渊明《归去来兮辞》中的两句话。老张突然问我,陶渊明在登上东边的高岗时,抒发了怎样的感情,写下了怎样的诗篇?我目瞪口呆。

到竹泉村已不是第一次,犹记得去年夏日"接天莲叶无穷碧,映日荷花别样红"的情景。这一次让我也真正体会到了冬日的青绿是别处所不及的。竹泉古村,因竹而有韵味,因水而有灵气。

一弯新月在水面上飘来飘去,忽然听到前面竹林里有歌声飘出:"泉水叮咚泉水叮咚泉水叮咚响,跳下了山岗走过了草地来到我身旁,泉水呀泉水你到哪里你到哪里去?唱着歌儿弹着琴弦流向远方⋯⋯"

歌声优美动听。

竹泉村的房子是石砌的,泉与石的相互滋生,相互浸润,刚柔并济,相生共荣,共同养活着一片村庄。竹泉村有着孩童时代的趣味,有着少女羞涩般的安静,有着老区人民的朴实和无华,还有着劳动人民的本色和沧桑……我多想,掬一捧古村落的泉水,借明月为你洗去披星戴月的疲倦;我多想,握一抹凤凰岭春日的阳光,暖你冬日的一抹薄凉。

夜已寂静。所有的生灵几乎都已进入了梦乡,那悬挂在大门两侧的火红灯笼,宛如店主热情的笑脸,招揽着游人踏至而来。

竹泉村,我还会再来重读你月光下的尊荣和风采。

清华园

我从小就在父母的说教下一直向往着清华，清华是我心中永远的梦，总觉得遥不可及。当我接到单位通知，去清华参加"干部能力提升高级研修班"时，激动、兴奋、感激，撞击着我的心扉，我倍感珍惜这次学习的机会。

时值盛夏，烈日当空，教室里一片宁静。我们来自日照的地税学员，有幸坐在了清华的教室里，聆听着教授演讲似的授课。教授们的博学多才、独到见解、幽默风趣，让我深切感受到了清华一流的教学，增长了知识，开阔了视野。我们从坚守学校制订的作息时间开始，每天早早起床，参加锻炼，坚持和学生们一起在食堂排队打饭，一起用餐，坚持从宿舍步行半个小时到教室，没有迟到，没有早退，大家争分夺秒，如饥似渴地记课堂笔记。我们把自己融入了清华园，开始了一次又一次理性与感性上的思想交锋。因为，我们知道，这种学习机会来之不易。老师们讲课时那抑扬顿挫的穿透力、吸附力，给我们带来了精神上的愉悦。犹记得吕建强教授的《走进音乐世界》那一堂课，让我们感受到了音乐世界里梦幻般的神奇，了解了音乐有文化、地域、时代的划分，领会了音乐是有生命的道理……

清华园不但是一座高等学府，还是一处皇家园林的风景名胜区。

万泉河在清华园里穿过，近春园湖、水木清华湖这两湖和万泉河水系，给清华园增添了无限风光。我们几人决定挤出时间去细读清华的尊荣。

一大早，我们一行四人骑上租来的单车，穿行在清华校园内，仿佛间又回到了学生时代。望着身旁匆匆路过的清华学子大军，球场上充满活力的年轻身影，把美景收藏在手机里的学生……一种对清华的敬畏之心油然而生。

清华有着百年历史，被誉为"工程师的摇篮"。校园很大，初来乍到必须购买一张清华大学校园地图。从图上，我们大致了解了清华大学的历史沿革和当前概貌。手执校园地图，我们骑着车由东向西、由北到南找到几个主要的校门，并一一拍照留念。清华最早的校门，始建于1909年。1930年，清华校园扩建后有了新的大门，这座最早的校门从此被称作"二校门"。门的弯弧上镶嵌着一块大理石，石上镌刻着"清华园"三个大字。现在，此门只是作为校内的一处历史遗迹和景观予以保留。我们每天去校园走的门是东大门，位于清华大学的东南角，大门造型简洁、大方、低调，丝毫没有著名高等学府的豪华张扬。大门前方有一个小广场。广场上青松翠柏，绿草茵茵，一块一米多高的石牌立于大门与广场之间，石牌的正面写着毛体行书"清华大学"四个大字，另一面写着"自强不息，厚德载物"这一清华校训。

在这里，不论是两鬓斑白、德高望重的老教授，还是衣着普通、洋溢着青春活力的中青年老师和学生，不管你是领导还是学员，他们都只有一个身份，那就是"学人"。匆匆的脚步，淡淡的书香，我们只看到清华"学人"脸上的坚毅、执着、友善，只听到清华园里的风声、雨声、读书声。不论是图书馆还是教室、自习室，永远都是人满为患。置身于这样的环境，当我意欲懈怠的时候，清华园里朝朝夕夕的诵读与年年岁岁的呐喊就会回响在我的耳畔；当我几度徘徊的时候，清华林荫道上无数匆匆的背影和充满智慧的眉宇就会浮现在我的眼前。

清华校园内有两处核心景观。即水木清华和荷塘月色。这两汪湖水，似两块宝石，镶嵌其中，一座是荷点缀水，一座是水点缀荷，一座是书香气弥漫，一座是叶绿荷红满眼。

水木清华是清华园的园中之园，四时变幻的山林，环拢一泓清水，山林之间掩映着两座玲珑典雅的古亭，正额书有"水木清华"四字，两旁柱上悬有名联，"槛外山光历春夏秋冬千变万幻都非凡境，窗中云影任东西南北去来澹荡洵是仙居"。

近春园的前身是康熙时"熙春园"的中心地带。1927年仲夏，住在附近的朱自清先生感于时变，夜不能寐，走出家门来到此处散步，以其精妙的构思和生花之笔写下了著名散文《荷塘月色》，后来，学校在此东山建有"荷塘月色"亭，亭内有朱自清手迹，使得近春园更添文化底蕴。

天空下起了小雨，在雨中骑单车穿行于校园的林荫大道，别有一番情趣。环视着魂牵梦萦的荷塘，我们放下单车，用心踏着每一寸土地，将生命的那一丝灵动捕捉进心里，然后敞开胸怀，将那孕育万物的灵气释放于天地间，顿觉畅快淋漓。

荷塘是美的。荷塘里的清水、荷叶、荷花都是美的。悠闲地游在荷叶丛中的鸭子和鸳鸯也是美的。这就是我要看的荷塘，我不知道如何来形容她了，心里想到的只有一个"美"字，我想，这已经足够了吧。难怪朱自清先生能在这里写出如此优美的文章，此情此景，再加上他的才华，不产生这样的美文才是一件令人奇怪的事情。

清华园内的建筑古朴典雅，有古希腊、古罗马式风格建筑，有清朝风格建筑，也有师生们自行设计的现代建筑，淳朴中透着生机。清华园的面积之大，让你骑车横穿校园得需半个小时。校园内到处古树成荫，树木达千余种。道路两旁整齐的大树高挺矗立，20多米宽的路面基本上晒不到太阳。楼与楼之间或是一片绿草地，或是满目花卉苗木，或是一片小林子。这时，你会为清华幽静的校园环境而赞叹。

清华人继承"爱国、奉献"的优良传统，秉承"自强不息、厚德载物"的校训、"行胜于言"的校风以及"严谨、勤奋、求实、创新"的学风。在清华园感受清华精神的丰富意蕴，接受百年文化熏陶，领略名师风采的一幕一幕，将永远在我人生中留下美好的记忆。

夏日情怀

今年的夏天似乎来得早了一些,还没立夏,那熊熊燃烧的火焰便熏蒸烧烤着大地,仿佛要将大地烤焦,将空气点燃。

故乡的夏,是一个亮丽清新、热情洋溢、色彩斑斓、美不胜收的季节。尤其到了夏夜,白日里的炎热,快速地被晚风吹散,纳凉的人们三五成群,铺一草席,安然而卧,大人手执蒲扇不停地摇摆,为围坐在身边的孩子扇来一丝凉意;顽皮的孩童追逐着在空中交叉飞行的萤火虫,累了便倒在草席上歇一会儿,像倦鸟归巢,难得片刻的安静;田间里蛙叫虫鸣,此起彼伏。我喜欢与大人们一起手执鱼叉,借着疲惫暗淡的星光,在村西池塘边或村北的小河里捕鱼捉虾。虽每每收获甚微或空手而归,沾一身泥沙,但依然乐此不疲;更喜欢手执火把,与二哥穿梭在树林中,选好最佳位置后,在树下燃起一堆火,使劲地晃着周边的大树,树上的知了便扑棱棱地掉在火堆旁,我急忙用火把照着地面,拣拾着"战利品",那种喜悦至今没法用语言来形容……

长大后,故乡的夏日似乎变得冷静了,久久凝视着深沉的夏夜,思绪涌入心头,梳洗着过往的岁月,或失败或成功,一页页展现在炎热的夜空。

我认识了一个夏一样的女子,她有着夏一样的灵魂,有着夏一样奔放的情怀。在爱的世界里,一缕晨曦让我们的爱柔情似水、缠缠绵绵;一场雷雨让我们的爱撕心裂肺、悲悲戚戚。我们从大风大雨中走过,风以我的骨血铸就着雨的灵魂,雨以她的深情默许着风的一生一世。

爱,让我们与风相依,贴在夏日的胸怀,燃烧起激情的岁月;爱,让我们与雨同行,穿过夏日的发梢,撩拨起美丽的人生。

时时想起前年的那个夏日,我们47人一起去了湖南长沙。大家戏称在最热的夏日,去了最热的地方,感受了最热的天气。对我来讲又见了最亲热的人。

长沙已经40多天没有下雨了,那干热的空气,将我的心燎烤得烦躁起来。从宿舍走在通向长沙税务干部学院教室的路上,烈日如火,阳光如饥似渴地吮吸着空气中的最后一丝清凉,灼烤的大地融化了所有的柔情,沉闷的天空偶然刮起一阵风却像火一般炙热,令人窒息,此时唯有保持着心态的平静与柔和,在平静与柔和中寻求心灵的凉爽与超脱。就如一朵出水盛开的莲花,脱离了俗气的底子,略带着淡淡的清香,在幽静与闲散中寻求着一份几乎要眩晕的感觉。抬起右手,想要阻挡阳光的照射,可那无孔不入的阳光依然从指隙间悄然泻入,无力的感觉顿时传入我的心间。

教室是最凉爽的地方,每一位教授都会用心地去讲述自己的知识点,让我们这些来自日照的学员大开眼界,也学到了一些新的知识……

长沙的辣味跟老家的不一样,那种辣是辣在心头的爽。厨师专门为我们这些山东来的学员准备了不辣的菜和带辣的菜,两种菜系任你挑选。刚开始,大家还小心地选择自己的微辣菜系,后来,却都全然不顾地吃上了带辣的菜。吃得不过瘾了便去了夜市街头品尝新的辣味，那小吃臭豆腐，看起来黑黑的，味道却是名不虚传，外焦里嫩不说，咬上一口，热气腾腾的汁水立刻从豆腐里喷出来，吃过之后，就会一直魂牵梦绕，久久香辣不忘！

课余时间，我会静下心来写一点感受。一首《清平乐·长沙税院》的词，让我的世界里不再孤单，让我的心灵不再空寂。

> 长沙税院，红叶三湘恋。爱晚通幽高升看，净化心灵智殿。
> 建校三十余年，轮培百万新员，今日求知宝地，倍感幸福无边。

那首《同窗行》的诗，道出了同学的情谊和不虚此行的心境。

> 千里求知聚北湘，悉心相照亮华堂。
> 共携朝夕拓新念，合一同行齐展翔。
> 历数前贤多俊壮，史青彪炳美名扬。
> 俯遥景色山河靓，品味无穷鱼米香。

香樟树为长沙增添了满目的绿，绿色丰满着的每一寸土地，此时不见了它那焦黄的本色。爱晚亭外的池子里偶尔跃起一两条金鱼，在烈日的照耀下显得格外耀眼，本来死水般平静的水面泛起了微微涟漪。一丝清凉溅入我的脸上，我的心仿佛回到了暮雪皑皑的冬季，回到了朔风呼啸的塞北，那凉凉的感觉，我至今仍然记忆犹新。

在长沙夏日的傍晚散步却是一种享受。傍晚，白天的热气虽然仍在，但时时会吹来阵阵凉风，身上也舒服了很多。在40度左右的白天里，水泥路似乎能冒火，而傍晚燥热已经没有了。路两旁的香樟树摇动着叶子,轻轻地好像不忍惊醒那一树的绿色。人们悠闲地在路上走着,虽汗流浃背,但舒心而又惬意。

于是,又想起老家的夏天还可以看到雨后美丽的彩虹,那对我来说无异于海市蜃楼般诱人。那种触摸不到的美,令人一片遐想。在家乡的池塘边,我们可以看到"接天莲叶无穷碧,映日荷花别样红";也可以享受"青草池塘独听蛙"的那份清闲;可以看着"绿树阴浓夏日长,楼台倒影入池塘";可以欣赏"蝶衣晒粉花枝午,蛛网添丝屋角晴";更可以"稻花香里说丰年,听取蛙声一片"……

来长沙探亲无疑是我的最大收获。当年,二姨跟随姨父从山东随军南下,至今已半个多世纪了。期间,二姨和姨父曾回老家两次,我只记得最后的那次是1996年,而今,两位老人年高体弱,行走不便,已无力再回老家探望了。我抓住这次长沙培训学习的时机,前去探望了三次,这令二姨和姨父激动得泪水直流。表姐、表姐夫以及表弟忙里忙外请我吃饭,让我体验到了热情似火的感觉,如同长沙的夏日……

去年的夏日,表弟电话告诉我姨夫已经仙逝,骨灰也已安葬。我与表弟在电话两头相对而泣,悲痛之余,只有安慰和相互问候。

在我敏感的思绪里,悟出的不只是人间的真情和亲情,更重要的是人生的哲理,告诫自己健康是最大的幸福,无论何时都要珍爱生命。

今夜,我把全部的思绪以文字又一次记录在日志当中。我抚着窗户,静静地坐在电脑前看着窗外,夜早已漆黑,人们也早已睡去了。我放低音乐声,让音乐来冲寂这个难以入睡的夜晚,我又一次聆听着!

美丽的张家界

终于，我们踏上南行的列车，开始走向湖南张家界这方美丽而又神奇的土地。

张家界位于湖南的西北部，由张家界国家森林公园、索溪峪、天子山和杨家界组成的风景名胜区，面积369平方公里。据导游介绍到张家界旅游主要是游黄石寨、金鞭溪、天子山、看黄龙洞。因为我们时间很紧，所以只去了天子山和黄龙洞，让我们留下了些许遗憾。

一大早，我们一行13人就来到了天子山脚下。初识张家界的山水，便被这里的一切陶醉了。那景，是不曾见过的。汽车一直开到天子山门票站，我们换乘缆车游览了幽静神怡的十里画廊。它是一道长峡谷，谷长5.8公里，一溪中流。峡谷两岸林木葱茏，野花飘香；奇峰异石，千姿百态，像一幅巨大的山水画卷，并排悬挂在千仞绝壁之上，使秀美绝伦的自然奇观融进仙师画工的水墨丹青之中。进入十里画廊沿途有转阁楼、寿星迎宾、采药老人、夫妻抱子、三姐妹峰等景点。诗人黎盛鸣游毕赋诗："奇峰争起闹长空，百态千姿造化功。秀谷清溪十里路，游人多少画廊中。"我们由衷地感叹道："这真是一条天然雕塑杰作的群像陈列长廊呀！"三姐妹峰前摄影师为我们留下了美好的一瞬间。10分钟以后我们返回了出发地。

顺着狭窄的石阶左行，石阶两边都是茂盛的林木。在小城那种嘈杂的环境里住得久了，乍一到这样一个清静的地方，我不由自主地先做了两大口深呼吸，只觉得清新的空气沁人心脾，整个人都好似醉了。导游介绍说，我们要乘坐百龙电梯上到山顶观袁家界美景。电梯垂直运行高度326米，采用三台双层全暴露观光电梯并列分体运行。是连通森林公园、金鞭溪、水绕四门、袁家界、乌龙寨、天子山的重要观光交通设施。百龙天梯工程宏伟，工艺复杂，施工惊险，堪称"世界工程奇观"，它的建成创造了三项吉尼斯世界纪录。坐上电梯两分钟我们便到了山顶，让山风轻拂着身体极目远眺，只见远山近峰，连绵不绝，满目尽是一片醉人的绿。

从袁家界去天子山顶要步行很长一段时间。举目远望只见一天然石桥凌空飞架两峰之巅，气势磅礴，奇伟绝伦。这就是天下第一自然石桥。进入天子山界，在那里看到了贺龙公园。贺龙公园坐落在海拔1200多米的千层岩左侧，奇峰异石立于园内，将我国现代的巨塑和大自然的杰作连为一体，构成了它独特的艺术风格。园内芦苇摇荡、青松挺拔，贺龙元帅的铜像立于"云青岩"上。这铜像高6.5米，重九吨多，是我国近百年来，塑造的最大一尊铜像。他背负青山，面壁千层岩、御笔峰；身缠彩云，与武陵源的奇光秀色混为一体，凝重、庄严、和谐地统一在青山绿水的画图之中。感谢摄影师刘玉瑞在伟人的铜像前为我们留下了永久的底片。

匆匆参观完贺龙公园后，来到了天子山有名的景点"御笔峰"。"御笔峰"这是令摄影家与画家们倾倒的最佳风景点之一，国内外30多家画刊报纸曾展露过它的芳容。站在观景台向西南远眺，但见山谷数十座错落有致的秀峰突起，遥冲蓝天，靠右的石峰像倒插的御笔，靠左的石峰似搁笔的"江山"。这石笔相传是向王天子留下的，他当年兴兵起义，提此笔批阅公函。御笔峰前的圆柱形石峰就是他的御书台。听说台上还刻有向王留下的一副笔力遒劲气吞山河的对联。

在"御笔峰"的对面竖立着一位仙女。茫茫云海翻滚，把无数画峰翠崖变成了座座孤岛，风驱白雾，渐露一少女的倩影。她头插鲜花，胸脯隆起，怀抱一只玲珑的花篮，右手抓起满把的鲜花撒向人间，满月似的脸庞还挂着淡淡的微笑，这奇景就是饱人眼福的仙女散花。那边两座山峰，一座高大，一座小巧，遥遥相对，仿佛一个妻子正在呼唤远归的丈夫，问旁边的游人才知道这叫"夫妻岩"。站在山顶，以平等的眼光而不是渺小的视线去看，仿佛我是一座山，以凝固的美去创造流动的情，用博大的情怀去包容无尽的美景。看！那坚硬的页岩上，还泛动着远古沙砾流动的旋律，那深深的裂缝记录着古老的苍穹，冷冷的岩痕溢出沧桑岁月的美丽。在那一股股集结起的肌肉中，无不渗透着静止的、力量的、冷毅的、趋势的美，犹如一支支架在弓上的箭，正聚集力量，要把一切神话击穿，让天地成为一个最大的神话。

苍松附在绝壁上，遒劲的根筋深入到山的肌肤，山把松做成了山的一部分，松也把山作为了自己的归宿地，山给了松的英气，松献给了山的秀气，山在啸声中不再咆哮，而是静默着，给松以精神的依托，松在啸声中不再柔弱，而是高昂着，给人以潜心的默许。让人仿佛置身于一幅绝美的风景画里，脑海里不知怎么竟闪出了一句诗词："江山如此多娇，引无数英雄竞折腰！"内心深处更为伟大的祖国拥有这样的锦绣河山而倍感自豪。

这里的山是如此壮丽，那赤红的岩石、刀刃般的山体无不表现出它的巍峨，深深的裂缝溢出咄咄逼人的寒气，横七竖八的裂缝将山峰分割得支离破碎，仪态万千。它们有的如同一障屏风，用天地之英气将地平线收入到自己黝黑的肌肉里；有的如同一把利剑倒插或正置于树木丛莽间，啸声尖锐，寒光四射；有的如同一道彩虹临天而降，沿着那白云叠成的台阶即可走进阿里巴巴神秘的大门。或许是山峰太有魄力，连天地间最自由的浮云也甘愿围绕在他的脚下，做它的忠实仆人。

　　在那深深的裂痕中，我几乎触到了山的灵魂。在那些岁月送上的礼物中，有着在坚硬躯壳中柔美的灵魂。它数亿万年不断地将沧桑涂在自己的身上，又不断用布满伤痕的身体去挡住风雨。也许山已感到很累，他要想回到亿万年前的自己，想成为一把黄沙，不再想做神。可人与万物生灵却需要神，需要有神的力量去支撑脆弱的文明和绿色的天地。不断有脆弱的山体倒下，可最坚强者却始终耸立在云霄之上，将地平线当腰带紧紧地缠在身上，将万物生灵、太阳、月亮高高地托起……

　　在起伏的石纹上，我看见海的包容、云的自由、江河的执着，我看见了岁月的沧桑，风雨的足迹，尽管山不能摆脱如此厚重去作海、云、河，但力量却体现在其中，魄力亦体现在其中。

　　凭高眺远，见长空万里，云无留迹。起舞徘徊风露下，今夕不知是何夕。那山还在长时间地诵着永恒的传说，还在风雨中做着柔美的梦，还在敬仰中唱着无畏的曲，一切还是一切……

　　此行的第二站——黄龙洞。这是一个巨大的天然溶洞。九月的天气还极炎热，然而，进入洞中，身着单衣的我却感到一丝寒意，原来，这黄龙洞还是一个天然的大空调呢。洞内的光线很暗，随着导游小姐的讲解和指点，我感到自己渐渐地进入了一个光怪陆离的世界。顺水行船，身边是柔美的溪流，用她那湿润的恬静去洗礼每一个干涸的灵魂。溪水清凉透彻，毫无城府地展现在我们眼前。透过清亮的水，溪底的鹅卵石和山峰树影相映成趣，真是"奇峰险壑千幅画，鸟语花香一溪诗"。溪水当前，我们个个欢呼雀跃，所有绅士与淑女风度都顾不得了，阿娟第一个撩拨起那清凉的碧水，洒向我们中间，引起一阵哗然，于是我们相互嬉戏着、打闹着，欢快的笑声沸腾了黄龙洞。马青队长赶紧抢过刘摄影师手中的相机，只听见咔嚓咔嚓的按动快门声，留下了一张张如同小花猫样的笑脸。

波浪翻涌着，簇拥着一个既遥远又不遥远的梦，踏着坚实而又不坚实的步伐，演绎着一个既可能又不可能的传说。瞧！这边手持金箍棒的齐天大圣正在降妖除魔，那边还有大慈大悲的南海观世音菩萨！哎哟，菩萨的身边怎么有只猴子在抓耳挠腮……看着洞内各种造型、栩栩如生的钟乳石，我不禁为大自然的造化神功所折服！三千米的行程，眼睛看花了，我却仍然觉得意犹未尽。

张家界！美丽的张家界！他日有暇，我定当重访，重访张家界的美丽！重补未到黄石寨、金鞭溪留下的遗憾！

神农溪漂流记

　　大自然创造着美,人类在追寻着美。在中华秀丽的版图上,有一处大自然美丽而神奇的创造,正日渐惹人注目、令人向往,这就是国际旅游景点——神农溪。它位于湖北省巴东县境内,在长江北岸,呈叶脉状由北向南穿行于崇山峻岭之中,在距巫峡东口200米处的西壤口注入长江,全长60公里,现已开辟漂流线路20公里,在锦竹峡、鹦鹉峡、龙昌峡中,两个土家村落珠串其间,有险滩、长滩30余处,"一里三湾,湾湾见滩"。

　　导游小姐是位漂亮的土家族姑娘,吃过午饭,她带领我们登上了小木船,帮我们穿好救生衣。小木船长约12米,七八排座位,每排可以并坐两人,木船前翘后伸,当地人形象地称之为"豌豆角"。"豌豆角"由6名船工驾驶,船头有大刀形的船艄拨水引路,船尾有羽箭般的橹调整航向。遇激流险滩时,以竹篙、爪钩点拨。

　　"开船——"船老大一声命令。站在船头的船工松开系在岸边的缆绳,用竹篙轻轻一点,随着一声呼哨,小船便离开溪水岸边,慢慢驶入了这条溪流。开始了我们近三个小时的漂流。燥热不堪的我们,便马上凉爽起来了。原来,那坐落在溪水边的一座座高山险峰仿佛是一叠连绵的屏障,将猛烈的阳光拒挡在外,而给我们营造了一个这么清幽的环境。

神农溪河道平均宽25米，最窄的地方只有4米。遇到狭窄处，溪水似乎想挣脱大山的束缚，在峡谷里奔腾咆哮。小船就随着这汹涌的波涛，漂流而下。河道布满鹅卵石，"豌豆角"在船老大指挥下，左躲右闪，有时眼看要撞上一块石头，船工用篙轻轻一点，小舟擦石而过。"豌豆角"继续前行，突然并行的另一只小舟在激流处摇摆不定，一位船工"扑通"一声掉在20多米深的溪水中，于是人们七手八脚将那位船工拉上小舟，一场虚惊化为游客们的一阵欢快的笑声。

激流过后，溪面变宽，溪水似乎有些疲惫，放慢了脚步，水势变得平缓起来，山峰倒映溪面，溪底各色小石子在阳光照射下，斑斓璀璨，异彩纷呈。船在水上行驶，就像在一面彩色的玻璃镜上轻轻滑过。溪水很浅处，同事司占团看准一块呈蛋青色的石头，把手伸进水里迅速捞起，他这一招令我们一行赞叹不已。周刚先生拿过石头仔细端详后，绅士般地向我们道出了石头的神奇并出1000元底价进行拍卖，仔细一看，果然那石头下方的图案好似一泓清水，一只洁白小鸭子和两只青蛙正在水中嬉戏！联想到中午进餐时周刚先生以"一只青蛙两条腿，两只眼睛一张嘴……"为题与土家姑娘对歌时的那副神情，忽觉得周先生的机灵和想象的确过人。司占团一把夺过"奇石"，美其名曰"春江水暖鸭先知"，放进了他的旅行包。

这时的神农溪，静如处子，清澈见底。小舟顺流慢慢行驶，两岸峭壁倒映于水中，刚才与激流搏击的船工，这时坐在船头，掏出烟袋，深情地吸着烟吐着雾。

"郎在高山哟把歌唱，妹在河边呀洗衣裳。郎唱山歌往下走哎，妹儿抬头望情郎——"导游小姐唱起了土家民歌。

"妹在岸边哟把歌唱，歌声飞上高山岗。小妹你莫要抬头望哎，哥在岗上砍柴忙——"船工们也应声唱起来。

　　土家女子银铃般的歌声和土家汉子粗犷的嗓音在峡谷里久久飘荡。听着土家山歌，我想到了远古的巴人，他们曾在这里狩猎、耕作，用灵巧的双手，建设着美丽的家园。不是吗？看两岸峭壁上的栈道和悬棺，写下了他们的智慧，也写下了他们的勤劳与勇敢。

　　正想问，迎面驶来一船外国客人，我们相互招手致意，两船将要靠近时不知谁先撩拨起清凉的溪水飘向对方，于是一场小小的"水战"引起阵阵虚惊和欢笑。

　　神农溪里的溪水是那样的清澈，一眼望下去，就能看到浅浅的溪水底部那色彩绚丽的鹅卵石以及那一群群在石缝中捉迷藏的小鱼儿。溪水左右都是悬崖，近得仿佛触手可及。山石底部靠近溪水的地方已被溪水长年的侵蚀而蚀出一个个小孔，铺上一层绿色的青苔，显得越发古老而神秘了。顺着山体向上看，在那坚硬的山石上会猛然跃出一团翠绿映入你的眼帘，那是一棵棵长在峭壁上不知名的小树。它们虽不能与泰山迎客松的矫健相比，却在这高大石壁上显得异常娇小可爱。在左右两个屏障的顶端，便是一线金光射下来的地方。原本宽敞的天空在此时此地显得如此狭窄。苍鹰在头顶上盘旋，鱼儿在船下嬉戏，偶尔，还会从山上的一株树上传来几声清脆的啼鸣……我们在这幽幽的深谷中静静地聆听着，聆听那水流淙淙，鸟儿吟诵，山泉滴在岩石上的声音。此刻，我才真正体会到人与自然之间原来竟有这样一种奇妙的和谐，漂流在这山水之间，仿佛是在洗涤着整个心灵。

　　就要过滩了，四名船工急忙跳下"豌豆角"拉起纤绳向前跑去，留下船老大和船老二在船上把舵。拉纤的土家汉子弯曲着腰身，左肩上套着纤绳，右手向后紧握着绷紧的纤绳，将重心压得很低，黝黑的皮肤上淌着汗珠，远远看去，闪闪发亮。浅滩下的鹅卵石碰撞着船底，像数面金鼓雷鸣。再看拉纤的汉子喊着号子，全神贯注，船在人力的牵引下缓缓爬行，船工挺直的身躯几乎就贴在了河滩上。后面用篙撑的，竹篙已弯成了弓形、半圆形，有一支竹篙居然超过了限度，戛然断裂，引起一阵惊悸，水上漂流经验丰富的船老大处惊不乱，迅速传递备用的竹篙，稳稳地把着舵，于是一场险情转危为安，绷紧的心弦松弛下来。这时，纤夫们发自肺腑的呐喊响彻山谷，应和着鸟鸣，应和着哗哗的流水声，给了我们美妙音乐的质感。

导游小姐告诉我们，这里是MTV《纤夫的爱》的拍摄地。马青队长提议让我和孙玉娟女士来一段即兴演唱，触景生情，于是我们俩便在阵阵掌声中放开了歌喉唱了起来，歌声回荡在溪水峡谷间。

"百里漂流一路险，临到尽头始怡然。"神农溪浩浩荡荡奔泻了六十公里，终于在西壤口巫峡入口处，投进了滔滔长江的怀抱。我们的神农溪漂流的旅程，也在重新登上旅行社的渡轮甲板时宣告结束了。

唐朝诗人杜甫游览了神农溪后即兴赋诗曰："迢迢水出走长蛇，怀抱江村在野迓。一叶兰舟龙洞府，数间茅屋野人家。冬来纯绿松杉树，春到间红桃李花。"历经沧桑变幻，时至今日，神农溪依然保持着当年淳朴秀美的本色。

三峡览胜

长江三峡是世界最大的峡谷之一，以壮丽河山的天然胜景闻名中外。三峡是瞿塘峡、巫峡、西陵峡的总称，它西起重庆奉节县的白帝城，东到湖北宜昌的南津关，全长204公里，两岸悬崖绝壁，江中滩峡相间，水流湍急，唐代大诗人李白经过这里留下了优美的诗句："朝辞白帝彩云间，千里江陵一日还；两岸猿声啼不住，轻舟已过万重山。"

晚7点整，我们一行从宜昌桃花村码头乘坐豪华游轮开始了由东到西逆水行舟式的三峡之行。9点半，刚刚用过晚餐，已经有性急的游客等不及，走出船舱，要远睹灯火辉煌中葛洲坝的雄伟。

我们沿江而上来到了长江三峡的第三峡——西陵峡。西陵峡，因西陵山而得名，它西起秭归香溪口，东到宜昌南津关，全长76公里，是三峡中最长的一个峡。它由兵书宝剑峡、牛肝马肺峡、崆岭峡、灯影峡所组成。这里峡中有峡，大峡套小峡，滩中有滩，大滩含小滩，滩多流急，以险著称。游船继续前行，渐渐的同行的人们陆续地进入了梦乡。

朦胧中我被同事叫醒，有人在高叫着："船要过闸了！"我急忙走向船头，只见几十人挤在船头上，天气有些凉意，有的站立在那里，有的用被单裹着身体坐在椅子上，目视前方，等待着那壮观的一刻。据导游讲，兴建长江三峡工程是全国七届人大五次会议审议通过的，大坝坝址选在三斗坪，整个工程由拦江大坝，泄洪建筑物、水电站厂房、通航建筑物等组成。大坝为混凝土重力坝，坝长2335米，坝高185米，蓄水位175米。三峡建坝后，能控制百年一遇洪水，确保中下游安全，水位的抬高可大大改善上游航道，万吨级船队可由汉口直达重庆。沿江两岸到处都有"在移民中发展，在发展中移民"的巨幅标语，到处都在开展移民工程，百万移民，这数字在世界上可能是绝无仅有的吧。三峡工程是大禹子孙、龙的传人又一壮举。"高峡出平湖，神女应无恙……"将变为现实。

　　11点多游船驶向三峡大坝五级船闸前，汽笛声中，我们乘坐的游轮第一批驶进了五级船闸上行道的第一级。突然离开宽阔的江面，走进了这看起来狭小得让人有些喘不过来气的空间，给人的感觉并没有之前想象中的那种壮观了。但我们很快就从目光所及的错觉中走出来了，看着船闸两旁的水位线，再看船后一艘艘跟进来的货轮、客轮，你就会为眼前这画面所惊叹：整整十艘江轮组成的一个庞大的船队，居然在这个看似不大的空间里游刃有余地穿行。并无想象中的隆隆之声，有天下第一门之称的船闸大门在悄无声息中关闭，水流开始快速地从底部涌入。20余米的高度，在20多分钟的时间里就完成了，江轮居然无半点颠簸之感。前方闸门在一片水声中开启，庞大的船队又开始了第二级旅行……

　　清晨，导游用喇叭把游客都叫醒了，弃船登车，登上三峡工程区的制高点极目一望，你才会由衷地发出内心的惊叹，泄洪闸开，江水如条条怒龙从大坝内一泻而出，五级船闸在两山夹立中穿岩而过，高耸的大坝把江水牢牢地锁在了幽峡深谷中，目光及处，都是天地造化鬼斧神工之作，让人不得不感叹自然之灵异，人力之神奇。

柳暗花明又一峡。船行至巴东县的官渡口进入了巫峡，它西起巫山大宁河口，东至湖北巴东县的官渡口，地跨渝，鄂两地，绵延40多公里，是三峡中最长最整齐的一段峡谷。巫峡包括金盔银甲峡和铁棺峡两个峡谷。巫峡幽深秀丽，两岸峰峦奇形怪状、姿态万千，巫峡中有以神女峰为代表的巫山十二峰、孔明碑等著名景点。来到巫山县码头，休息片刻，在导游的引导下，从游轮上转到小游艇上，数十艘游艇沿着大宁河逆水而上，我们已经来到了"小三峡"。大宁河是长江的一条支流，发源于大巴山南麓，穿过巫山之间的云崖险峰，在巫山注入长江，全长300多公里，可四季通航。大宁河下游的龙门峡、巴雾峡、滴翠峡合称"小三峡"。南起龙峡口，北至涂家坝，全长50公里。"小三峡"风光绮丽，流水清澈碧透，两岸树木青葱，苍翠欲滴，是长江三峡又一处绝妙的旅游胜地。小三峡无处不苍翠，流水飞泉，船行驶在峡中，仿佛荡漾在百壁画廊中，小三峡幽，可谓幽深莫测，它山重水复，云天一线：小三峡奇，它奇在绝壁雄风粗犷的阳刚之美：小三峡秀，其秀色让人心醉。

　　我们逆江而上来到了长江三峡的第一峡——瞿塘峡。它西起奉节白帝城，东至巫山县的黛溪，全长8公里，在举世闻名的长江三峡中，虽然它最短，却最为雄奇壮丽，长江在这里形成陡峭的峡谷，断岩峭壁，宛如刀砍斧劈，湍急的江流穿过夔门，在狭窄的山谷中奔腾咆哮。瞿塘峡的名胜古迹很多，峡内有惊险万丈的古栈道，神秘莫测的风箱峡，历史岁月的沧桑，雕刻着巍峨山河千古不灭的雄风。

　　换乘中巴到达白帝城。小城和沿江来看到的其他城镇一样，也是一座山城。夜幕中，江上的点点渔火与山上城里的盏盏灯光交相辉映，江水拍打着船舷的水响如曲子般动人，徐徐江风吹去了白日阳光的炎热，一切都是那么的沁人心扉。

我们两人一组乘缆车到达白帝城上，想当年，战败的刘备退到白帝城，把孤儿和政事托付给诸葛亮，最后郁闷而死。这个红极一时的巴蜀政权开始如流星般陨落。夜幕下我们亲身体会到白帝城的悲怆与苍凉的另一面。

　　三峡奇境，让人流连忘返，既惊叹于大自然的鬼斧神工，又陶醉于绚丽多姿的山水和悠久的历史文化之中。

敦煌的绚丽瑰宝

终于要圆一个久违的梦想了。我们的汽车从敦煌市马上就要开往世界上最大的佛教艺术殿堂——莫高窟。于是脑海中不断回响起小时听的一首《敦煌梦》民谣：秦时月，汉时关，驼铃声摇醒古敦煌，祈祷雪，玉门霜，千年的飞天在何方，千年的风沙已把岁月埋葬，千年的琵琶声声悲凉，千年的丝绸已经飘进月亮，千年的古道已断肠。敦煌梦，梦敦煌……

甘肃敦煌久为文化古都，很小的时候，我就从历史课本上认识了它。敦者，大也；煌者，盛也。古代的敦煌是"丝绸之路"上的名城重镇，在国际贸易和文化交流中，起着其他城市无与伦比的重要作用。如果把"丝绸之路"比作是地球上的彩色飘带，敦煌就是镶嵌在这条飘带上的一颗璀璨的明珠，而莫高窟则又是这颗明珠上的绚丽瑰宝。

莫高窟俗称"千佛洞"，是当今世界上规模最宏大、内容最丰富、艺术最精湛、保存最完整的佛教石窟寺。它位于敦煌市城东南25公里的鸣沙山东麓。它得天独厚地借助于戈壁滩上宕泉河水的滋养，历经11个朝代1000多年，开凿鸣沙山东麓崖面，以现存492个连绵层叠的石窟，集深邃的历史、文化、佛理于一身，被誉为敦煌石窟艺术的顶峰和代表作。一路上，导游跟我们讲个不停，恨不得把自己知道的东西一股脑儿地灌输到我们的脑门子里。

通往莫高窟道路的两旁，空旷无物，毫无生机。天苍苍沙茫茫，黄色覆盖四野，一片凄凉景象。虽然只有50多里的路程，可是感觉很长很长。远处渐渐出现了山的轮廓，导游告诉我们，那就是莫高窟所在的地方。

极目望去，只见古木参天，绿树成荫，地下小桥流水潺潺，这是沙漠中难得的一片绿洲。莫高窟就深藏在这绿树掩映之中。走近莫高窟的牌楼，竟有在山穷水尽之时，忽见柳暗花明的感觉，眼前花草葱绿、大树茂盛，人群接踵，春意盎然，心情也随之豁然开朗。只见一面巨大的沙砾岩壁展露在面前，直立而卧，与绿树成行，横亘1600多米长。岩壁上有许多竖孔，整齐有序地排列在壁面上，有的上下两层，有的上中下三层，这就是石窟。每层石窟前搭有木栈或水泥桥板，把每个窟门连接起来了，供游人行走。这就是实实在在的莫高窟！令众人心向神往的莫高窟！此时，想象与现实的距离在慢慢拉近：莫高窟少了份想象中的荒凉悲鸣，却多了份现实中的和谐壮观！

我满足而欣喜地开始跟随着讲解员，一个洞窟一个洞窟地开启那些门。每一扇门的开启，都把我带进一个幽暗的世界，当我的眼睛刚刚适应了洞窟的暗光，那些盼望了许久的景象就如照片显影般慢慢呈现，慢慢清晰，于是，唐时的丰仪、宋代的衣冠、婀娜的体态，就仪态万方地款款而来了。沉睡在我内心深处的激情竟如喷泉般奔腾欢悦的浪花。

给我们讲解的是一位戴着眼镜、说话文雅的年轻姑娘。我们都被她渊博的知识而折服，细细一问，原来是敦煌研究院的研究生。在她的讲解下，我们知道了敦煌那饱经沧桑的历史，了解了保存拯救这些文化瑰宝的艰辛……随着历史变迁的故事，我们的心情也是一会儿压抑，一会儿轻松，一会儿询问，一会儿遐想。

据说公元366年，一位名叫乐尊的僧人来到此地，当时正值夕阳西下，恍惚之间，他突然看到对面的三危山上万道金光中祥云缭绕，宛如千佛降世。他认为这是佛祖对他的神示，于是，就在此地开凿了第一个洞窟，在洞里坐禅修行。神话传说虽不可信，但来这里开窟修行的人却是越来越多。历经十几个朝代一千多年的开凿，最终成为庞大的石窟群——敦煌莫高窟。

这些小小的窟门究竟能深藏多少艺术宝库，令古今中外的人如此顶礼膜拜呢？轻轻地叩开石窟之门，揭开其中奥秘，莫高窟呈现在人们的面前的是：现有洞窟492个，窟内现存壁画4500平方米，彩塑2400余尊。塑像是先将原来的砂石岩雕塑成大概的形状，然后再用秸秆和黄土最后成形并涂上颜色。壁画往往有好几层；有时是因为没有地方了，也有的是后人对前人的壁画不满意，将前人的壁画覆盖掉后再画上新的壁画。导游说，还是魏、唐时的塑像和壁画的艺术价值比较高，清代的一般较差。因为莫高窟所在的地方非常干燥，不少洞窟被沙掩埋，与空气隔绝，因而得以完好地保存下来。如果这些数字还不足形象的话，打个比方，若把这些壁画以1平方米的幅度展开排列，敦煌沙漠中就会出现一个45公里长的艺术画廊；若把这些彩塑身架请出石窟，敦煌沙漠上将会出现一列看不到尽头的队伍，华衣飘拂，仙乐袅袅，天女飞花，其阵容壮观无比……

迄今为止，莫高窟对外开放的石窟还不到30窟，而且游人到石窟观看，必须由导游带领方可进入。平时窟门紧锁，导游每到一窟，就用钥匙打开窟门，再予以讲解，每次游客只能参观十个洞窟。尽管如此，来这里参观的游客仍然是络绎不绝，逢节假日更是拥挤不堪。

然而，能真正读懂它的艺术奥妙的又能有几人？但能做一回石窟的"匆匆过客"，我认为也是非常幸运的。不管怎样，到这接受一次艺术殿堂的熏陶，也能脱俗几分。

"莫高窟三件宝，彩塑、壁画、文献资料"。20世纪初，有个叫王圆箓的道士在第17窟中发现了一个埋藏在沙漠中的古代图书馆——藏经洞，这一发现，不亚于哥伦布发现新大陆。据学者们研究，藏经洞内珍藏了八大方面的文献资料，其中，宗教典籍资料就占了90%，里面有世界上最早的印刷体——敦煌金刚经。除此之外，洞内还珍藏了独家典籍、历史地理资料、社会经济资料、文学资料、科技资料、古代少数民族的语言文字资料和绢画、纸画、金箔、木雕等宗教艺术资料。这些文献与窟内的彩塑、壁画珠联璧合，生动地记录了古"丝绸之路"人们的社会生活和思想修养。但由于王道士的无知，把这些国宝廉价卖给了外国商贩。从此，西方人的目光慢慢转移到了中国的莫高窟藏经洞。莫高窟曾经受过三次大劫难，和无数次的偷盗。本来拥有上万本经书的藏经洞，现在也只剩下几百册。这样的损失对于中国乃至全世界，都是惨重的。尽管王圆箓的弟子们为他歌功颂德，可是，那动听的词语永远无法抹去他犯下的罪责！我为宝藏的流失而感到深深的惋惜。大佛在呼唤，菩萨在流泪，所有的华夏儿女时刻在期盼着遗失海外宝物早日回归！

在著名的"九层楼"里，我们看到了一尊巨型的大佛塑像。为保护塑像和壁画，和其他洞窟一样，里面没有电灯而是用手电照明的，光线暗淡而且只能手电照到哪里就看到哪里。这座佛像高34.5米，又只能在室内近距离仰视，古代的艺术家充分考虑了这一视觉特点，在佛像各部分的比例和角度上作了非常高明的处理，使得人们在观看时感到各部分的比例协调和逼真，佛像面部丰满，表情祥和生动，令人叹为观止。

惊叹之余,在另一盛唐末期的代表洞窟中我们又参观了一座有14.5米长的巨型卧佛。描述的是释迦牟尼涅槃时的情景,众弟子都神情肃穆、双掌合十为释迦牟尼祈祷。只有一位弟子可能入门不久,不知道涅槃是佛教中修行到了超脱生死的最高境界,以为师父死了,失声痛哭。这组雕塑中释迦牟尼的弟子们表情各异且栩栩如生,堪称极品。塑像所在洞窟的墙上都绘有精美的壁画。

讲解员拿手电筒照着洞窟四壁、洞顶,包括我脚踩着的古地砖,用极浅显的故事诠释着极深奥的佛理。我也极力吞吐着那些讲述,立在洞中央,仰面环视,目不暇接,调动起全身的细胞,用生命倾听那些从历史深处遥遥传来的远古的回响。恨不能铭刻在心,领受它永世的精神滋养。

导游领我们进入257窟,迎面那尊塑像的手和头都被盗走了,四周的壁画也已残缺不全。引人注目的是一幅《九色鹿本生》画卷,记述了九色鹿的故事,讲的是一个溺水的人被九色鹿得救后不信守自己的诺言,贪图富贵、忘恩负义、遭到诅咒的事。

很久以前,人们就开始了对西方极乐世界的想象,莫高窟也不逊色。设计师们认为天堂的人,过的是最美好的生活,而人间皇帝的生活是最好的,所以他们就将房屋设计成宫殿一般。佛在其中讲经说法,飞天便在四周散花奏乐。对于飞天,外国人的评价是:"我们画飞的东西必加翅膀。而在中国,只要在人的身上加几条飘带,就可以飞得惟妙惟肖,真是奇特!"

举世闻名的反弹琵琶图也在这一窟内。演奏者两手向后,左手偏高,拿住琴柄;右手微低,抚着琴弦。演奏者略向右倾斜。右腿抬起,跷脚;左腿支地,弯曲。面呈微笑状。飘带在身边轻轻吹动,颇为美观。

敦煌的壁画很多，我无法一一列举，每一幅画都代表一段佛教故事，造画者用通俗易懂的彩画，向民众普及高深的佛教经典，展示了延续千年的佛教艺术。

走出洞窟在树荫下找个地方坐下，看着层层叠叠的洞窟，各种映像慢慢淡去。霎时我明白莫高窟不是走马观花可以领会的。莫高窟一千多年始终不断地丰满着自己的内存，莫高窟丰富的文化遗产不仅是中国的，同时也是全世界的。眯着眼抬头再看莫高窟的这一片斑驳，我又怅然若失，我还是没有找到我想找到的答案。也许因为期待太久，也许因为潜意识里不想让自己的梦有答案和终结的时候……

《月是故乡明》后记

——心中永恒的爱

当指尖轻轻抚过这本散文集《月是故乡明》的书稿,那些过往的岁月,仿若一部无声的老电影,在心头缓缓放映。书中选取的文章,大多诞生于十年之前,它们承载着我一路走来的情感与思索,其中参与各级征文并获奖的作品占了半数之多,在省级以上的获奖篇目就有12篇,这些荣誉于我而言,是认可,更是激励前行的动力。

翻开书页,字里行间尽是我对生活赤诚的热爱。有对故乡那化不开的眷恋,故乡的山水像是镌刻在灵魂深处的印记,每一寸土地、每一道溪流,都能勾起心底最柔软的情思,情不自禁地发出"月是故乡明,人是故乡亲"的喟叹;有对亲人矢志不渝的爱恋,从童年时母亲那声声呼唤,宛如温暖的丝线,牵系着我奔跑玩耍的脚步,伴我成长,到亲人默默给予的力量,始终支撑着我在人生路上稳步迈进;还有对工作的满腔热忱,投入其中,挥洒汗水,只为追寻那一份自我价值的实现;更有对党和人民的由衷赞美,目睹时代发展浪潮下生活的日新月异,感恩之情溢于言表。

我的故乡,坐落在山东莒县峤山的西脚下,大石头河之南。那是一片被大自然偏爱的土地,奇特的风景如诗如画,优美的环境仿若世外桃源,淳朴的民风世代传承。那里有我熟悉的父老乡亲和儿时一同嬉闹的伙伴，故乡于我，是根基所在，是心灵永远的归宿与寄托，是这世间无可比拟、无价的珍宝。

回首童年，多数时光是在老家度过的。四十多年前，随父母迁至县城，此后回老家的次数愈发稀少，可每一次踏上那片土地，幸福感便如春日暖阳下的泉水，汩汩涌上心头。岁月悠悠，年龄渐长，思乡之情恰似春日里疯长的藤蔓，愈发浓烈，家乡的一景一物，在记忆中愈发清晰动人。还记得小时候，家就是母亲那一声声穿透街巷的呼唤，放学后，与邻居家孩子尽情撒欢，模仿着心中英雄的模样，演绎着一场场天马行空的游戏，直至夕阳西下，余晖将身影拉长，听到母亲焦急又温柔的呼喊，才恋恋不舍地告别玩伴。那声声呼唤，穿越时光，至今仍在耳畔回响，伴我走过风雨，慢慢长大。

随着阅历渐丰，读的书越来越多，见识的世界日益广阔，可心中却愈发笃定，如今头顶的这片天空，再难寻故乡蓝天的纯净与澄澈，当下的心情，也不及儿时在家乡的纯粹快乐。这让我深知，人生漫漫，一颗健康快乐的心，是最珍贵的行囊，而故乡，正是这颗心的滋养源泉。

这几年，对故乡的思念从未有一刻停歇，仿若潺潺溪流，源源不断，奔涌向生命的尽头，且愈发深沉厚重，这份思念凝于笔端，化作书中的行行文字。

在这本书即将面世，走向读者之际，心中满是感恩。特别要诚挚感谢中国当代作家、中国作家协会报告文学委员会副主任、山东省作家协会副主席、青岛市作家协会主席、鲁迅文学奖获得者铁流先生，在百忙之中为这本集子倾心作序，其真知灼见为本书增色添辉；感谢作家杜守敏（笔名枺木）先生，第一时间以热忱之心写下序文，给予支持与鼓励；感恩莒县作家协会给予我担任《莒州文学》副总编和执行主编的机会，让写作的激情得以燃烧；也要感谢新媒体平台以及举办各类征文的单位，为我搭建展示的舞台，让我在那些年里有诸多机会参与征文比赛，磨砺文笔；更要感谢我的妻子张成莲，多年来默默站在身后，给予我无尽的支持与无私的关爱，让我在爱的港湾里安心创作，收获属于自己的硕果。

这本散文集，是我过往岁月的留痕，更是献给故乡、献给亲人、献给所有助力我成长之人的一份心意。它将与散文集《爱到心缘》《散落在时光里的爱》共同构成"爱的三部曲"。愿每一位翻开它的读者，能从中寻得一丝共鸣，感受到我心中这份永恒的爱。

作者

2024 年 10 月